AF174789

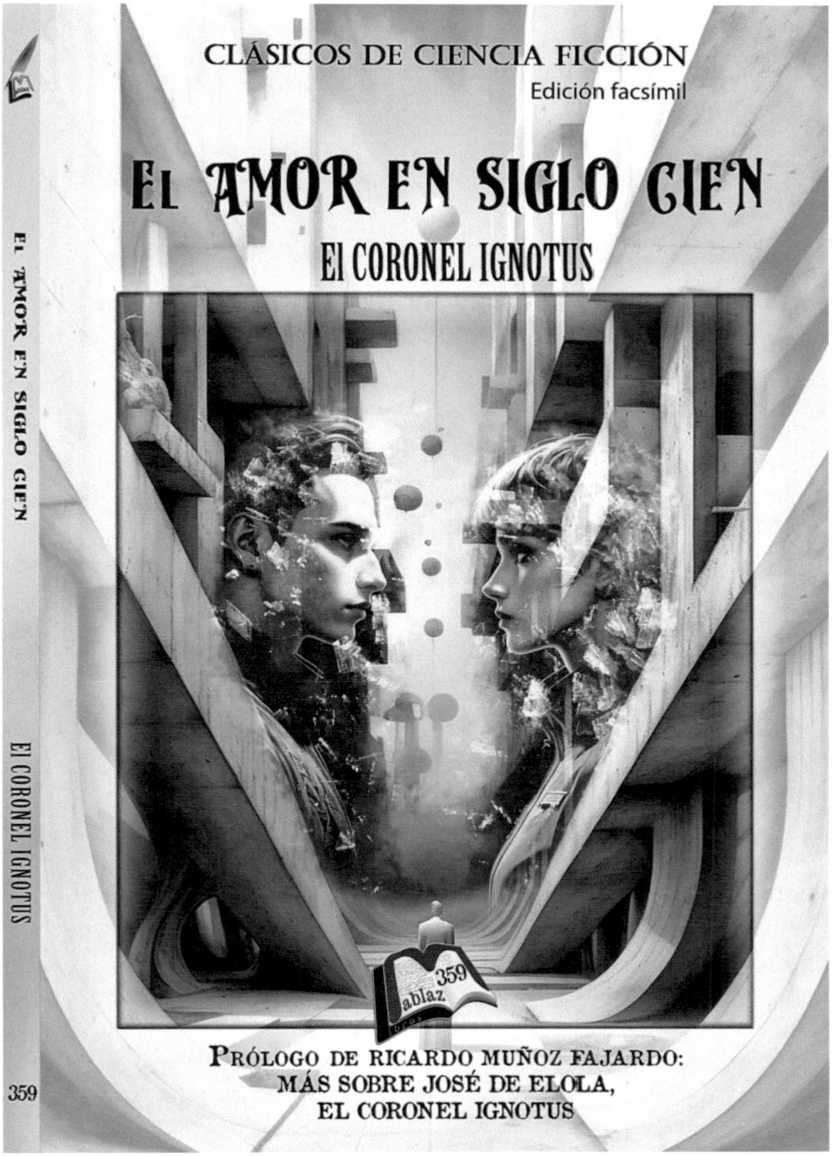

CLÁSICOS DE CIENCIA FICCIÓN
Edición facsímil

El Amor en Siglo Cien

El Coronel Ignotus

PRÓLOGO DE RICARDO MUÑOZ FAJARDO:
MÁS SOBRE JOSÉ DE ELOLA,
EL CORONEL IGNOTUS

Ciencia Ficción y Fantasía - 130

El amor en el siglo cien
Primera Edición, julio de 2024

© De esta edición, Libros Mablaz, 2024

Blogs:
Editorial Libros Mablaz
http://editoriallibrosmablazycienciaficcion.blogspot.com.es/
Ciencia ficción y fantasía en Libros Mablaz:
http://mablazlibros.blogspot.com.es/
Introducción a las obras de Libros Mablaz:
http://librosmablazextractos.blogspot.com.es/
Libros Mablaz en Facebook:
https://www.facebook.com/groups/530547690292189/
Tu Librería en Casa:
https://www.facebook.com/TuLibreriaEnCasa
Librería Crisis–Neogénesis:
http://www.todocoleccion.net/neog%C3%A9nesis_vendedorTC

Diseño de cubiertas: Mari Carmen López

ISBN: 978-84-128624-0-9
Depósito Legal: M-16845-2024

LIBROS MABLAZ - 359

El AMOR EN EL SIGLO CIEN

Coronel Ignotus

PRÓLOGO: MÁS SOBRE JOSÉ DE ELOLA, EL CORONEL IGNOTUS

El desconocimiento de quién fue José de Elola, que firmó la mayor parte de sus libros con el seudónimo de Coronel Ignotus, es tanta que la visión de su obra en un puesto de cualquier feria del libro pasa totalmente desapercibida, a excepción de los muy entendidos en ciencia ficción, hasta de la antigua, que sí lo conocen. Incluso llegó a ocurrirme la anécdota de que un interesado sabía que los premios de ciencia ficción otorgados en España, los equivalentes a los Hugo en el mundo, se llaman Ignotus, pero no que provenían del nombre de este autor. Tampoco es muy popular en su ciudad natal, Alcalá de Henares, donde los complutenses, que cuentan con nacidos en sus lares a personajes de renombre de Miguel de Cervantes y Manuel Azaña, apenas saben de él.

Militar de profesión, llegó a alcanzar el grado de general. Combatió en la guerra hispano-estadounidense de 1898 y la derrota en la misma le provocó una profunda anglofobia, que haría patente en una de sus pocas obras que no son una duología, trilogía o más, *El fin de la guerra, disparate profético soñado por mister Grey*, de 1914, que ya firma como Coronel Ignotus y que ya esté reeditada por esta editorial.

Elola es considerado el Julio Verne español, aunque ese atributo se le llegó a conceder con posterioridad a Jesús de Aragón, que también utilizó un seudónimo para firmar sus obras, el de Capitán Sirius. Lo cierto es que, a pesar de la existencia de muchas obras precursoras de lo que se acabó llamando fantasía y ciencia ficción como géneros diferenciados por sí mismo de otros existentes, lo cierto que la aportación de Elola con su colección que se llamó Biblioteca novelesco-científica, impresa por la editorial Sanz Calleja, que en torno al año temprano año de 1919 supuso a primera colección española dedicada en exclusiva a la ciencia ficción.

Antes de dedicarse a este género, escribió comedia y dramas, títulos entre los que destacan *Remedio contra la ceguera*, *La nietecilla*, Eugenia: novela original, *La prima Juana, El anzuelo: la última escena de un drama, El salvaje, Luz de Belleza*, relatos -*Bosquejos: novelas cortas, cuentos, leyendas e impresiones, Corazones bravíos: cuentos* y *Cuentos estrafalarios de ayer y mañana*- aunque su fama se debe a sus novelas de anticipación, diecisiete títulos que le ocupan ocho años de su vida, entre el citado 1919 y 1927.

Como ya se ha dicho, Elola agrupa esta serie, normalmente, en duologías y trilogías, con un par de excepciones.

La primera de sus grupos son *De los Andes al cielo, Del océano a Venus* y *El mundo venusiano*, libros que se encuentran aún disponibles en los canales de la editorial Libros Mablaz, que los reeditó en su momento. Lo mismo sucede con las dos obras que siguen las aventuras de parte de los protagonistas de estos tres primeros, que Elola denomina «la desterrada de la Tierra», cuyos títulos son *El mundo-luz* y *El mundo-sombra*.

Tras estos vino el libro único *El amor en el siglo cien*, que es este que tienen entre sus manos, para continuar con «la mayor conquista», que agrupa los títulos *Los vengadores*, *Policía telegráfica* y *Los modernos Prometeos*.

«Tierras resucitadas» agrupa *Los náufragos de glaciar*, *Ana Battori* y *El guardián de la paz*, al que sigue una duología, «el crimen del Rápido 373», compuesto por *Las pistas del crimen* y *La clave del crimen*.

La trilogía que cierra la Biblioteca novelesco-científica se agrupa con el epígrafe de «segundo viaje planetario» y consta de las obras *La profecía de don Jaume*, *El hijo de Sara* y *El secreto de Sara*.

Diecisiete libros al que hay que añadir *El fin de la guerra, disparate profético soñado por mister Grey* para completar toda la obra de ciencia ficción de José de Elola, el Coronel Ignotus.

Una vez relacionada toda la obra del genial Ignotus, conviene hacer una sinopsis de *El amor en el siglo cien*, que es la versión facsímil que se van a encontrar tras estas páginas introductorias.

La novela tiene un planteamiento original, que da la perspectiva de ideas originales que se pueden desarrollar en otros libros, con futuros imaginarios, sobre una pareja de bilbaínos, como podían haber sido de cualquier otro sitio de Espala, que tienen un accidente que les hace permanecer congelados hasta el siglo cien.

Por supuesto, el futuro que se encuentran es muy diferente al tiempo que han vivido, inmersa en un gran progreso científico que dan ocho mil años de evolución. La novela, entonces, se convierte en una crítica de la sociedad actual, además de un aviso sobre lo que puede ocurrir transcurrido el tiempo si no se toman medidas desde el momento de la escritura del libro para evitar esos problemas que la sociedad moderna se puede encontrar.

Ricardo Muñoz Fajardo

EL AMOR
EN EL SIGLO CIEN

POR

EL CORONEL IGNOTUS

JOSÉ DE ELOLA

MADRID, LIBRERÍA RIVADENEYRA

1922

13

INDICE

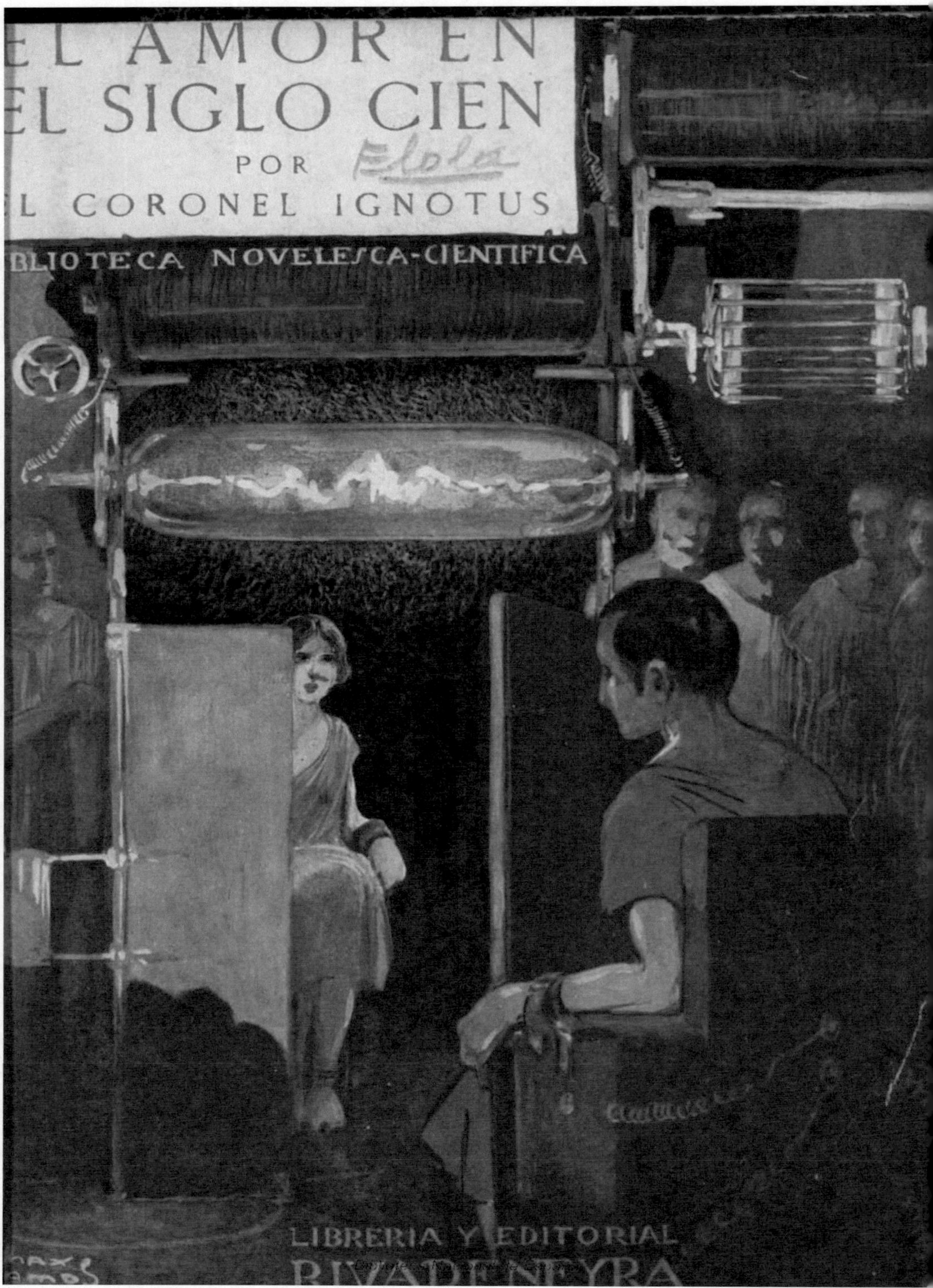
EL AMOR EN
EL SIGLO CIEN
POR
EL CORONEL IGNOTUS
BLIOTECA NOVELESCA-CIENTIFICA
LIBRERIA Y EDITORIAL

PROLOGO BREVE

Desde que Inés Ramírez y Juan García fueron atacados de encefalitis letárgica, o de algo que, aun no siéndolo, se lo pareció a los doctores que la diagnosticaron, ha rodado mucho el mundo; porque 2.921.920 vueltas, en dicho tiempo dadas, ya es rodar.

Sabiendo que el letargo, la enfermedad o el sueño los sumió en el marasmo en el año 2000, pocas y sencillas operaciones con las modestas cuatro reglas bastan para poner en claro que al cabo del citado número de vueltas, a razón de una por cada veinticuatro horas, llegaba el mundo al año diez mil de nuestra era, cuando despertaron o se curaron; pues nadie llegó nunca a saber si durante aquella larga interrupción de su vivir consciente estuvieron enfermos o dormidos. Contaban Inés y Juan, al llegar dicho año diez mil, ocho mil veintisiete y ocho mil treinta y cuatro, respectivamente; de donde se deduce que al cerrar los ojos, en el 2000, y dormirse sus vidas en el tiempo, tenían los años indicados por los picos de aquellos respetables números. En cuanto a sus edades verdaderas en el momento de recuperar las vidas que ausentes de ellos estuvieron durante ocho mil años, es difícil decidir si eran las de los ocho mil veintisiete y ocho mil treinta y cuatro que rezaban sus partidas de bautismo, o los veintisiete y treinta y cuatro con que se durmieron; pues suspendida en ellos la actividad vital, nada había envejecido en sus cuerpos ni en sus espíritus.

Eran director químico él e ingeniera electricista ella, de una poderosa empresa de frío industrial establecida en Bilbao, y además novios muy próximos a convertirse en cónyuges.

No es de extrañar que en un mundo donde, no ya en los tiempos inmediatos a la primera etapa de la vida de la pareja de que se habla, pero ni en el siglo cien, colosalmente más adelantado, pudo llegar a averiguarse el porqué—y me refiero a porqués esenciales y causas madres, no a efectos sucesivos—crecen las plantas, granan las semillas, madura el fruto, ni porqué de unos mismos padres nacen hoy hijos y mañana hijas, ni cuáles son las causas íntimas de las funciones fisiológicas, ni de las enfermedades; no es de extrañar, repito, que en tal mundo quedaran por siempre ignoradas las determinantes del letargo de ocho mil años, que a la vez hizo presa en Juan García y en Inés Ramírez, a quienes sucesivas y sucesivas generaciones de lumbreras de la Medicina estuvieron mirando dormir: observándolos atentísimamente y descalabazándose con el problema de aquel sueño, sin poder afirmar, al cabo de ochenta siglos de estudio, sino la realidad del extraordinario fenómeno; pero quedándose tan a obscuras sobre sus causas como lo estaban de las de casi todos los de la Naturaleza.

Como las insólitas aventuras de los enamorados protagonistas de esta historia no ocurrieron en el siglo xx, al finar el cual se durmieron, se aletargaron o se congelaron, sino en la centésima centuria, pasaremos muy a la carrera por cuanto en tal historia quepa considerar como mero, aunque obligado prólogo sumido en la noche de los tiempos: calificativo muy propio, en el año diez mil, para acaecimientos del siglo xx: mucho más retrasados respecto a los ocurridos en el C que los años de Abraham aparecen mirados desde los de Marconi, la gran guerra mundial y la apertura del canal de Panamá, a distancia inferior a cuarenta y cuatro siglos (1): es decir, mitad casi de los transcurridos entre el dormirse en Bilbao y el despertar en Mundiópolis, de la pareja cuyas andanzas vamos a relatar.

_____

(1) Este dato lo damos ateniéndonos a la cronología que César Cantú inserta en su conocida obra de Historia Universal.

Recapacítese en cuántas y cuántas monarquías, repúblicas, pueblos, sociedades y civilizaciones surgieron en la Historia, crecieron y pasaron desde los patriarcas anteriores al diluvio hasta el siglo xx que se inicia con síntomas parecidos a presagios de la muerte de otra civilización más, que por caduca y corrompida desmorona el tiempo, dejando en vez de ella un mundo nuevo, mejor tal vez, peor acaso; mas desde luego diferente: que si no cura añejos males los vestirá con traje diferente para engañar a la Humanidad, variando los que sufre o haciéndolos pesar sobre otras víctimas: recapacítese e infiérase después qué de cambios no habrá experimentado el mundo en doble tiempo, desde ahora al siglo cien.

Adviértase además que Caldea, Babilonia, Egipto, Roma, los Bárbaros, el Feudalismo, nuestra Reconquista, el Renacimiento, el gran Imperio Hispano, la Revolución Francesa, pasaron sucesivamente en muchos menos siglos de los transcurridos desde que en Bilbao cayeron Inés Ramírez y Juan García en estados catalépticos hasta que recuperaron la conciencia de su propio existir.

Basta tener en cuenta esto para deducir que a las gentes de la centésima centuria han de sonarles los grandes nombres de nuestras actuales sociedades como a nosotros los de Noé, Nemrod, Semíramis, con sonido de remotísimo eco, todavía más alejado que el que a nuestros oídos trae éstos.

Ni una sola de las naciones existentes en este vigésimo siglo perduraba (1) en el siglo cien; ni vestigios hallaron, al renacer en él, los dos protagonistas de esta historia, de nada que se llamara España, ni Inglaterra, ni Francia, ni Alemania. Todos estos estados habían perecido: al parecer, tragándose unos a otros, pero realmente devorados por el tiempo insaciable, que después se engulló, sin dejar de ellas rastro, las poderosas Confederaciones Ibérica, Sajona, Nipona, Germánica, que entre los siglos XXII al XXIX ensangrentaron la Tierra con egoístas luchas de maldita memoria, infecundas para la felicidad de los humanos.

Pero no obstante vernos tan remotos, me refiero a los pueblos y civilizaciones actuales, nos conocían los hombres del año diez mil muchísimo mejor que nuestros doctos

en Historia Antigua conocen las sociedades y a los personajes de lejanas edades, pues disponían de documentos y obras impresas sobre nuestra época, y por ésta legados, que nosotros no hemos recibido de ninivitas, ni de persas ni de egipcios.

La Historia se había hecho tan larga, tan larga, que nadie pretendía estudiarla a nuestro estilo; los nombres hoy tenidos por nacionales glorias habían zozobrado en el olvido, *vanitas vanitatum*, salvándose tan sólo del naufragio los pocos que en el mundo cambiaron, no el rumbo de los Imperios, sino los derroteros de la Humanidad, haciéndola progresar en Moral, Ciencia o generales bienes.

Así la Historia, en la instrucción corriente, es cosa brevísima, despachando en cada lección siglos: sin hacer alto en la existencia de naciones enteras, si éstas no influyeron en la vida de todas. De España, por ejemplo, no se toman en consideración sino la Reconquista, el descubrimiento y colonización de América y la lucha con la Reforma; en Francia saltan del Imperio Carlovingio a la Revolución del 93 y al Imperio Napoleónico como incubador de la guerra mundial de 1914 a 1919; y así por el estilo en los demás pueblos: atendiendo tan sólo a los grandes cambios realizados en el mundo, y dejándose al margen la mayor parte de los nombres propios.

En las Universidades se estudia, en concepto de enseñanza superior, el fructífero manejo de los *ficheros históricos*, que ofrecen referencias a los libros y páginas donde pueden hallarse copiosísimos datos sobre concretos hechos, figuras y aun figurones de las historias particulares. Los ficheros de Mundiópolis ocupan cuatro grandes salones del Palacio de las Crónicas, constan de cuatro millones largos de tarjetas y de sesenta índices clasificados de éstas.

Las tarjetas dan escuetamente el nombre del suceso o personaje, el tomo y la página de la Historia General del Mundo, (obra de varias generaciones de historiadores y archiveros), y de las historias parciales, monografías y hasta biografías de útil consulta.

Entre las muchas cosas muertas desde el año 2000 al 10000 están los idiomas actuales, estudiados no más por eruditos filólogos, como en el siglo XX se estudiaban el griego clásico, el hebreo y el sánscrito. Aquellas lenguas europeas se *multifurcaron* en filiales idiomas, mas con aplicaciones comarcanas sumamente restringidas y sólo dialectuales; pues así como la Humanidad había llegado a tener una *capital política del mundo entero*, MUNDIÓPOLIS, cabeza in-

(1) Ya he dicho en obras anteriores de esta misma Biblioteca que cuando se narran cosas no pasadas, sino venideras, es preciso que los gramáticos tengan cierta benevolencia al juzgar nuestro modo de emplear los tiempos de los verbos, pues el constante uso de futuros y condicionales, sobre ofrecer monotonía penosa, quita sabor de realidad al relato.

discutida de las naciones de la Tierra, todas confederadas, del mismo modo se había alcanzado el interesantísimo progreso de no tener sino un solo idioma culto para todo acto oficial, todas las manifestaciones científicas y literarias y para las necesidades de la comunicación social entre personas educadas en todos los pueblos y en todas las latitudes: *el esperanto*, aquel mismo esperanto que en los comienzos del siglo xx daba sus primeros y trabajosos pasos; pues al convencerse los hombres de que los orgullos nacionales serían siempre insuperable obstáculo a la adopción para idioma universal de ninguno de los usados por cualquier pueblo que fuere, se impuso aquel idioma huérfano de patria: como lengua científica primero, en el siglo xxii; literaria después, en el xxv; diplomática más tarde, en el xxxii; comercial luego, en el xl, y hasta universal por último, desde el xl al l.

Sobre la ventaja de permitir a todas las personas de mediana educación de todos los países entenderse entre sí, ofreció la estructura y aplicación universal del esperanto la de invariabilidad; pues los siglos lo enriquecieron con los vocablos nuevos exigidos por los progresos de las sociedades, pero sin modificar los antiguos, ni la construcción, ni la ortografía: excelencia sumamente estimable, pues en oposición a lo que ocurría a un español, o a un inglés o a un francés del siglo xx, que no entendían las obras en sus idiomas escritas seis o siete siglos antes, los hombres del siglo C no tropezaron con dificultades al consultar añejos libros o documentos, por no haber esperanto antiguo y esperanto moderno, sino un solo y único esperanto: el primitivo, enriquecido, mas no modificado.

Tal circunstancia fué felicísima para los protagonistas de esta historia, que gracias a ella no se hallaron por completo incomunicados con sus semejantes al volver sus espíritus a los muertos, pero imputrefactos, cuerpos de donde estuvieron ausentes durante ochenta siglos; pues Inés y Juan habían sido en la primera etapa de sus vidas, más que esperantistas distinguidos, entusiastas apóstoles de la propaganda esperantista.

Según ciencias, artes, industrias, progresaban en el mundo, a igual compás crecían ambiciones, egoístas intereses y ansia de placeres, haciéndose de día en día, o más bien de siglo en siglo, más insaciable y más osado el fuerte; más desvalido, más desheredado el débil; pues la máxima de que el derecho es la fuerza se impuso a las sociedades, señalando por solo límite a los actos las posibilidades de realizarlos: con lo que la moral vino en el mundo tan a menos como a más subieron ciencias, progresos positivos y capacidades materiales.

Sin pretender ahora justificar la anterior observación con detalles ni ejemplos, que irán saliendo poco a poco, sólo se dirá, de momento, que al despertar la dormida pareja halló dividida la humanidad del siglo C en dos castas, separadas por un hondo abismo: de un lado, la de los *superpensantes y supergozantes*, acaparadora, *a nominor Leo*, del poder político, el saber, las riquezas y los placeres; hartándose de satisfechas vanidades, saciada, ahíta, hastiada de materiales goces; pero sin encontrar la dicha, ni de ella cuidarse, por no tener idea de lo que fuera la verdadera dicha; de otra parte, la *plebe esclavizada*, siendo lo más notable que había llegado el mundo a tal estado como obligada consecuencia de la aplicación de las teorías comunistas; pues los apóstoles del comunismo fueron quienes se convirtieron en los mayores déspotas conocidos en la Historia, cuando de apóstoles pasaron a triunfantes *poseedores;* ellos quienes empujaron al mundo hasta llevarlo a aquel estado.

La humanidad del año 10000 se descompone en señores, más bien amos, y siervos, a razón de uno de los primeros por cada tres millares de los segundos, sumidos en esclavitud muchísimo más horrenda que la de los antiguos esclavos de Cartago y de Roma; incomparablemente más abrumante y dolorosa que la de los medioevales siervos de la gleba; porque la plebe, a la cual se le niega la instrucción, el sol y el aire libre en las ciudades y duerme en los campos en cobertizos mal techados, ha descendido a la condición de bestia de faena, menos aún, de herramienta de trabajo, empleada en producir cuanto para satisfacer necesidades y placeres han menester los supergozantes. A tales parias, y *parias* se los llama, no se les concede nada de cuanto hace grata la vida material, nada de cuanto implique goce; y, sin embargo, a veces se encuentra entre los pobres parias quienes conocen dichas desconocidas de sus opresores.

Faltan en tales sociedades clases medias y gentes medianamente acomodadas, no habiendo sino ricos a quienes todo sobra, y miserables que ni siquiera cobran jornal por su trabajo. Se los aloja, por precisión indispensable, en sótanos: limpios cuando los parias pertenecen a particulares, para evitar se mueran demasiado pronto, lo cual sería pérdida, como la de un buey o un caballo; pero inmundos, si los esclavos son propiedad del Estado o de los Municipios, que no se cuidan de tal pérdida; se los alimenta con rancho, del que ya se hablará, a fin de darles fuerza para trabajar; se los viste digo, se los tapa miserablemente, y nada más...

¡Ah!, sí, se me olvidaba; se deja en libertad a hombres y mujeres de amarse en sus tugurios, aun cuando por el tiempo en que comienza la presente historia, ya empezaba a preocupar a los *superpensantes* precavidos dicha tolerancia; e invocando el interés de la Humanidad, se iniciaba campaña tendente a cercenar la única tolerancia y el único consuelo que en su miseria y abyección les quedaba a estos desdichados.

Negada, según ya queda dicho, la instrucción a los parias, resulta, como obligada consecuencia de ello, que en el siglo C todos los sabios, o cuando menos todos los sabios conocidos, son pudientes siquiera, palabra en tal mundo equivalente a lo que en el siglo xx se llamaba millonario; pues los pudientes de más modesta fortuna entre los supergozantes de Mundiópolis no poseen menos de 16 a 20 millones, porque allí nadie llama rico a quien no sea multimillonario.

FIN DEL PRÓLOGO

I

¿ENFERMEDAD?... ¿ACCIDENTE?... ¿MUERTE?...

Una tarde del año 2000, al hacer el conserje de la Compañía Frigorífica Industrial su diaria ronda por la fábrica, después de salir los obreros del trabajo, fué sorprendido por el horrendo frío que experimentó al abrir la puerta de una de las naves donde se hallaba una batería de aparatos Linde, empleados en la fabricación de aire líquido (1), y buen número de enormes cilindros de fundición en los que éste era almacenado al salir de aquéllos.

Alarmado, y sabiendo que, de cometer la imprudencia de entrar allí, donde a consecuencia de un probable accidente acaso reinara temperatura inferior a 100 grados bajo cero, no saldría a contarlo, cerró inmediatamente la puerta, yéndose al despacho del señor García, el director, para enterarle de la novedad. Al no hallarlo en la oficina, telefoneó a su casa, donde tampoco estaba; e igualmente inútiles fueron para dar con él sucesivas llamadas al casino y a todos los lugares donde a aquellas horas fuera verosímil pudiera hallarse.

---

(1) La nieve de los montes se funde en primavera y verano a expensas del calor que en la cantidad necesaria para licuarse toma de la tierra, con la que está en contacto, y del aire circundante. El agua vaporizada al hervir en la marmita también absorbe, para cambiarse en vapor, el calor del hogar; la evaporada en las superficies de mares, ríos y lagos, sin aplicarle fuego, *roba el calor* indispensable para el cambio de estado al aire en contacto con aquellas superficies. Uno y otro cambios de estado, sólido a líquido, líquido a gaseoso, *producen frío en torno de ellos*; si el ambiente es cálido lo refrescan, si es frío lo enfrían más.

Disminuyendo la presión a que un líquido está sometido se consigue su ebullición o vaporización a menor temperatura de la correspondiente a tal cambio de estado a la presión normal de la atmósfera al nivel del mar—sabido es que el agua hierve por bajo de los cien grados en las montañas, siendo tanto más baja la temperatura cuanto mayor la elevación de aquéllas—; y en consecuencia, como el calor que para el cambio de estado ha de absorber el líquido rebajará temperatura ya menor de la ordinaria en condiciones normales, el enfriamiento producido será mayor.

La evaporación espontánea, sin ebullición, favorecida también por la disminución de presiones, puede, sin necesidad de esto, estimularse soplando sobre el líquido evaporado. Prueba vulgar de esto es la de una persona sudorosa que se abanica, y siente fresco o frío, *producido por el calor que su piel pierde, a expensas del cual se evapora el sudor.*

He ahí tres maneras de engendrar frío; pero hay otras:

Mezclando nieve o hielo a cero grados con sal (o amoníaco) cocineros y reposteros saben producir temperatura inferior al cero para helar sorbetes; mas lo que ignoran, mientras no se lo digan físicos o químicos, es que la alcanzada es cercana a 18 grados bajo cero. La explicación de este fenómeno es que del mismo modo que la disminución de presión determina en los cuerpos aptitud para cambiar de estado a temperaturas tanto más bajas cuanto más decrecen las presiones a que están sometidos, igual resultado producen determinadas mezclas: por ejemplo, la de nieve y sal. Véase porqué: el estado natural, a cero grados, del agua en la cual existe sal en disolución no es el sólido, sino el líquido, pues es notorio que el agua del mar resiste sin helarse temperaturas inferiores a la de la congelación del agua ordinaria. Puestas nieve y sal en presencia, la segunda *persuade* a la primera a que se hiele para quedar ambas en las condiciones en ellas naturales, o como si dijéramos *que les son más agradables.* Una vez persuadida la nieve, toma el calor que para licuarse ha menester, substrayéndolo a cuanto la rodea, perdiéndolo ella misma al bajar de temperatura, y con la de ella bajan la del aire circundante, vasija y materias en contacto con la nieve. De aquí un inicial descenso de temperatura.

Una vez licuada la nieve se disuelve la sal en ella; y como la disolución es un fenómeno químico que también *consume calor*, la mezcla toma el necesario para transformarse en solución salina, de la sal, el agua, la vasija, etc. Sumándose estas dos sucesivas causas de enfriamiento rebajan la temperatura a tal temperatura, a la que se hiele para que antes se ha hablado.

Verdad que para hacer sorbetes no hace falta saber tanto; pero por eso no dedico esta nota a los sorbeteros.

Pero 18 grados bajo cero es poca cosa. Demos un paso más.

Así como la aplicación, más o menos visible, de calor, y la disminución de presión producen fusión de sólidos y evaporación de líquidos, los métodos inversos, enfriamiento o compresión, o los dos combinados, dan lugar a la licuefacción de gases o solidificación de líquidos. Empleando estos procedimientos se obtienen industrialmente amoníaco y ácido carbónico líquidos, con el principal objeto de aprovechar después en las industrias frigoríficas el frío intenso engendrado por el retorno de ellos al estado gaseoso.

Por ejemplo, si se destapa un frasco de ácido carbónico líquido, la alta presión existente en el interior del frasco hace salir por su boca un cho-

Mientras tanto, el *escape de frío* iba permeando las paredes de la galería de aparatos, y el enfriamiento avanzando alarmantemente por las habitaciones y pasillos de todo el edificio: tanto que la cuarta o quinta vez que fué el conserje a la garita del teléfono, para oír que tampoco estaba el señor director jugando su habitual partida de tresillo en el Círculo Euskalduna, comenzó a tiritar; y mirando el termómetro colgado en la pared, leyó en él siete grados bajo cero: cosa sumamente extraordinaria en Bilbao a 13 de julio, fecha del escape de aire líquido, que efectivamente había sobrevenido en la galería, donde continuaba fluyendo, vaporizándose y produciendo, al mezclarse con el gaseoso de la atmósfera, aquel espantoso enfriamiento.

Comprendió el conserje que lo más urgente era abrir todas las puertas y todas las ventanas de la fábrica para establecer comunicación con el aire cálido externo, a fin de contrarrestar en el interior la influencia del escape, y así lo verificó. Una vez hecho esto, avisó de la novedad al alto personal de la empresa, informándolo de que en ninguna parte daban noticia del extraviado director químico. Mal podían darla, pues mientras lo buscaban por la población, estaba tendido en el suelo de la helada galería, a cuatro pasos de la ingeniera electricista, tan tendida y, al parecer, tan congelada como él.

---

rro líquido con gran violencia, que al contacto con la atmósfera, y por el efecto combinado de la mayor temperatura y la menor presión de ella, con respecto a las existentes en el interior del bote, lo evaporan inmediatamente, produciéndose un fenómeno sorprendente para los no iniciados: el *de un chorro en el que se hallan los tres estados de la naturaleza:* líquido en la boca del frasco, gaseoso fuera de él, y *sólido por debajo de la boca, en el interior* del frasco; pues el enfriamiento producido por la evaporación es tan intenso, y roba tal cantidad de calor al ácido carbónico del interior, que hace bajar su temperatura a la de solidificación, y a los pocos momentos no queda dentro de aquél sino una pequeña cantidad de un polvo blanco llamado NIEVE DE ÁCIDO CARBÓNICO: ¡nieve formada del mismo gas que al respirar expulsamos por la boca! La temperatura alcanzada es de 80 grados bajo cero, lo cual ya es algo más que la de la garrafa de sorbetes.

Pero la gran hazaña de estos últimos tiempos es la licuefacción del aire, el hidrógeno y hasta el helio, que es el más rebelde de todos los gases a tomar el estado líquido.

Para hacerse cargo de la causa íntima que obra en la obtención de estos éxitos, conviene dar ciertos antecedentes de orden físico.

Según la *teoría cinética* (quiere decir del movimiento) de los gases, estos son cuerpos cuyas moléculas se hallan a grandísima distancia unas de otras, y animadas de incesantes movimientos rapidísimos, por efecto de los cuales la velocidad las hace substraerse, en cierto modo y hasta ciertos límites, a la atracción recíproca que cada una ejerce sobre todas las otras y ésta sobre ella. Pero si se comprime el gas, con lo cual ocupará menor espacio, las moléculas de él se acercarán unas a otras, aumentando con la mayor proximidad entre ellas la intensidad de sus atracciones mutuas, que, por lo tanto, opondrán mayor resistencia que antes a separarse.

Sabido esto, disminuyamos ahora la presión a que este gas se halla sometido, lo cual producirá la expansión de él, que para tener lugar *ha de vencer las fuerzas atractivas de sus moléculas,* y tanto más cuanto mayor sea la expansión, que crece con la disminución de la presión.

Pero vencer una o muchas fuerzas *implica trabajo, que exige consumo de energía,* lo cual equivale a CONSUMO DE CALOR: quiere decir que el alejamiento de las moléculas no se verifica sino a expensas del calor substraído a la vasija, y, sobre todo, al mismo gas expandido, con lo cual se producen en éste descensos de temperatura que pueden llegar a ser enormes.

Así se obtiene, mediante sucesivas expansiones, un autoenfriamiento de los gases.

Un aire comprimido por una bomba se enfría por cualquier procedimiento frigorífico, por ejemplo, la vaporización del amoníaco o el ácido carbónico líquidos. Hecho esto, se deja al aire comprimido en libertad de expandirse, abriendo el recipiente que lo guarda dentro de otro que lo envuelve, con lo cual se produce un enfriamiento que, en los aparatos Linde, por ejemplo, donde la presión baja por efecto de la dilatación de 200 a 20 atmósferas, alcanza inicialmente descenso de 50 grados centígrados.

El recipiente en donde aún queda aire comprimido, o donde se continúa inyectándolo, es enfriado por efecto del citado descenso de temperatura, con lo cual se enfría el aire contenido en él y aún no dilatado; y por bajo de la temperatura que así adquiere, muy inferior a la que tenía al comienzo de la operación, se produce nuevo enfriamiento consiguiente a la que *podremos llamar* segunda expansión. Una tercera, una cuarta, van efectuándose a temperaturas cada una más baja que la anterior, y acumulándose así los efectos combinados de sucesivos enfriamientos y expansiones, llega el aire a licuarse: lo cual ocurre cuando la temperatura desciende a 191 grados bajo cero; y no sólo a licuarse, sino que, a convenir, puede alcanzarse su solidificación: estado en el cual toma el aspecto de una *gelatina espesa.*

El hidrógeno y el helio han sido también licuados: el primero a 250 grados bajo cero; el segundo a unos 270, o sea tres no más antes de llegar al cero absoluto—273 grados centígrados bajo cero usual—que es la total carencia de calor.

El aire líquido, que ya se fabrica industrialmente y constituye un artículo de comercio, es hoy en las industrias frigoríficas el agente por excelencia para la conservación de alimentos, siendo muy usado en los barcos. Se emplea en la cirugía como anestésico.

Su color es azulado, como el del oxígeno, que de él se obtiene líquido también dejando evaporar el nitrógeno.

Combinado con aceite y carbón constituye un explosivo: la *oxiquilita,* cuya potencia es doble que la de la nitroglicerina, sin ofrecer los peligros de ésta.

El día en que se produzca más barato será en la industria un competidor del vapor y de la electricidad.

Antes de entrar en aquel recinto a reconocer la avería, preciso fué aguardar se vaciara todo el aire líquido del aparato desarreglado, y dejar pasar tiempo de que, encendida la calefacción, ociosa desde el invierno, fuera templándose el ambiente hasta hacer posible, el acceso, sin riesgo a la nave de los condensadores, donde al fin penetraron ingenieros y operarios cuando la temperatura subió en ella a 17 grados bajo cero.

* * *

Nueve horas iban transcurridas desde que Inés y Juan cayeron privados junto a un cilindro de fundición, que poco a poco había ido dejando escapar el líquido aire en él almacenado. Contra todas las presunciones de quienes, tan pronto los hallaron allí tendidos, los supusieron muertos por congelación, no lo estaban.

No estaban muertos, a pesar de que ni respiraban, ni les latía, claro es, el corazón, ni daban la más leve señal de vida: como no fuera el color de la tez de uno y de otra, único síntoma que alejaba la idea de muerte en quienes los miraban, y al cual debieron no ser enterrados vivos; pues en vez del amarillento livor cadavérico, típico en los difuntos, tenían sus rostros la blancura rosácea de personas de buenos colores en perfecta salud.

Según diagnóstico del médico de la Industrial Frigorífica, se hallaban en estado cataléptico, determinado por el violentísimo frío, que al asaltarlos de improviso, con fulminante rapidez, no dió tiempo a que sobreviniera el embotamiento *lentamente progresivo*, de funciones fisiológicas y de vísceras, que, en forma característicamente paulatina, acaba con la vida cuando ésta se pierde por congelación: en suma, quiso la muerte matarlos tan de prisa, que no les dió tiempo de morirse.

La explicación, aunque un tanto atrevida, no es descabellada, pues es sabido que corrientes eléctricas capaces de matar a un elefante o a una ballena, y cuánto más a un hombre, se emplean en terapéutica sin el menor daño del paciente, con sólo administrarlas en forma de corrientes alternas suficientemente rápidas, bastando su instantaneidad para convertirlas de mortíferas en inocuas.

Según el citado doctor, sangre, linfas, sueros y órganos se les habían súbitamente cristalizado antes de que pasara el tiempo necesario para la producción de alteraciones de humores y lesiones de vísceras capaces de determinar la muerte. No estaban, por lo tanto, vivos, puesto que no vivían; pero tampoco muertos, pues acaso volvieran a vivir cuando pasaran, si a pasar llegaran, aquellos colapsos: eran semicadáveres, caso que, por completamente nuevo en los anales de la Medicina, no podía juzgarse con las ideas viejas (1).

Como en tal caso era un caso estupendo, y cada día más estupendo, según caían días, semanas y años sin que reaccionaran, ni acabaran de morirse los novios, sucesivamente fueron examinados éstos por los más notables médicos de Bilbao primero, y de España después: movidos aquéllos de científica curiosidad, y éstos por duda incrédula; y a muchos galenos, muchas opiniones.

Dijeron unos que el primer diagnóstico era inatacable; calificáronlo otros de descabellado, negando que el frío hubiera sido causa de la *cristalización orgánica* (cuya evidencia no negaba nadie), y oponiendo la hipótesis de que tal cristalización no había sobrevenido hasta estar ya las víctimas completamente *catalepsitizadas* (no hallo en el diccionario palabra capaz de hacer las veces de este necesario neologismo) por efecto de un súbito marasmo de desconocida especie; pero que evidentemente debía calificarse de nuevo y fulminante tipo de encefalitis letárgica (2), determinante, bien a la vista estaba, de inmunidad específica de los encefalíticos a los efectos de las bajas temperaturas.

Para aquilatar esta ingeniosa hipótesis, se comenzaron en diversos hospitales inmediatos ensayos, cuyo primer resultado fué que las tres o cuatro docenas de pacientes sometidos a ellos salieran, no cristalizados,

---

(1) Sin duda, esta opinión estaba apoyada en el siguiente párrafo, que copiamos, o mejor dicho, traducimos, de un autor inglés:

"... tiene la ventaja sobre otros agentes frigoríficos que, mientras la congelación lenta ejerce una acción destructora sobre los tejidos orgánicos sometidos a ella, la instantánea acción del aire líquido deja intactos dichos tejidos, lo cual se evidencia cuando nuevamente se deshielan."

Son, de otra parte, conocidos de todos los cirujanos los poderosos efectos anestésicos del aire líquido.

(2) Los partidarios de esta segunda hipótesis argüían que, de haber sido el frío la única causa de la cristalización visceral, habría cesado ésta tan pronto la pareja fué substraída a la superglacial temperatura que en torno suyo determinaba la vaporización del aire líquido, haciéndola bajar a 211 grados bajo cero.

Y pues seguían en el mismo estado a los treinta y tantos sobre cero del estío bilbaíno, era evidente que el enfriamiento había sido, no causa única, sino concomitante con la *letargia*; debiéndose a ésta que aquél no hubiera matado al director y a la ingeniera.

sino muertos, de las cámaras frigoríficas, donde los encerraron para ver si se cristalizaban: perfecta y totalmente muertos hasta la medula de los huesos.

Cuando los experimentadores estudiaban variaciones en el tratamiento, prohibieron las autoridades las cristalizaciones de los encefalíticos, no sin protesta de la Academia de Medicina de tales cortapisas a la investigación científica.

Otra luminosa hipótesis explicaba el doble fenómeno de que ni el frío hubiera matado a los seudocongelados, ni el calor los deshelara, por la verosímil existencia en el aire escapado de los aparatos de cantidades de Kripton mucho mayores que las normales en la atmósfera del citado gas, cuyas propiedades extraordinariamente anestésicas y antipútridas acababan de ser descubiertas en 1990. Supuesto esto, lógico era que, saturados de kripton los tejidos y linfas de los enfermos, si es que enfermos cabía llamarlos, se produjeran aquellos insólitos fenómenos; pues la misma anestesia inmunizadora de las vísceras contra la paulatina acción del frío las hacía inmunes al calor después de su instantánea congelación.

La cuarta hipótesis... Bueno; no es necesario pasar revista a las quince o veinte restantes, siendo la única acreedora a excepción la que suponía muertos del todo al director y a la ingeniera, cuyos buenos colores explicaba, diciendo ser pintados.

Esta hipótesis no era de médicos, sino de chuscos; y no basándose sino en la maledicencia, no prevaleció, ni pudo impedir que en un doble sarcófago (no de dobles paredes, sino para dos ocupantes) fuera cuidadosamente acondicionada la semi-interfecta pareja, y después transportada a diversas Facultades de Medicina de toda España: no terminando en esto sus peregrinaciones, que aun pareciendo póstumas, no lo eran, por estar disimuladamente vivos los trashumantes novios; pues se extendieron de España a todos los países civilizados, para satisfacer el curioso interés de las Facultades extranjeras, deseosas de convencerse de *visu* de lo leído en periódicos, revistas médicas, y en número inverosímil de memorias, publicadas con el vano intento de dilucidar el caso, predominante preocupación, por aquel tiempo, de todos los sabios de la Medicina.

Así los novios, para quienes no hallo calificativo más adecuado que el de fiambres, fueron reconocidos y hasta casi asistidos, con igual negativo resultado, por los más conspicuos doctores del mundo; y así, durante cuarenta años, anduvieron rodando de universidades en academias.

No hay de qué sorprenderse con lo largo del plazo, pues recorrieron más de setenta clínicas, y solamente entre Cambridge, Oxford y la Sorbonne se consumieron más de dos años de la expedición.

Tan constante viajar salía muy caro... Los gastos de la primera y de la segunda remisiones a Madrid y a Barcelona los sufragó la Frigorífica Industrial; pero cuando Sevilla, Santiago, Valencia y las demás Facultades de Medicina pidieron les fueran remitidos los *anesticongelados*, se llamó la Empresa a andana, diciendo que no veía razón para pagar viajes de un químico y una ingeniera en situaciones tan pasivas como el Sr. García y la señorita Ramírez.

En tal conflicto, y no cabiendo dejar en medio de la calle aquel doble y valioso ejemplar clínico, los prohijó la madrileña Academia de Medicina, como medio de obtener judicial nombramiento, a su favor otorgado, de tutora de los dos ocupantes del sarcófago, en tanto éstos estuvieran privados de sus facultades.

Seguidamente acordó no atender las peticiones de universidades, hospitales, centros ni museos nacionales o extranjeros, que solicitaban o solicitaran el envío de los sincopizados, a menos de previo compromiso contraído por los peticionarios de sufragar los gastos de viaje de aquéllos y de su *conservador-médico*, o facultativo de cabecera, única persona facultada para abrir el ataúd, y cuya venia y asistencia eran obligadas para proceder a reconocimientos o experimentaciones. Las obvenciones, no flojas por cierto, de este médico, que venía a ser tutor de los congelados, en virtud de delegación de la Academia, correrían asimismo a cargo de los peticionarios.

Recayó el nombramiento en un brillante doctor de veintiocho años, que hasta bien cumplidos los sesenta y ocho no retornó a Madrid con sus pupilos; sin haber puesto una sola receta en aquellos cuarenta años, sin haber visitado un enfermo, sin haber tomado a nadie el pulso: quiere decirse a ningún viviente, pues a sus dos compañeros de viaje se lo tomaba todos los días; pero, por de contado, sin hallárselo ni una sola vez, en tantas como en aquella larga etapa les aplicó el esfímógrafo a las muñecas y a las sienes, por si algún día se licuara y corriera su congelada sangre, y los paralizados, no, los detenidos corazones, recuperaran su latir interrumpido.

Para decir en todo la verdad, forzoso es confesar que, en los primeros tiempos, el conservador-médico creía en su fuero interno (muy interno), que a despecho de la sana apariencia de los conservados, estaban los dos muertos; mas no pudiendo asegurarlo, y viendo en la corroboración de tal sospecha peligro grave de un inminente entierro que pondría fin a la bicoca pingüe de la conservaduría, se guardaba muy bien de exteriorizar tales temores.

Pero si no asistía enfermos, ni ejercía como médico activo, no por ello holgaba el tutor delegado, pues durante la larga expedición hubo de ponunciar por cima de mil quinientas conferencias en universidades y centros científicos, relatando todo el historial clínico de los señores del sarcófago; tuvo que coleccionar y echarse al coleto cuanto de ellos se dijo y escribió en los lugares por donde fueron pasando: con lo que, al regresar a España, llegaba revestido de extraordinaria autoridad en el célebre caso, por saberse al dedillo toda la copiosísima, más aún, abrumadora bibliografía que, derrochando ciencia, se había escrito y publicado sobre Juan e Inés, ignorando tan sólo qué les había pasado, qué les pasaba y qué les pasaría a Juan e Inés, quienes, después de paseados por el mundo entero, volvían a la patria tan desmayados, tan congelados o tan *marasmizados*, mas tan rosados y tan duros como de ella salieron; con los cuerpos rígidos como hierro, según quedaron al caer en la galería de la fábrica.

Se ha dicho que el conservador no sabía de los conservados sino lo ya sabido al ser nombrado para dicho cargo, y no es exacto, pues, en contra de sus primeras presunciones, traía al regresar la convicción de que estaban *vivos*, la cual tenía por base tres incidentes o accidentes.

Primero. Al doctor le habían nacido, en todas las partes del mundo, chicos que eran una caterva, de la piel del diablo; jugando un día estos diablejos, ignoro en qué país, con pólvora y bengalas en la habitación donde tranquilamente dormían (?) en su ataúd los novios, a quienes hacía tiempo les tenían perdido padre e hijos el respeto, dejaron caer una bengala ardiendo en la cara del pobre García; y cuando se enteraron y acudieron a quitársela, *le había hecho ya una quemadura*, ni más ni menos que si estuviera vivo. Pero lo más extraño no fué esto, sino que en unos cuantos días *cicatrizó;* y después fué bajando de color y menguando en dimensiones, hasta quedar, al cabo de unos años, en señal leve, como acontece en las personas vivas.

Segundo. Hallándose en Valparaíso, en época de epidemia de escarlatina, fué Inés atacada de ella: la temperatura de su cuerpo, normal y rebeldemente estacionada desde el principio del colapso frígido en siete grados bajo cero, subió cerca de cuatro, lo que, aun dejándola en tres por bajo de cero, equivalía en tal enferma a violentísima fiebre; la epidermis se le enrojeció con las características rosetas de la erupción; pero pasados cinco días, la piel había bajado a su color natural, descendido la temperatura a los normales siete grados e Inés estaba tan buena como antes: es decir, tan buena o tan mala, pero como antes.

Tercero. Entre Tokío y Yokohama descarriló el tren donde iban los dormidos, el médico, la mujer y la chiquillería del médico. Se rompió el sarcófago, saliendo sus ocupantes despedidos, y al recogerlos resultaron intacta Inés, y Juan con una pierna rota (1).

Si esto hubiera ocurrido con anterioridad a la quemadura de él y a la escarlatina de ella, habría el médico metido en el ataúd a Juan, sin cuidarse de la fractura; pero sabiendo ya que en aquellos organismos existía misteriosa vitalidad, soterrada bajo la aparente suspensión de las normales funciones visibles, consideró deber suyo tratar aquella rotura con igual esmero que trataba frecuentes accidentes análogos de su empecatada prole.

Entablilló, por tanto, el miembro roto, y no habiendo para qué cuidarse de la inmovilidad del paciente, no volvió a pensar en la fractura hasta cincuenta días después, transcurridos los cuales levantó el apósito, viendo con sorpresa que estaba totalmente curada.

¿Qué mayores pruebas de que en aquellas criaturas había vida tan disimulada e incompleta como se quisiera, pero indudable vida?

* * *

Al regreso de la peregrinación exhibitoria, ya convencidos los sabios nacionales y extranjeros de que por mucho que se devanaran los sesos no darían con la incógnita del problema, pasaron Inés y Juan de la categoría de palpitante caso clínico a la seden-

(1) El aire líquido torna quebradizo todo cuerpo que contenga agua, y como el cuerpo humano la contiene, no es extraña la rotura de la pierna de García. Lo mismo ocurre con el hierro, que con las manos puede reducirse a polvo después de sumergido en aire líquido.

En cambio, el cobre y el bronce se tornan correosos con dicho tratamiento.

taria situación de curiosidad científica, custodiada en una lujosa vitrina del Museo Antropológico de Madrid.

El museo desapareció en los siglos, Madrid fué raído de la superficie de la Tierra, España feneció en cuanto estado político, la Confederación Pan-Hispana se abismó en el tiempo como antes se habían en él sumido Pabilonia y Memphis, y como al par y después que ella se abismaron en la propia sima todos los actuales pueblos y ciudades del mundo, cuya herencia se transmitía sucesivamente a nuevas naciones, nuevas confederaciones, nuevas ciudades.

II

EL SEÑOR GARCIA Y LA SEÑORITA RAMIREZ COMIENZAN A ENTIBIARSE

Los hombres de mañana heredaron de los hombres de ayer (1) artes, industrias, ciencias, que en las manos de aquéllos progresaron prodigiosamente.

De la herencia recibida por el siglo C formaban parte los dos aletargados del XXI, que, de museo en museo, de ciudad en ciudad, de nación en nación, llegaron al Omnimuseo Internacional de Mundiópolis, cual valiosos tesoros de la ciencia médica, que todavía lo estudiaba en concepto de *fósiles clínicos*.

El museo se llamaba *Omni* por componerse de secciones relativas a *todas las ciencias*. La atención de los sabios a los fosilizados se explica por ser aquellos dos cuerpos lo único que en el año 10000 perduraba en el mundo en el mismo estado y con la misma apariencia de ochenta siglos antes; cosa a primera vista increíble, pero muy explicable filosófica, física y mecánicamente.

En efecto, como se dice en matemáticas, viviendo se desgastan hombres y animales a causa del trabajo que el vivir impone a órganos y músculos, y cuando muertos los consume la putrefacción subsiguiente a la muerte; pero como ni Juan ni Inés vivían vida activa, como no digerían, ni andaban, ni respiraban hacía ocho mil años, tenían sus tubos digestivos, piernas y corazones como el día mismo de atacarles el marasmo: no trabajaban, no se deterioraban; y como tampoco estaban muertos, no podían pudrirse.

Muy lógico, sí, muy lógico; mas no por eso menos extraordinario para los curiosos o cultos visitantes del Omnimuseo Internacional, ni menos interesante para las lumbreras de las ciencias, que continuaban analizando las hipótesis emitidas sobre el fenómeno en pasadas edades y conservadas en la bibliografía a él dedicada: no compuesta de los mismos libros siglos atrás impresos, y desde siglos comidos de polilla, sino en reiteradas ediciones hechas antes de despizcarse en polvo aquéllos. Y también se habían hecho no sé cuántas, aun cuando sí que muchas, ediciones de sarcófagos, unos en pos de otros desvencijados y podridos al peso de los años, que, por contraste insólito, fueron tan impotentes para ablandar la dureza de los cuerpos del químico y de la ingeniera como para empalidecer sus rostros.

* * *

Roberto Mob, de origen australiano—Mundiópolis es una ciudad completamente cosmopolita—, es director del Omnimuseo Internacional; médico ilustre, no visita, por estar siempre absorto en altas investigaciones de laboratorio; tiene sesenta y siete años, y es flaco, flaco y calvo, calvo.

Su ayudante, Doctor en Ciencias por la Universidad de Cantábriga—ciudad cercana a la desaparecida Santander—, se llama Marcial Rucandio, y tiene treinta y cuatro años.

En el momento de verlos por primera vez los hallamos curioseando con interés en el sarcófago de los bilbaínos: uno la mira a ella, otro lo mira a él, y cada uno tiene el dorso de una mano aplicado al cuello de uno de los congelados.

---

(1) Frase de Juan García, que, como hombre del siglo XX, llama hombres de mañana, en futuro, a los del C, y que hablando después de despertar en este último siglo, emplea el heredaron, en pretérito, para dar cuenta de la herencia como ya recogida.

—Efectivamente, Rucandio, ésta parece no estar tan fría cual debiera corresponder a los siete grados bajo cero que consigna su monografía.

—Para mí, este otro no tiene sino dos o tres bajo cero... Si pudiéramos aplicarles unos termómetros clínicos... Pero cualquiera logra contacto satisfactorio entre el termómetro y este sobaco duro como hierro.

—Para todo hay remedio, porque si en los casos comunes de tomarle la temperatura a un viviente la flexibilidad de la piel proporciona adaptación satisfactoria al termómetro, advierta usted que el cristal de éste es tan rígido y duro como la carne de estos individuos.

—¡Ah! Es verdad, sí...

—Ya comprende usted adonde voy a parar: improvisando termómetros flexibles, con sendas peras de goma, que desinfladas les introduciremos en las axilas, e infiándolas después hasta obtener contacto perfecto entre la goma y los cuerpos cuyo calor deseamos conocer podremos tomarles a estos fósiles la temperatura, no exacta, claro está, pero bastante aproximada.

—Y, sobre todo, don Roberto, que lo interesante no es la exactitud de las temperaturas, sino su variación en cuanto indicio de retorno a la vida.

—Vamos, vamos a preparar lo que necesitamos.

....

....

Dos horas después Rucandio y Mob volvían junto al doble ataúd con dos largos termómetros graduados entre diez grados por bajo y cinco por encima de cero: las cubetas quedaban encerradas en peras o bolsas de goma cuyos cuellos se ceñían a los vástagos de cristal de los termómetros, por la parte opuesta salían de las bolsas tubos, como ellas de goma, destinados a dar paso al aire frío que había de inyectarse en aquéllas.

Metidas las peras desinfladas en los sobacos de Inés y Juan, y comprobada por los manipulantes la temperatura del aire de la bomba inyectora (siete grados bajo cero, obtenidos mediante vaporización del amoníaco), dieron al émbolo, y una vez henchidas ambas bolsas, y cortada la comunicación con el depósito de aire frío, dijo Mob:

—Ahora, como estos novísimos termómetros clínicos son muy imperfectos, no hay que apresurarse a consultarlos. Vámonos, pues, a nuestros quehaceres, y dentro de dos horas hágame usted el favor de volver por acá e ir luego a decirme lo que marcan...

Tendría que ver que al cabo de no me acuerdo cuantas docenas de siglos, fuera esta gente a resucitar ahora en nuestras manos...

—Para nosotros sería agradabilísimo.

—Ya lo creo: podríamos interrogarlos para adquirir antecedentes de la invasión del sincope.

—Acaso averiguáramos las causas de este arcano de la ciencia.

—Y tal vez descubriéramos medio de cristalizar, a voluntad, las personas...: las personas, o solamente parte de ellas: lo cual daría a mi último descubrimiento portentosos vuelos.

—¿Piensa usted en mayores perfeccionamientos de su gloriosa invención del amor industrial?

—Claro: hasta ahora los más potentes corazones utilizados no rinden sino diez y nueve *caballos de amor* los de los hombres, y veintitrés los de las mujeres: rendimiento muy por bajo de la total actividad vital de las humanas criaturas.

—¿Y piensa usted que sería posible?...

—Si estos señores resucitan, si las verdaderas posibilidades que la idea de su resurrección me ha sugerido pudieran convertirse en realidades, la ciencia y la industria darían un paso de gigante.

Oiga usted: la masticación y las digestiones absorben, por lo menos, el 30 por 100 de las fuerzas vitales del organismo; las secreciones de riñones, hígado, bazo, etc., quince o veinte; en purificar la sangre, impulsarla a las arterias y repartirla a todo el cuerpo gastan los pulmones y el corazón otro treinta por corto; la locomoción consume otro diez, quedando, por lo tanto, disponible para los sentidos corporales y las funciones cerebrales y anímicas, de donde nacen los sentimientos, no más de un décimo a un octavo de la total energía efectiva del organismo humano.

—Sí, sí: es verdad; mas sin embargo...

—No hay sin embargos: la cosa es clara. Y si no, dígame: ¿cree usted que la vida, el aliento vital que diferencia al vivo del cadáver, reside en el estómago, en los riñones, ni siquiera en el mismo vil corazón muscular?

—¡Qué he de creer!

—Naturalmente, la vida ha de residir en el cerebro y en el corazón; pero no en el corazón fisiológico, sino en la otra parte anímica de dicho órgano, al descubrir la cual me he convertido en el Mago del Mundo.

Había que ver la vanidad y la soberbia que Mob ponía en actitud y voz al aplicarse el presuntuoso calificativo.

2

—Sí, don Roberto, todo eso lo sé: como sé que en las manos de usted el amor de hombres y mujeres se torna en agente, esencialmente proteico, engendrador de luz, calor, electricidad, en fuerza propulsora de trenes, automóviles y aeroplanos: nadie tan entusiasta como yo de su genial invento; pero lo que no veo es la relación entre él y estas dos criaturas, desde hace ochenta siglos muertas, o semimuertas.

—Muertas: muertas para siempre, si no resucitan: muertas también, completamente muertas hoy, aunque mañana resuciten; pero muertas tan sólo en su grosera parte material, y *anímicamente vivas;* pues de no estarlo no podrían resucitar.

—Es verdad.

—No me interrumpa. Es evidente que todos los órganos de estos dos salvajes del siglo xx, todos, todos, están muertos, puesto que no funcionan hace millares de años. Pero si al cabo resucitan, probará esto que la conservación—aun cuando sólo sea dormitante y recluída en lo hondo de sus espíritus vitales—de esa sombra de vida es suficiente a renovar la vida de la carne muerta mientras la forma de los individuos no haya perecido...

¿Y dónde—atienda bien ahora—, én dónde puede haber estado agazapada esa vitalidad, capaz de resurgir mañana en estos cuerpos?... Fuera de ellos, no; pues entonces estarían los cuerpos putrefactos; más aún: deshechos.

—Ya veo, ya veo: digo, comienzo a vislumbrar...

—En los órganos paralizados, tampoco; pues habrían seguido funcionando: luego, forzosamente, habrán estado refugiadas sus vidas en el *corazón anímico* o sensible, desconocido hasta que yo lo hallé en lo hondo del fisiológico, corazón humano, y en el *espiritual cerebro,* no descubierto todavía entre las circulaciones encefálicas, pero que encontraré seguramente; pues tengo la certeza de que es tan positiva realidad como el corazón de donde brota, no la grosera sangre, sino el amor inmaterial.

—Según eso, lo que usted piensa es...

—Que mientras no mueren las inmateriales esencias de cerebro y corazón viven las criaturas, aun pareciendo muertas: de un modo o de otro, pero viven; y por lo tanto, he aquí el problema que quiero resolver: tomar un hombre y una mujer de los que ahora empleo para apoderarme de su flúido amoroso, y transformarlo en fuerzas; mas no tomándolos en su actual estado de vida normal y plena, sino limpiándolos, antes de amarrarlos al *transformador psico-*

eléctrico, de toda esa basura, inmunda ya perturbadora, de las funciones secretorias, nutritivas, respiratorias. Tal limpieza podría realizarse mediante una previa cristalización de los órganos de la inútil vida material de las parejas amatorias: inútil, claro es, para mi objeto científico e industrial.

—Pero si las cristaliza usted se quedarán muertas, como éstos.

—No, porque no lés cristalizaré los ojos, ni los cerebros, ni los corazones; bien entendido que no hablo del *corazón carne,* sino del recién descubierto *corazón alma,* y del *cerebro espíritu.*

Así toda función física, excepto la visual, quedará muerta; las fuerzas vitales del organismo dejarán de gastarse en impulsar los órganos cristalizados, yendo enteras a los ojos, y al corazón y al cerebro anímicos: con lo cual mis amantes no vivirán sino para mirarse, para amarse. Los caballos de vapor, digo de amor, hoy consumidos por el vientre, los riñones, etc., etc., se invertirán íntegros en impulsos de pasión amorosa; y cada yunta amatoria, muerta para todo menos para amarse, rendirá por corto, no los 42 caballos de hoy, sino 250, equivalentes a 187,5 *electrocupidios,* puesto que cada *cupidio* equivale en fuerza mecánica a cien kilográmetros (1).

En suma, me propongo operar con criaturas *fisicamente muertas pero moral y pasionalmente vivas·*

---

(1) Energía es capacidad de producir trabajo: una de las maneras de medir el trabajo, la más vulgarmente conocida, por referirse al trabajo mecánico, es combinando un peso con una altura a la cual ha de elevársele; y así, un *kilográmetro* es el trabajo desarrollado para subir un kilogramo a un metro de altura, y un caballo de vapor, igual a 75 kilográmetros, es el trabajo realizado por una fuerza que en un segundo levanta 75 kilogramos a un metro o un kilogramo a 75 metros. Las fuerzas se suelen medir por los trabajos que pueden realizar en un tiempo determinado, generalmente un segundo.

Pero es sabido que, levantando grandes pesos con cuerdas, *se calientan las cuerdas,* y machacando en hierro frío *lo calienta* la fuerza que no puede adelgazarlo ni torcerlo; que encorvando con la mano o con tenazas un resistente alambre, se eleva la temperatura de éste; que la fuerza empleada en frotarse las manos las calienta, y la determinada por los frotamientos de las máquinas en marcha puede llegar a producir, y produce muchas veces, incendios.

En todos estos casos el trabajo mecánico ejercido por un número *x* de kilográmetros, se convierte parcial o totalmente, según casos, en calor, o sea en *trabajo calorífico.*

A la inversa el calor solar, que es una energía con diferente apariencia que la fuerza mecánica, evapora a diario grandísimas cantidades de agua en mares, lagos y ríos; y una vez evaporadas gota

—Y además se evitará el malgasto de fuerza, hoy perdida en esfuerzos de los enamorados para romper los grillos y los cinturones que los impiden aproximarse uno a otro. La estadística de estas pérdidas arroja un tercio de muertos del corazón a los ocho meses; y los más fuertes, capaces de soportar más tiempo el proceso cardíaco, se nos vuelven locos al año, cuando más.

—Eso es lo de menos: nos sobran parias machos y hembras; lo importante en esto es asegurar la regularidad en la explotación de las fuerzas del amor, perturbadas con esos desarreglos nerviosos de los polos masculinos; y sobre todo, de los femeninos.

Pero ya hemos charlado bastante, y como

si esa resurrección se verifica quiero me coja bien preparado con el estudio del proceso de estos señores, hágame usted el favor de buscar en esa biblioteca sus historiales clínicos y noticias de los ingredientes y procedimientos empleados en la fábrica donde ocurrió el accidente, y de llevarme luego lo que encuentre.

—No es floja tarea la que me echa usted, maestro.

Rucandio señalaba los diez armarios atestados de libros relativos a los vizcaínos en conserva, que cubrían las paredes de la sala, donde ellos y su bibliografía era lo único custodiado.

—Ca, hombre, ca... Casi todo eso no son

---

a gota las sube hasta las nubes. Sumadas esas gotas en todo el mundo y en un día, dan incalculable número de toneladas de agua. El resultado de levantarlas a las alturas a que aquéllas se ciernen, representa un trabajo mecánico realizado por el calor solar equivalente a enorme número de kilográmetros o caballos de vapor, que no por ignorado deja de ser muy real y efectivo: he aquí calor convertido en fuerza mecánica. Del mismo modo que el carbón de la caldera de la locomotora o del trasatlántico, y la gasolina del auto o el avión desarrollan calor que se convierte en las visibles fuerzas que efectúan el arrastre o la impulsión de aquellos artefactos de locomoción. Y es de notar que este calor, nacido de la combustión, es producido por una fuerza química: la combinación del oxígeno del aire con el carbono del carbón, que a su vez no es en definitiva sino afinidad química, resultante de atracciones eléctricas.

Trabajo mecánico y trabajo calorífico son cosas equivalentes en cuanto transformables una en otra; y así como el primero se mide en kilográmetros, el segundo se evalúa en calorías, siendo cada caloría el trabajo térmico desarrollado para elevar en un grado la temperatura de un litro de agua.

Conocidos experimentos de física han enseñado que al convertir calorías en trabajo mecánico se obtiene de cada caloría el equivalente a 425 kilográmetros. Este número, llamado *equivalente mecánico del calor*, manifiesta la enorme capacidad de trabajo encerrada en la energía calorífica, de la cual podrá formarse más expresiva idea sabiendo que un kilogramo de carbón mineral desarrolla al arder energía que, a poder convertirse sin pérdidas en trabajo mecánico, equivaldría al realizado en una hora por un número de caballos de vapor variable entre 10 y 12, según naturaleza y calidad del carbón empleado; o, hablando en términos más vulgares, el suficiente para levantar a plomo de dos mil quinientos a tres mil kilogramos a cien metros de altura. La tonelada de carbón quemado da, por tanto, energía para elevar a los mismos cien metros 2.500 o 3.000 toneladas de peso.

Con un kilogramo de petróleo, más energético que el carbón, puede desarrollarse fuerza que, con la salvedad anterior, es capaz de elevar 4.000 kilogramos a 1.000 metros de altura. Pero esto y lo anterior es en el supuesto de una transformación íntegra y sin pérdida de energía calorífica en energía mecánica: transformación ideal que, por desdicha para la humanidad, es inasequible; pues en la máquina de vapor, por ejemplo, no se consigue a lo sumo obtener en fuerza sino la equivalente a

la décima parte de la que encierra el carbón consumido.

Esta máquina de vapor o un motor de explosión produce, al mover una dínamo, otra transformación, engendrando energía eléctrica: calor que se hace movimiento rotatorio, y pasa luego a ser electricidad.

Pero ésta nace también directamente del calor en la pila termoeléctrica, calentando con una llama de alcohol, por ejemplo, la soldadura de dos metales.

La fuerza mecánica de la caída del salto de agua (en definitiva, calor solar que licuó la nieve que de las montañas baja a la cascada), se transforma igualmente en electricidad.

El calor y la luz del sol producen en las semillas enterradas en la tierra y en las hojas por donde respiran las plantas, reacciones químicas: he aquí calor y luz transformados en fuerzas químicas.

Tal cuerpo que no es soluble en tal líquido a temperaturas normales, se disuelve en él cuando se calienta la mezcla; y he aquí otro ejemplo de calor convertido en fuerza química.

Reacciones de este nombre en la pila eléctrica engendran electricidad, y a la inversa, con electricidad se provocan combinaciones y descomposiciones de diversos cuerpos. Y en el horno eléctrico se fabrica el diamante artificial, y por medio de radiaciones *se desdobla el cobre en litrio y sodio.*

La electricidad así obtenida por cualquier procedimiento, se transforma en calor en la estufa eléctrica, en luz en la lámpara, en fuerza mecánica en el tranvía, el tren, el auto, en la máquina de imprimir, en la bomba, etc., etc.; en fuerza química en el voltámetro, y en el dorado y plateado de objetos en la galvanoplastia; labra en la placa de cobre o cinc la matriz de los fotograbados; es ondulación electromagnética en la telegrafía inalámbrica, sonido en el teléfono y el fonógrafo, y engendra radiaciones maravillosas llamadas rayos catódicos y rayos X.

La energía de la luz se hace energía química en la placa fotográfica, y energía eléctrica en las *pilas fotoeléctricas*, todavía experimentales, pero positivas, presentadas a la New-York Electrical Society, en las que un par de placas de cobre oxidado, o una de éste y otra de plata sumergidas en agua salada desarrollan electricidad que trueca la luz solar en electricidad al contacto de dicha luz con el cobre; que se hace sonido en el teléfono emitiendo una nota, o hace lucir bombillas: con lo cual tenemos el cambio de la luz natural en luz eléctrica.

sino hipótesis fantásticas que me tienen sin cuidado: no se preocupe sino de hechos relativos al accidente y a los primeros reconocimientos de las víctimas.

—Respiro; eso ya es otra cosa...

—Hasta luego, Marcial.

* * *

Hora y media después entraba Rucandio en el despacho de su maestro. Seguíalo un autómata mecánico, *autom*, como en el siglo cien los llaman, cargado con seis u ocho folletos y cuatro o cinco libros, que dejó encima de una mesa, junto a la cual se quedó inmóvil al cesar su amo de transmitirle órdenes con el *telékino* de bolsillo, que en éste se guardó (1).

Al no hallar allí a Mob se dedicó su ayudante a poner registros en los libros para facilitar la rápida consulta de las noticias más interesantes sobre el accidente de la fábrica de Bilbao.

Cuando en esto estaba entró Mob, preguntando al llegar:

—¿La temperatura?

—Nada más que dos grados bajo cero; y a menos de tratarse de una fiebre pasajera, como la que este libro dice pasó la señora en una población prehistórica cuyo nombre

no recuerdo, me parece que estamos en el comienzo de la descristalización. Pero, ¿a qué paso se verificará ese crecimiento de temperatura?... Eso no podremos saberlo hasta mañana, a no ser tan lento que apreciarlo requiera años, o siglos: que todo podría ser dados los antecedentes.

—Sería una contrariedad tremenda. Mientras tanto, para engañar hasta mañana nuestras impaciencias, vamos a curiosear esos libros.

Al decir esto y advertir Mob que se había dejado las gafas en el salón donde acababa de recibir una visita, se acercó a un gran cuadro colgado en la pared, que contenía una placa de una substancia entre cristal cuajado y celuloide, a los costados de la cual se alineaban, numerados en hileras paralelas, muchos botones pulsadores, correspondientes a diversas habitaciones y dependencias del edificio.

Apretó el número 17, y en la placa translúcida apareció el salón; pues aquel aparato era un *teléfoto*, vulgarmente llamado *televiscinógrafo*, o *visci*: aparato eléctrico para ver a distancia, como el teléfono oye de lejos; y después de mirar atentamente, dijo, primero para sí y luego a Marcial:

—Allí están, amigo Rucandio; hágame el

El sonido se trueca en electricidad, y de nuevo en sonido en el teléfono; en fuerza mecánica que graba en el disco del fonógrafo la voz o la música, y en el *parlógrafo*, moderno aparato del que aquí no cabe sino mención ligera.

La electricidad se hace sonido en el arco voltaico y en las bombillas cantantes de De Forest: *odiones*.

La energía química y la luz producen luz en los cuerpos fosforescentes.

Así toda energía, sea el que quiera su origen, puede transformarse en otra clase de energía externamente diferente, y ser transportada de un lugar a otro, para lo cual se presta notablemente la forma de energía eléctrica.

Estas son las metamorfosis de la energía, que al mostrarse tan pronto en un aspecto como en otro, para retornar, si se quiere, a su primitiva apariencia, prueban que la energía es una, y que potencias calorífica, mecánica, luminosa, química, etc., etc., no son sino apariencias de una energía única, cuya esencia desconocemos, como desconocemos la esencia de todas las cosas.

Por si hicieran falta más pruebas de que todas las energías son transformables, lleguemos a la que parece más fuera del alcance de nuestras manipulaciones: la gravitación universal o fuerza de atracción entre los astros, y la energía del organismo fisiológico que en nosotros reside.

Por efecto de las atracciones ejercidas por la Luna y el Sol suben los mares en el flujo de la marea, y al entrar, en virtud de la elevación de nivel a este correspondiente, en una turbina que se establezca en un puerto, o mover otro culquier artefacto, puede producir fuerza mecánica susceptible de ser convertida en electricidad.

Si ésta la empleo en encender una bombilla, *la gravitación habrá engendrado luz*; si la envío a un voltámetro, *la gravitación, convertida en fuer-*

za química, descompondrá el agua, o depositará plata, cobre, oro, sobre los cuerpos que se quiera revestir de tales metales; puedo con ella encender una estufa eléctrica, etc., etc.

Nuestros órganos trabajan y desarrollan fuerza porque los alimentos suministran elementos que, mediante *reacciones químicas*, nutren los músculos que al entrar en actividad desarrollan fuerza mecánica cuyo equivalente calorífico se mide en calorímetros fisiológicos. Los músculos que soportan un gran peso desarrollando considerable esfuerzo, vibran con vibración que suena, y para oírla no hay sino aplicar a aquéllos adecuados receptores del sonido. Si yo empleo la fuerza de mi brazo en mover la manivela de una dínamo de laboratorio, convierto la energía de mi brazo en electricidad, y ésta después, si así me place, en otras energías de las indicadas.

De energía madre, no en el Universo, donde es probable corresponda tal papel a la gravitación, pero sí en nuestro mundo (y no única), puede calificarse la solar, que apenas sabemos aprovechar en infinitesimal parte, pues la que a mediodía recibe cada metro cuadrado en una hora es equivalente a la de dos caballos de vapor.

(1) Aparato del que existen modelos de Tesla, Torres Quevedo y Branly, para mover y gobernar a distancia la marcha de un bote, un vehículo terrestre, un globo, empleando fuerza de una estación central, transmitida a aquellos vehículos mediante su transformación en ondulación eléctrica análoga a la impulsada en la telegrafía sin hilos.

Como van siendo ya muchas, y acaso demasiado largas, las notas de este libro, apenas comenzado, nos abstenemos de dar noticia más puntual del *telékino*, con promesa de ampliarla en otro volumen de la presente biblioteca.

favor de enviar a su *autom* a buscar mis anteojos, que me he dejado sobre la mesa central del salón.

—Con mucho gusto, maestro—contestó Marcial, cubriéndose con un ligero capacete terminado en lo alto por un alambre arrollado en espiral elíptica muy complicada, igual a otra permanentemente enhiesta en la cabeza del muñeco. Ambas constituían un sistema de antenas afinadas (*sintonizadas*) al mismo tono de vibración eléctrica. Seguidamente sacó de un bolsillo una cajita manipuladora de la transmisión telemecánica, en cuya tapa se leía LOCOMOCIÓN, quedando por debajo del rótulo varios botoncillos marcados A., P., D., L, E. y T., iniciales de las indicaciones *adelante, parada, derecha, izquierda, vuelta, empujad* y *tirad.*

Oprimiendo la A, puso Marcial en marcha el *autom*, y al verlo llegar a la puerta del despacho pulsó la E, haciéndole con ello empujar la puerta, por la cual salió. Al perderlo de vista se acercó al *visci*, donde hizo aparecer sucesivamente los pasillos y aposentos recorridos por el *autom*, y al *autom* mismo, por él guiado, en su marcha a través de aquéllos, oprimiendo, según iba siendo necesario, éste o aquél de los pulsadores del transmisor: que por la antena del capacete de Rucandio lanzaba la invisible onda electromagnética, recogida por la antena de su *autom*, y con ella el mandato señal que ponía en actividad los oportunos mecanismos para que ralizara el maniquí lo que se le ordenaba.

Cuando Marcial lo vió, en el *visci*, delante de la mesa donde estaban los anteojos, dió vuelta al transmisor, que en su tapa opuesta llevaba los rótulos BRAZOS, MANOS, y bajo ellos, pulsadores para regir los movimientos de tales miembros del autómata, que después de recoger la gafas regresó al despacho, y se las entregó, en propia mano, a Mob.

Estos maniquíes, mucho más sencillos que el jugador de ajedrez exhibido por Torres Quevedo en varias exposiciones, no son sino una variedad del telékino del mismo autor y de las chalupas gobernadas desde la costa por Tesla.

La visión de personas, objetos o paisajes situados a distancia fuera del alcance de la vista del observador, y del de los anteojos que éste pueda usar, es problema cuya resolución por medios eléctricos preocupa a los físicos, que ha tiempo se dijeron: Si es un hecho la posibilidad de hablar desde Madrid con Barcelona, París, mediante alambres tendidos entre aquellas poblaciones (y sin alambres hoy, con los aparatos de telefonía sin conductores), ¿por qué no lo ha de ser también *ver por alambres?*; si el teléfono es una realidad, ¿por qué no ha de serla el *teléfoto?*

Las maravillas por la ciencia realizadas en cincuenta años ha hecho muy osados a quienes la cultivan, y por ello muchos sabios cavilan y experimentan a estas horas, en el secreto de sus laboratorios, limando obstáculos y perfeccionando proyectos que ya han llegado a conocimiento de las gentes, habiendo, entre muchos no viables, *alguno que ya ha llegado a racional resolución en teoría;* lo cual es esperanza de llegar a trocarla mañana en aplicación práctica industrial, que permitirá a quienes por teléfono se comuniquen verse a la par que se hablen; que al arquitecto, al ingeniero directores de la construcción de un palacio, un salto de agua, un túnel, les haga ver, sin moverse de los despachos de sus casas, cómo los obreros trabajan e interpretan sus órdenes; que al general en jefe de un ejército le ponga delante de los ojos el desarrollo de los múltiples y alejados combates, por su reunión constitutivos de las monstruosas batallas modernas, que por abarcar centenares de kilómetros escapan en su desenvolvimiento a toda dirección superior: dirección que con el teléfoto volvería a ser posible, aun cuando para esto último sería preciso el teléfoto sin hilos.

Fantasía, locura, delirante ilusión, dirá tal vez alguno, como habrían dicho muchos hace sesenta años a quien vaticinara la fotografía en la obscuridad, o la transmisión instantánea de noticias y órdenes a la voz en los citados casos por medio del teléfono. Y el mundo entero ha visto las utopías de ayer convertidas en hechos de hoy, como de muchas fantasías de hoy se formarán las realidades de mañana (1).

_____

(1) La primera idea que se ocurrió a quienes inicialmente se preocuparon con la televisión eléctrica fué acudir a un metal del que por *brujo* se va queriendo ya echar mano para demasiadas cosas: el selenio, aparentemente indicado para el caso por muy sensible a la vez a la luz y a la electricidad.

Aun cuando, por causas prolijas para aquí detalladas, no quepa, al parecer, obtener con él satisfactorios resultados, de las primeras tentativas basadas en la idea de utilizar dicho metal, nació otra ingeniosísima: la de combinarle con los procedimientos del fotograbado, la cual está en camino de conducir a resultados definitivamente fructíferos, sin volver a pensar en el selenio, a menos que las cosas varíen mucho; pues de serios estudios publicados en Inglaterra resulta que para resolver el problema de la televisión con ayuda de dicho metal, en el supuesto de un dibujo o

Una vez regresado el *autom*, se pusieron maestro y ayudante a estudiar con afán los libros por el segundo traídos; y amanecía ya cuando se fueron a acostar.

* * *

A la mañana siguiente de la colocación de los termómetros entró Marcial, sumamente excitado, en el comedor de Mob cuando éste se desayunaba; y sin darle siquiera los buenos días, dijo:

—Maestro, maestro; aquello va muy de prisa, muy de prisa: ocho décimas bajo cero; a este paso, en menos de veintidós días se nos plantan esos mozos en la temperatura normal de todo el mundo.

---

vista cuyas dimensiones no pasen de 25 centímetros cuadrados, y según la mayor o menor delicadeza deseada en la reproducción, haría falta tender entre las estaciones transmisora y receptora, no uno ni dos alambres conductores, sino número variable entre un mínimo de 15.000 y un máximo de 150.000; disponer de igual número de celdillas de selenio y del mismo de diminutas bombillas eléctricas; y eso para ver los objetos, no en colores, sino en blanco y negro, como en los grabados comunes. El coste de tal instalación, para distancia de 150 kilómetros, sería de muchos, pero muchos millones. La empresa, que por esto no resultaría de lo más económico, no sería tampoco realizable por otros conceptos.

Dicho esto, agregaré que, a pesar de ello, he mencionado el selenio, no ha sido por el gusto de perder el tiempo, sino con la sana intención de dar la anterior noticia para que no lo pierdan muchos *aspirantes a inventores* (no sabios por supuesto), que seducidos por las habilidades del citado metal, se quiebran inútilmente a estas horas la cabeza, y hasta se forjan falaces ilusiones de resolver el problema por un camino que no puede conducir a buen puerto a esos impenitentes inventores de café de *cosas que no cuajan*.

No hablemos más, por tanto, del selenio; pero hablemos de otra cosa. Coja el lector que nada sepa de estas cosas—los versados en ellas pueden saltar la nota—un periódico ilustrado, y con una lente del mayor aumento que a mano encuentre examine un trozo de un grabado (que si no está muy delicadamente hecho servirá mejor para el objeto).*En cuanto lo haga observará que en él no hay líneas como en los antiguos grabados en madera o cobre, ni sombras definidas como en los dibujos hechos a mano, al carbón o a la aguada, sino una multitud de puntitos que en los blancos intensísimos de la lámina faltan o son apenas perceptibles, y están muy alejados unos de otros; que estos puntos van engrosando, obscureciéndose y aproximándose entre sí a medida que se examinan partes semiblancas, grises más cargadas y obscuras, hasta llegar a las zonas negras del dibujo, donde parecen juntarse unos con otros, dando la sensación de una masa negra.

Como una teoría del fotograbado llena un libro, ya se supone que no he de explicarla aquí, pues a la finalidad perseguida al hablar de esto basta la escueta noticia de que esta clase de dibujo punteado *lo dibuja la luz* mediante la adición a la máquina fotográfica de una placa de cristal con rayas finísimas cruzadas que forman una cuadrícula que la luz no atraviesa sino por sus vanos, quedando detenida en las rayas. Esta lámina transparente a partes a una retícula, y se coloca delante de la placa fotográfica donde ha de obtenerse el *cliché* fotográfico y cercana a ella: con lo cual no llega a éste más luz sino la cernida por lo que pudiéramos llamar *cedazo óptico*. Todas las partes del dibujo u objeto fotografiado que quedan tapadas por las rayas de la cuadrícula *no son vistas por el cliché*; es decir, no lo impresionan.

A través de cada uno de estos vanos de la cuadrícula ve, pues, la placa fotográfica un punto del original. Si en éste hay muchísima luz, aparecerá blanco en el fotograbado final (saltamos, en obsequio a la brevedad, todo el intermedio proceso operatorio;)" por otros agujeros ve puntos poco menos alumbrados, pero claros todavía, los cuales dan lugar en el grabado a menudos puntitos bastante separados entre sí; y a medida que se consideran vanos de cuadrícula fronteros a zonas más obscuras del dibujo, cada vano produce puntos más gruesos y entre sí más cercanos en la lámina, que se comerán casi todo o todo el fondo blanco del papel donde se imprima el grabado.

Sabiendo esto, que el rubidio es un metal que cuando se halla cargado de electricidad negativa la pierde muy lentamente en la obscuridad y con gran rapidez si la luz lo alumbra; que otro metal, el sodio, tiene la propiedad de ser, en estado de vapor, e igualmente alumbrado, un bonísimo conductor eléctrico, sabemos ya bastante para intentar, no describir completamente, pero sí dar mera *y vulgar idea* de la genial y elegantísima solución que Míster Campbell-Swinton, Presidente de la Sociedad de Rayos-X, de Londres, ha propuesto para el problema de la televisión eléctrica, con aplauso de doctos. Intentemos instalar su proyectado aparato en España.

En el teléfono que en Sevilla, por ejemplo, usa el amigo con quien converso desde Madrid, y cercana a la bocina, hay una lente empleada como objetivo de una pequeña *y sui generis* máquina fotográfica montada en aquel aparato. En vez del vidrio deslustrado de las cámaras comunes, tiene ésta permanentemente montada en su foco una placa del rubidio antes citado, pero fabricada, no de una hoja continua, sino de diminutos cubos o dados de dicho metal soldados unos a otros: de modo que se hallan eléctricamente aislados de sus inmediatos por una substancia no conductora de la electricidad.

Sobre la cara que llamaremos anterior de esta plancha de rubidio aparece la imagen del amigo de Sevilla, en ella pintada por el objetivo fotográfico, en cuanto aquél se pone delante del teléfono; pero del mismo modo que en las cámaras ordinarias de fotograbado se interpone entre lente y cliché la retícula de que antes se ha hablado, en ésta se halla siempre montada entre el objetivo y la plancha de rubidio una malla metálica de hilos muy finos, cuyo efecto óptico, aparte del eléctrico, que saldrá después, es el mismo explicado en aquéllas al *obtener dibujos punteados*.

Sobre la superficie pulimentada de rubidio vería mi amigo de Sevilla, si le fuera dado, que no le es, mirar allí dentro, su retrato constituido, gracias a la interposición de la malla, por infinidad de puntitos como los de los fotograbados de marras.

Cada uno de estos puntitos *cae sobre uno de los dados de rubidio entre sí aislados*.

Con agregar que el espacio de la originalísima máquina fotográfica comprendido entre la lente y la plancha de rubidio está lleno, no de aire, sino

—¿Está usted seguro, amigo Marcial?

—Segurísimo: treinta y nueve grados que les faltaban ayer, a razón de uno y ocho décimas por día...

—Sí, es verdad: siempre que ese calentamiento continúe a igual paso. Vamos, vamos a verlos... Tal vez hallemos medio de acelerar la reacción.

de vapor de sodio, queda dicho lo más esencial de la parte óptica del transmisor *telefótico*. Vamos ya con la eléctrica, pues hasta ahora *no tenemos sino un retrato en Sevilla*, que es poco tener, pues claro está que no lo veo desde aquí, y que tampoco podría verlo yéndome allá, porque la cara anterior de la plancha donde está pintado, mientras el original no se vaya queda en el interior de la cámara siempre herméticamente cerrada para que no se escape el vapor de sodio —ya se verá para qué sirve el tal vapor— y porque no siendo transparente aquella plancha, como los vidrios deslustrados de las máquinas fotográficas ordinarias, tampoco podría verlo por transparencia en la exterior de dicha plancha. El tal retrato es, pues, un secreto impenetrable e inaccesible a miradas humanas.

Pero lo que no ven éstas va a verlo un haz de *rayos catódicos*, o, mejor dicho, me lo va a hacer ver sin necesidad de moverme de Madrid. Y aquí séame permitido un paréntesis para dar una breve explicación: ni a tanto llega, pues no pasa de noticia.

Los rayos catódicos son chorros o huracanes de *electrones* —o sea de cargas infinitamente pequeñas de electricidad negativa—, que con *velocidad de varios centenares de miles de kilómetros* vuelan en el interior de los tubos de Crookes. Estos rayos hacen cosas muy extraordinarias en los laboratorios y fuera de éstos, siendo una de ellas, y la más adecuada para que quienes no son sabios se hagan cargo de la importancia de ellos, la de hacer nacer los conocidos rayos X o de Roentgen en el choque de los electrones que transportan contra el vidrio de los citados tubos. Los rayos catódicos o los electrones de ellos son, pues, los padres de dichos rayos X.

Acabado el paréntesis, que ya se ve no ha sido largo, y volviendo al teléfoto, diré que en prolongación de la cámara fotográfica recién descripta se monta un tubo productor de rayos catódicos, que lanzan éstos sobre el revés de la plancha de rubidio, en cuya cara opuesta está el consabido retrato del sevillano. Mas con la particularidad de que mientras éste cubre la plancha entera en tanto el original no se quite de delante del aparato, los rayos catódicos no caen a la vez sobre todos los minúsculos dados de ella, que por el otro lado contienen los puntitos que dibujan tal imagen, sino que sucesivamente tocan ahora uno, luego otro y otro separándose de los anteriormente tocados, hasta tocarlos todos: lo cual realizan merced a un velocísimo movimiento del haz de rayos: tan rápido, que resulta de atracciones y repulsiones sobre ellos ejercidas por electroimanes, que las hacen sucederse a razón de mil cambios de dirección o punterías por segundo, en virtud de los cuales a todos los dados de la plancha llegan los electrones muchas veces en dicho breve espacio de tiempo.

Este efecto se ha conseguido merced a la conocida propiedad de los tales rayos de ser atraídos y repelidos por los polos opuestos de un imán: fenómeno interesantísimo, pues utilizándolo se ha conseguido en los gabinetes de radiología medir aquellas velocidades de centenares de miles de kilómetros con que viajan los electrones que componen dichos rayos.

Cada uno de los dados de rubidio, que en su otra cara anterior tiene uno de los puntos cuyo conjunto dibuja en la plancha la cara de mi amigo, *se electriza negativamente* en el momento de ser tocado en su cara posterior por el chorro catódico; y aquí llega lo genial, maravilloso iba a decir, de la idea de Campbell-Swinton; porque según estos dados correspondan a puntos negros, grises o partes blancas del retrato, pasan en el instrumento de Sevilla y en mi aparato de Madrid cosas completamente diferentes. Véase cuáles.

Partes blancas quiere decir dados de rubidio muy alumbrados por la lente objetivo, los cuales, por la propiedad de descargarse con toda rapidez cuando dicho metal está muy iluminado, ceden inmediatamente la electricidad negativa que les comunican los electrones de los rayos catódicos, al chocar con ellos: electricidad que les es substraída por el vapor de sodio, con el cual se hallan en contacto por la cara alumbrada. Pero este vapor envuelve la malla metálica, y buena conductora, por lo tanto, que se electriza también rápida e intensamente.

Cuando de nuevo vuelva el haz catódico a caer sobre dados alumbrados se electrizarán de nuevo éstos rápidamente y transmitirán dicha electrización al sodio y a la malla.

Pero en virtud del incesante oscilar que al haz catódico imprimen los electroimanes pasa dicho haz de aquellos dados blancos a otros manchados en sus caras anteriores con puntitos negros del retrato, que las dejan obscuras, por lo cual no se descargan de la electricidad que los rayos les prestan, la cual no pasa al vapor sódico ni llega a la malla metálica que, por lo tanto, *no se carga*. En los puntos grises más o menos obscuros de la imagen que cubren parcialmente mayor o menor superficie de los dados donde caen, la descarga de éstos se verifica con rapidez tanto menor cuanto mayor parte de la superficie de los dados quede obscura, y por tanto la malla recibe cargas tanto mayores cuanto más menudos sean los puntos negros que sobre la plancha de rubidio dibujan el retrato.

Consecuencia interesante: *la carga eléctrica de la malla varía constantemente por efecto de la llegada de los electrones a la parte posterior de los dados, diversamente iluminados por la imagen óptica.*

Estos son todos los fenómenos que se producen en Sevilla. Vengamos ahora a Madrid, y a' *aparato receptor del telefoto*, de cuya transmisión he dado somera idea. En lugar de la lente objetiva de la capital andaluza, tengo ante mí una pantallita circular de una substancia capaz de fosforecer en los puntos donde sea tocada por rayos catódicos producidos en otro tubo Crookes análogo al del transmisor: con fosforescencia intensa, que dará mucha luz cuando sobre ella caigan todos los engendrados en el tubo de Madrid, con intensidad media o débil a medida que los rayos que la toquen sean en menor número; y manteniéndose apagada, es decir negra cuando o donde no la hiera ninguno. En esta pantalla voy a ver a la consabida amiga.

—Había usted dicho que era amigo —dice un lector.

—¿Sí? Bueno, pues ahora es amiga; porque como fué ayer cuando describí el transmisor, y es hoy cuando describo el receptor, se fué el amigo y ha venido una amiga; y eso salgo ganando, porque es guapa.

III

LA DORMIDA PAREJA AVERIA DOS ROBUSTAS YUNTAS AMATORIAS

—Seis grados sobre cero—decía una tarde Mob—. Vea, Rucandio: aun estando tan rígidos como cualquier difunto, ya sus carnes no tienen la dureza de piedra que tenían antes.

—Sí; esto es el comienzo de la resurrección. Pero ¿no teme usted que al no estar ya protegidos por el frío de su congelación puedan descomponérsenos como dos muertos vulgares? Yo creo que la putrefacción es ahora el gran peligro.

—Lucharemos contra él, Rucandio: los rodearemos de una atmósfera antipútrida, y uno de nosotros estará siempre de guardia junto a ellos por turnos de cuatro o seis horas.

—Además, Don Roberto, yo creo que para prevenir la putrefacción sería eficaz un régimen permanente de corrientes de alta frecuencia.

—Lo simultanearemos con inyecciones intravenosas de gases antipútridos: el tratamiento eléctrico, con sus sacudidas galvánicas, suplirá la falta de vibraciones verdaderamente vitales, cuya paralización en el organismo determina la descomposición de los cuerpos muertos.

—Pero yo creo que mejor resultado que la electricidad vulgar nos dará la corriente *psicoeléctrica del cupidismo*, sin transformarla en corriente ordinaria.

—Amigo Marcial: hoy está usted en vena de felices ideas; emplearemos la *cupidoterapia*, indicadísima en este caso por su ori-

---

La pantalla fosforescente está en un extremo del tubo catódico de que acabo de hablar. Cuando nada hay que ver; es decir, cuando la amiga no está delante del objetivo de la cámara fotográfica de Sevilla, no llegan dichos rayos catódicos —en Madrid producidos—a la pantalla fosforescente que en Madrid miro; pero cuando aquella señora se coloca delante del transmisor de Sevilla, y en éste ocurren los fenómenos anteriormente reseñados, los rayos catódicos de mi receptor de Madrid se mueven *del mismo modo y en las mismas direcciones, con respecto a la pantalla, que los de allá lo verifican con respecto a la imagen pintada en la placa de rubidio donde se forma la imagen de dicha señora*, porque en Madrid hay unos electroimanes idénticos y en el mismo circuito de los de Sevilla, y unos y otros desvían en los mismos instantes y de igual manera los dos haces de rayos de ambas poblaciones.

Pero aun hay más, pues de la malla metálica de allá sale uno de los alambres de línea—los otros dos, pues en total son tres los necesarios, son los de circuito de los electroimanes—, el cual pone dicha malla en comunicación eléctrica con un disco metálico también y horadado en su centro, situado en el tubo catódico de Madrid, electrizando dicho disco con las mismas variables intensidades de aquella placa: muy intensamente al tocar los rayos catódicos de ella partes iluminadas del retrato; menos cada vez al llegar aquéllos a zonas más débilmente alumbradas de él; y nada al caer sobre los negros. Esta electricidad del disco, por similar, como negativa, a la de los rayos catódicos, repele los lanzados por el receptor de Madrid con repulsión mayor o menor, según la carga del disco: de modo tal que cuando ésta es muy fuerte, *todo el haz de rayos pasa por el orificio del disco y llega a la panta-*

lla fosforescente, *iluminándola fuertemente en la parte que en ella se corresponde con la del retrato de la placa de rubidio*, REPRODUCIENDO DICHA PARTE DE ÉL ILUMINADA; cargas menores del disco correspondientes a las zonas agrisadas de la imagen de allá, sólo dejan pasar por el orificio de él parte del haz de rayos catódicos, tanto menor cuanto menos alumbradas aquellas zonas; los negros *que no cargan la malla metálica del transmisor de Sevilla*, ni, por tanto, *el disco del receptor de Madrid*, no repelen los rayos excitadores de la fosforescencia, que quedan interceptados, sin llegar a la pantalla fosforescente, QUE PERMANECE OBSCURA EN LA ZONA CORRESPONDIENTE A SU HOMÓLOGA NEGRA DEL RETRATO.

Conviene advertir—y a esto se debe que este sistema no haya menester las decenas de millares de celdillas de selenio, de alambres ni bombillas eléctricas, que actualmente parecen constituir obstáculo insuperable a la solución de que al principio de esta nota hemos hablado—; conviene advertir, repito, que las partes blancas, grises y negras que en su conjunto dibujan la imagen vista en la pantalla fosforescente no aparecen al mismo tiempo en ella sino una a una en instantes sucesivos, lo cual, si la velocidad con que sucesivamente surgen y se apagan no fuera grandísima, sería causa de que no viéramos sino chispazos sueltos de luz, tan pronto en unas como en otras partes de la pantalla.

Pero el ojo humano tiene una propiedad, llamada persistencia de las imágenes, en virtud de la cual la impresión en la retina de un objeto instantáneamente desaparecido tan pronto mostrado, no desaparece de ella con igual instantaneidad, sino que dura en dicha retina una fracción de segundo mucho mayor que el tiempo invertido por el haz de rayos catódicos de Sevilla, en recorrer todo el gen humano. Elija usted cuatro apasionadas yuntas de amantes, que alternarán en el más potente de nuestros extractores de amoroso flúido; y en vez de enviar éste a los motores o al alumbrado eléctrico lo haremos vibrar en los cuerpos de estos dos congelados, cuyo proceso resurrectivo ayudaremos además térmicamente, sacándolos del sarcófago, instalándolos en un lecho y poniendo debajo de éste un calorifero. Para tenerlos más a mano los llevaremos a mis habitaciones.

Una vez efectuada la traslación de Inés y Juan, a diario les era aplicado a ambos el tratamiento antipútrido; y en cuanto al cupidismo, véase cómo se estableció la corriente a que permanentemente quedaron sometidos.

Un alambre partía de la mujer del sótano, o más bien del campo amoroso por ella engendrado, subiendo a arrollarse a una pantorrilla de Juan. Por ésta entraba en el cuerpo de él la corriente, saliéndole por una mano, enlazada a otra de Inés, por la cual entraba en ella, para salir por su pantorrilla a otro alambre conectado al polo masculino del par bixesual del sótano.

Más adelante se explicará detalladamente cómo el hombre y la mujer de abajo engendraban la corriente alternativa, que en un instante corría de él a Inés, de ésta a Juan y a la mujer de abajo, y en el inmediato fluía en sentido contrario: mujer,

retrato pintado por la luz en la lámina de rubidio, igual al que tardan en aparecer en Madrid todos los puntos de dicho retrato: siendo el efecto producido en nuestra vista por la totalidad de ellos el mismo que si a la par aparecieran todos en la pantalla, donde se ve el retrato entero.

Es lo mismo que ocurre en el cinematógrafo: que no proyectando en la pantalla sino diez y seis a veinte imágenes por segundo, produce en el espectador el mismo efecto que si fueran en número infinito, por no verlas como vistas aisladas, sino como no interrumpida sucesión de ellas, que engendra la apariencia de su continuado movimiento. Por lo mismo, lo que yo veo en Madrid no es un frío retrato inmóvil de mi interlocutora sevillana, sino su misma cara en movimiento.

Veo, he dicho *en presente*, y he dicho mal, porque el aparato no ha sido aún construido para general aplicación. Debí decir veré cuando el aparato llegue a madurez de aplicación práctica, pues el estado actual del problema de la televisión eléctrica es el de la telegrafía sin hilos cuando Hertz descubrió la ondulación electromagnética, y todavía no habían llegado Branly, Marconi, etc., a descubrir la telegrafía sin hilos, hija legítima de dicha ondulación.

Es seguro que a los técnicos sabrá esta nota a poco y sentirán curiosidades de detalles que aquí no cabe dar; pero también lo es que no puedo alargarla, pues es probable que a los indoctos les parezca excesiva. Por lo tanto, quien quiera saber más pida noticias a la Sociedad de Rayos X de Londres o al mismo Campbell-Swinton.

Juan, Inés y varón del sótano: todo merced al maravilloso aparato Mob, que oportunamente será descrito.

¿Electricidad?... ¿Amor?... Lo uno y lo otro. ¿Cómo?... Ya lo veremos.

Aparte el beneficio positivo obtenido de aquellas corrientes—evitar la putrefacción de los cuerpos—, lo que menos habían menester los novios bilbaínos era tal refuerzo de vibraciones amorosas; pues antes de haber la cristalización paralizado su espontáneo vibrar ya ellos con eficacia suficiente a hacerlos concertar su boda para ocho días después de aquel en que cayeron presa del marasmo. De haber sido sometidos a semejante tratamiento cuando todavía estaban totalmente vivos y despiertos en Bilbao, no cabe imaginar a qué peligrosos extremos habría llegado su pasión: gracias a que en Mundiópolis su estado inerte los preservaba por el momento de los peligros de sobresaturación pasional; pero si ésta perdurara, al volver a la vida, ¿no podría estallar en congestiones afectivas, en amatoria hiperestesia?
....
....

—Marcial, esto marcha cronométricamente—decía una noche Mob, a la cabecera de los ex cristalizados—. Ya no voy teniendo duda de que dentro de unos días podrá usted preguntar a sus paisanos ese montón de interesantes cosas que... ¡Canario!... No había pensado en que probablemente no podrán ustedes entenderse: mucho temo que gentes dormidas hace ocho mil años hablen ur. castellano un poco arcaico.

—Y teme usted bien: el castellano corriente entonces en Bilbao ya no era cosa muy allá, que digamos; el que hoy se habla en toda España no conserva punto de semejanza con el clásico de Burgos: así es de creer que sólo algunas palabras sueltas sean iguales en los vocabularios por ellos y por mí usados. La dificultad es grave, y únicamente veo un rayo de esperanza.

—¿Cuál?

—Al dormirse nuestros dos vizcaínos terminaba en Bilbao un sarampión de nacionalismo *bizcaitarra*, que debía estar en su apogeo cuando éstos eran chicuelos; y si ellos hablan bien el vascuence, como yo me he criado en Vizcaya, muy cercana a mi pueblo, y lo hablo cual nacido en Guernica...

—Pero con el vascuence pasará lo que con el español: entre el del siglo veinte y el del cien...

—Ca, no, señor: aunque por otras causas, es el vascuence tan inconmovible como el esperanto, y el de hoy igual, no ya al de veinte siglos después, sino al de veinte años antes de la Era cristiana.

—Eso es un idioma geológico... ¡Ojalá lo hablen estos fósiles!

—Pronto lo hemos de ver, porque hoy es martes, y los fósiles vendrán a despertarse hacia el sábado. Buena gana tengo para descansar de guardias.

—No hay que aguardar a entonces, amigo Marcial; esto lleva una marcha perfectamente normal, y ya no es necesaria nuestra constante centinela; con dos o tres visitas por día basta.

El martes a que Rucandio se había referido llegaban Inés y Juan a los treinta grados, con diferencia entre uno y otra de dos décimas; el jueves de mañana rebasaban los treinta y tres.

Después de terminadas en dicho día las cotidianas y matinales manipulaciones antipútridas, procedió don Roberto, según costumbre, a medir la corriente que los despiertos amantes de los sótanos enviaban a los dormidos amantes de arriba, empleando al efecto un fotómetro contador del número de *lux* (1) con que brillaba una bombilla de luz eléctrica intercalada, para efectuar la medición, en el alambre de la línea de las parejas.

Al hacerlo quedaron sorprendidos los dos sabios de ver lucir la bombilla, no con el brillo intenso de todos los días, sino con precaria luz de un rojizo negruzco y con titilaciones presagiantes de cercana extinción.

Atribuyéndolo a mal funcionamiento del *generador bisexual* de abajo, descendió Rucandio a los subterráneos, donde halló al hombre y a la mujer que entonces producían corriente, sacudidos por epilépticas convulsiones. Participándoselo por radiofonía a Mob, hizo desamarrar a aquella yunta de los taburetes del *transformador*, substituyéndola por otra magnífica, compuesta de una bellísima rubia inglesa y un arrogante trigueño araucano, localmente enamorados de sus antagónicas bellezas, que tan pronto estuvieron amarrados uno frente a otro y cruzaron sus ardientes miradas dieron un salto, es decir, sendos saltos, rompiendo los cinturones de sujeción y cayendo desmayados: del mismo modo que la pareja recién relevada había quedado al ser interrumpida

(1) Una de las medidas fotométricas de la intensidad de los focos luminosos ensayados en los laboratorios.

la corriente circulante entre ellos y los dormidos del piso principal.

Al mismo tiempo, la bombilla que arriba miraba Mob lanzó un deslumbrador relámpago y se fundió, pareciéndole al sabio, aun cuando no pudiera asegurarlo (tan rápido fué todo), que Inés y Juan se estremecían.

—¿Qué ha pasado, Rucandio?—preguntó por radiofonía.

—Que la yunta relevada se nos ha privado al cortar la comunicación, y a la entrante le ha pasado lo mismo al establecerla. Además, ésta ha roto los cinturones de seguridad.

—Que amarren otra, poniéndola en comunicación, no con estos de aquí, sino con los motores elevadores del agua o de los molinos. Y usted suba en seguida. Ya sé lo que es.

Mientras Marcial subía, desconectó Mob los alambres empalmados a los novios de arriba, dejando a éstos fuera de circuito; y cuando aquél llegó dijo al verle entrar:

—Hemos estado a punto de echarlo todo a perder; mas lo ocurrido prueba que si todavía no es un hecho la resurrección de los órganos corporales de estos españoles, ya se ha verificado en los anímicos: lo que ha pasado es que, sin sospecharlo, teníamos funcionando aquí una pareja *electroamatoria* tan potente como las yuntas de abajo, y en la que, además, hemos acumulado durante varios días energía amorosa superior a la desarrollada por éstas; que de seguir haciéndolas funcionar unas contra otras habríamos estropeado cuantas parejas de parias hubiéramos empleado, y, lo que es peor, producido un daño mucho más irreparable en nuestra pareja fósil, porque ésta no podemos reemplazarla como aquéllas.

—Verdad: es el caso de un acumulador que alcanza tensión igual a la de la dínamo empleada en su carga.

—Ni más ni menos. Por eso, ya comprobado que estos dos individuos han dejado de ser inertes a la vibración afectiva, lo cual prueba con evidencia que están anímica y amorosamente vivos, no nos conviene continuar cargándolos: es más, deseo que de aquí al sábado pierdan alguna tensión, para que al despertarse no sobrevengan complicaciones.

—Es de esperar que en estas cuarenta y tantas horas pierdan bastante flúido por irradiación.

—Con ello cuento.

IV

EL DESPERTAR

Los bilbaínos eran unos novios como Dios manda, que se querían con buen fin, según er España se decía en los tiempos de la primera etapa de su vida, o *pour le bon motif*, empleando francesa frase, equivalente y contemporánea de la española.

Prueba de ello que habiendo pasado varios años en constante comunicación, libres de ajena autoridad y vigilancia, supieron guardarse de toda incorrecta libertad; pues la mayor que Juan se había tomado, como anticipo a cuenta de la boda, fué darle tres o cuatro besos en la mano a su novia: lo cual es bien poco, sobre todo si se tiene en cuenta que nunca le besó los pies, como a todas horas se los besan los caballeros a las damas: váyase, pues, lo uno por lo otro.

Dícese esto, antes de dar noticia del despertar de ambos, para que, tomando en consideración cuál solían proceder, estando en sus cabales, no se los culpe de la desgracia, tal la consideraron ellos, apenándose mucho, que les acaeció al volver a la vida. Y por lo mismo se van a dar antecedentes inmediatos de tal desgracia.

Dicho queda que al caer sincopizados se querían ya muchísimo. Acumulado a este cariño los de las cuatro parejas amatorias con quienes, durante varios días, habían estado en comunicación electroafectiva, había crecido el de ellos desenfrenadamente: tanto que, aun habiendo perdido alguno, por irradiación, como Mob esperaba, bastó el que dentro les quedó para saturarlos. Agréguese a esto la brutal descarga de cupidismo recibida por los pobres muchachos al fundirse la bombilla, y se comprenderá que desde entonces no cesaran de vibrar, alcanzando tensiones explosivas; pues si Mob les había quitado los alambres, se le olvidó tomar la precaución de separarles las manos.

A este vibrar desaforado se debió que, en vez de despertarse el sábado, según programa, se adelantara tal suceso al viernes 15 de junio, a las seis de la mañana, para García, y a las seis y cinco para su compañera.

Pero antes de reintegrarse por completo a vida plena, ya en ellos habían comenzado a trabajar sus cerebros anímicos, que diría Mob, produciéndole pesadillas. De otra parte, ha de tenerse en cuenta que al caer en la galería de los condensadores de aire, como heridos del rayo por el frío de 200 grados bajo cero, y ser fulminantemente anestesiados por el exceso de kripton en dicho aire, no sintieron, por lo instantánea de ella, la conmoción del accidente, no siendo, por lo tanto, de extrañar que aquella diferida sensación fuera la primera experimentada cuando la vida comenzaba a renacer en ellos. Así, antes de revivir completamente, soñaron con aquello, recordando Juan que había visto caer a Inés, Inés que había visto caer a Juan: recuerdo que a los dos los hizo llorarse mutuamente, puesto que al enterarse ambos de que pensaban se tuvo cada uno a sí por vivo y por difunto el otro.

La pena que los dos sintieron ya puede suponerse: digo mal, no es posible suponerla, pues no era la dura, más soportable, experimentada en los casos vulgares de pérdida de un adorado novio o novia, en víspera de boda, sino dicho dolor, aumentado en otro cuatro veces mayor a consecuencia de la cuádruple inyección de amor de otras tantas parejas de amadores.

Atracción semejante a la que al despertar del todo y convencerse de que los dos estaban vivos, iban a experimentar aquellos novios no la han sentido, ni es probable la sientan nunca, otros amantes en todo el universo.

* * *

Juan fué quien primero abrió los ojos. La luz del día entraba por la ventana; los rayos del sol se entrelazaban con los bucles de Inés, que, de ser dorados, podrían dar lugar ahora a una bonita figura retórica, que perdemos por ignorar el color de ellos.

Incompletamente despierto, y todavía ofuscado por la impresión de la reciente pesadilla, la creyó al pronto muerta; y rompiendo a llorar, se abrazó a ella. Pero al hacerlo y advertir que la adorada criatura no tenía la rigidez de la muerte, se separó para

mirarla, viendo que su color no era el de un
cadáver; y al acercarse nuevamente y sentir en el rostro el tibio aliento de la respira-
ción de ella, se trocó su dolor en júbilo, ra-
yano en delirante cuando, todavía en sue-
ños, pero ya próxima a despertar, entreabrió
Inés la boca, y murmuró: Juan, Juan.

Las caricias de que él la colmó entonces
acabaron de despertarla; y al abrir los ojos
y ver junto a sí, vivo, al que creía muerto,
le echó al cuello los brazos, exclamando:

—Juan mío, mi Juan.

—Inés de mi vida—respondió él.

—Tuya.

—Tuyo.

....
....

Una hora después hallábanse los prome-
tidos sentados uno frente a otro; pero los
dos con las cabezas bajas, y sin atreverse
a mirarse.

—Yo no sé, no sé.

—Ni yo tampoco.

—No estábamos en nuestro juicio.

—Fuimos inconscientes.

—Te juro que no tuve intención.

—Te creo, te creo. A los dos nos ha ocurrido lo mismo: ni tú ni yo hemos podido
pensar en nada hasta ahora... cuando ya es
tarde.

—Gracias a que la última amonestación
está ya publicada... Si quieres, en lugar de
casarnos dentro de ocho días, lo abrevia-
remos.

—Sí, Juan, sí: lo antes posible.

Los muchachos hablaban cual si su doble
síncope no hubiera durado sino unas cuantas horas; pues las pesadillas que acababan
de recordarles el accidente de ochenta siglos
las interpretaban cual sensaciones borrosas
de cosa recién acaecida.

De pronto dijo ella:

—Pero Juan, ¿dónde estamos?... Yo no he
visto nunca esta extraña habitación; no es
de la fábrica.

—Y estos muebles de formas tan estram-
bóticas, que...

—¿Dónde estamos, Juan? Ven, vamos a
la ventana... Esto no es Bilbao—dijo ella al
asomarse y atalayar Mundiópolis.

—Claro que no—contestó él—. Es una ciudad que ni remotamente se parece a ninguna de las que yo conozco.

—¿Dónde estamos, dónde estamos... ¿Qué
es esto?... Mira, mira aquellos transeúntes...
¡Qué extraños trajes! Aunque más cortos, se
dan cierto aire a túnicas romanas.

—Y esas gentes no andan: sentados en
sillones, en las aceras, son transportados

por el movimiento de éstas, cuyo pavimen-
to se desliza a lo largo de los edificios.

—Y esta calle es circular; y en los costados de la parte central de ella, en la que no
se ven carruajes, tiene dos canales: míralo... Tal vez pase de trescientos metros la
anchura total de la vía... Los edificios han
de andar cerca de los cincuenta de altura,
y eso que no parecen tener sino dos pisos;
en las azoteas son más estrechos que en
la planta baja, y todos de forma troncopi-
ramidal... Esto da la impresión de una ciudad mirada por un cristal de aumento: todas las casas parecen colosales templos egipcios.

—Mira, mira un aeroplano que aterriza
sobre aquel edificio... Y allí otro, y otro allá,
a la izquierda.

—Es que muchas de esas vastísimas azoteas son indudablemente plataformas de
aterrizaje.

—Sí, eso debe de ser. Y las otras parecen
espaciosos jardines... Mira, mira allí otro
gran biplano que se remonta desde aquel
gigantesco edificio... Pero no sube oblicua-
mente, como todos, sino ascendiendo verticalmente, a la manera de los globos.

—Y ¡qué torres tan enormes esas que salen del centro de cúpulas parecidas a domos
de catedrales!

—¡Que atrocidad!... Acaso alcanzan la altura de la torre Eiffel, de París... Una, dos,
tres... Y aquella otra es lo menos el doble...
Junto a la más lejana flotan en el aire dos
colosales masas que parecen amarradas a
ella a diferentes alturas.

—Deben de ser aeroplanos o dirigibles.
aunque la forma parezca un tanto rara

—Sí; tienen algo de aeroplano y mucho
de zepelín y de helicóptero... Efectivamente, están amarrados a la torre. Ahora se
suelta uno y se lanza en vuelo: míralo, míralo... Y otro se acerca y queda sujeto a
ella.

—Juan: no solamente no estamos en Bilbao, sino que me mareo al pensar que esta
inmensa población no es ninguna de las que
conocemos, ni puede ser tampoco ninguna
de las que uno tiene noticias.

—Estoy tan perplejo como tú... Cuanto
veo es tan inusitado, que no sé qué pensar;
y hasta me asalta la idea absurda de que
no estamos en la Tierra, sino en otro planeta...

—Calla, calla... Ya se me ha ocurrido a
mí esa misma idea, y la he rechazado asustada: porque ¿qué sería de nosotros en un
mundo desconocido?

—No, tranquilízate: es imposible que durante nuestro desmayo hayamos salido de la

Tierra... Porque, mira, el Sol tiene el mismo tamaño con que lo hemos visto siempre; y si estuviéramos en otro mundo, forzosamente lo veríamos más grande o más pequeño que desde el nuestro... Además, la presión atmosférica es la misma a que nuestros pulmones están acostumbrados, pues no experimentamos novedad alguna al respirar; la fuerza de la gravedad es la de nuestro mundo, porque, con independencia de su extraña forma, esta silla—Juan levantaba una para sopesarla—pesa lo que debe pesar en la Tierra con arreglo a su tamaño: lo cual prueba que no estamos en otro planeta; pues todo tiene en todos diferente peso que en el nuestro.

—Sí, sí; tienes razón... Y sin embargo tengo miedo: no sé de qué, pero mucho miedo... Quiero saber, quiero saber qué significa todo esto; quiero saber en dónde estamos.

—Serénate, mujer, ya lo sabremos... Y no te asustes; pues sea dondequiera donde estemos, es evidente que estamos entre gentes civilizadas; y sobre todo, porque estás conmigo.

—Sí, sí; tienes razón; eso, eso es lo interesante: que estamos juntos, que tengo a mi lado a mi Juan de mi alma.

—Inés de mi vida.

Al decir las anteriores palabras se abrazaron, obedeciendo a simultáneos impulsos incontrastables: con efusión vivísima y felicidad tan inmensa, que a poco de sentidas asustaron a Inés por su violenta intensidad, poniéndola en guardia y haciéndola arrancarse asustada de los brazos de su amado, diciendo:

—No, Juan mío: acuérdate de lo de antes...; acuérdate de que aun no estamos casados, y respétame, respétame: ten tú la fuerza, que a mí me falta, para defenderme de ti... y de mí misma.

—Inés, Inés de mi vida... No me temas... Es terrible lo que me pides; pues casi raya en imposible resistir a la fuerza de atracción que sobre mí ejerces. Pero me venceré.

—Juan, cuanto nos pasa es desconcertante: paréceme estar en un mundo donde todo ha crecido en enormes proporciones: las ciudades que nosotros conocíamos se agigantan hasta convertirse en esta colosal ciudad que estamos contemplando; los sentimientos crecen, crecen, hinchándose al extremo de no cabernos en los corazones, que amenazan romperse con estallidos de pasión... Porque yo creía, hace ya mucho tiempo, que era imposible quererte más de lo que te quería, y ahora, alma de mi vida, veo que te idolatro doble, triple, cuádruple que

antes: tanto, tanto, que el corazón me duele con dolor que no puedo llamar sino dolor de amor.

—Y yo, mi vida, mi luz, mi cielo, te adoro cien, mil, qué sé yo cuántas veces más; y me mata el tormento que me causas huyendo de mis brazos. Vuelve a ellos, vuelve; ven a mí, Inés.

—Sí, gloria mía... No, no: me has prometido... Ahora estamos despiertos; ahora ya somos responsables... No me mires; vuélvete de espaldas, como hago yo, para defenderme del mismo impulso, que tampoco podría resistir, de continuar mirándote.

Entonces probó Juan ser tan buen muchacho como honesta Inés; pues en vez de aprovecharse de haberle ésta vuelto la espalda para abrazarla a traición, con lo cual es de creer no habría podido ella continuar resistiéndole, la obedeció, volviéndose también ella.

Los pobres eran dos verdaderos héroes, porque apenas se dejaron de ver, el dolor de no verse los hizo prorrumpir en llanto; pues a los dos les parecía que les estaban amputando miembros de sus propios cuerpos.

¡Pobres muchachos! ¡Buena la había hecho Mob con aquella bárbara acumulación de *electrocupidios!*

Gracias a que aquel padecer imponía gran desgaste de fuerzas, y a que el llanto ayudaba a la eliminación de fluido, fué decreciendo la extremada violencia de la tensión pasional de los primeros momentos; aun cuando manteniéndose todavía fortísima; pues para descender a lo que había sido el hondo, pero tranquilo amor que en su vivir primero habían gozado los amantes, tendría que continuar descendiendo durante veinticuatro o treinta horas, por lo menos; y en tanto éstas pasaran habrían de sostener tremendas luchas para no recaer en lo que tanto deploraba Inés.

El más grave peligro, bien lo veían, era aquella constante comunicación a solas, en la que estaban sometidos al suplicio de Tántalo; pues era evidente que el régimen de espalda frente a espalda sólo podría durar algunos ratos para contener impulsos súbitos, de otro modo incontrastables; porque aquella ridícula situación no cabía prolongarla horas y horas. Por eso, comprendiéndolo, dijo Inés al cabo de un rato:

—Si pudiéramos salir, buscar a quien preguntar, hablar con alguien.

—Voy a ver—contestó Juan acercándose a la puerta única del aposento; y al intentar abrirla, y no lograrlo, prosiguió—: No puede ser: la puerta está cerrada por fuera.

—¡Cerrada! ¡Entonces estamos prisioneros!—exclamó Inés levantándose.

Pero al volverse, ver a Juan y leerle en los ojos el deseo de acercársele, corrió hacia el lado opuesto de una gran mesa, que entre los dos quedó, sobre la cual estaban unos cuantos libros, las jeringuillas y los frascos de los ingredientes del tratamiento antipútrido de los días pasados, diciendo:

—No: tú, a ese lado... De pie no; siéntate: allí, allá, más lejos.

—Pero Inés... Estarte viendo desde aquí, a tal distancia, va a ser peor que estar de espaldas.

—Lo peor es seguir devorándonos sin cesar con los ojos como ahora... Mira, aquí hay libros; hojea unos mientras yo miro otros: así nos distraeremos... ¿Qué es esto? Oye, oye: "Monografía clínica del viaje realizado con doña Inés Ramírez y don Juan García, por el doctor BERNARDO MENOYO" Y debajo dice: "Años 2000 al 2040. Vigésima edición de la primera traducción".

—¿Pero qué disparates estás diciendo?

—Los que leo en la cubierta de este libro escrito en esperanto. Míralo... No, no te acerques. Ahí va.

Al decir esto tiró Inés por cima de la mesa el libro, que cogió su novio, quien después de echarle una rápida ojeada, dijo:

—Aquí hay otra cosa todavía más increíble.

—¿El qué?

—El pie de imprenta, que dice: "Tipografía Arqueólogo-Antropológica, Mundiópolis, año 8993.

—Año 8993. No puede ser. Es absurdo.

—Tienes razón; es imposible... Y sin embargo, esta ciudad desconocida y extraña, esa arquitectura ciclópea, esos trajes... No sé, no sé.

—Yo me mareo, Juan; es absurdo, absurdo... ¿Quién puede creer que hayamos viajado durante cuarenta años sin enterarnos? Juan, Juan, ¿será que hayamos muerto en el accidente de la fábrica?; ¿que nuestros cuerpos, que creemos estar viendo, no tengan realidad, y sean tan sólo una ilusión de nuestras almas, en las cuales perdura el recuerdo de ellos?

—No, Inés, no; yo me palpo: mi cuerpo existe; no es un fantasma.

—Y yo me vuelvo loca... De ser verdad ese pie de imprenta, forzosamente habríamos muerto hace millares de años.

—Como no sea esto una pesadilla, y ficciones de ella la ciudad y el libro, los canales, las torres, las azoteas, el viaje, el accidente de la fábrica y el imposible pie de imprenta.

—A ver, a ver; aquí hay otros libros; veámoslos.

—¡Ay, ay!

—¿Qué te pasa?

—Que me he pinchado con este cortaplumas para ver si estoy dormido o muerto; y que estoy bien despierto, y muy vivo.

—Pues entonces esto es para perder el juicio...

—Calla, calla; parece que alguien anda en la puerta.

Efectivamente, la puerta se abría, y en ella aparecía Rucandio, que llegaba a hacer su primera visita cotidiana a los fósiles del siglo XX.

V

INES Y JUAN SE EXPLICAN SU VIBRAR DESAFORADO

Grande fué la alegría del recién llegado al ver ya convertida en hecho, y con no pocas horas de adelanto sobre lo colegido, la apetecida resurrección o despertar de los cristalizados; y tanto más por no tenerla él por cosa indubitada, sino como aleatoria o problemática.

La curiosa inquietud de los vizcaínos no dió tiempo a Marcial de dirigirles la palabra; pues apenas hubo, no franqueado, sino entreabierto la puerta, cayó sobre él un aluvión de apremiantes interrogaciones de Juan e Inés, que a la par preguntaban:

—¿Dónde estamos?

—¿Quién y porqué nos ha sacado de Bilbao?

—¿Cuánto tiempo hemos estado privados?

—¿A cuántos estamos?

—¿Qué población es ésta?

No recibieron respuesta estas preguntas:

no solamente por no dejar su precipitación y multiplicidad tiempo ni hueco para contestarlas, sino porque habiendo sido hechas en castellano del siglo xx no fueron entendidas por Rucandio, según ya había él presentido; pues de su castellano del siglo cien al español en que le hablaban los resucitados, había mucha más diferencia que entre la lengua de Berceo y la de Pereda y Alarcón. Por eso solamente entendió el hijo de la moderna Cantábriga algún que otro vocablo suelto a los vetustos jóvenes de la muerta Bilbao, de cuyas desgranadas ruinas no quedaba ni polvo, ya aventado en el tiempo por los siglos.

Pero, por suerte de los tres, una de las pocas palabras comprendidas por el ayudante de Mob fué el nombre de aquella población, leído y releído por él repetidas veces al consultar, en días cercanos, la bibliografía relativa al caso de los congelados. Y se dice por suerte, porque al oír tal nombre se acordó Marcial del vascuence; y convencido ya de que en castellano no llegarían a entenderse, preguntó:

—¿*Zubek Euzkeraz itz egiten dozube?* (¿Hablan ustedes el vascuence?).

—*Bai ba. ¿Baña zuk itz egiten dozu?* (Ya lo creo. ¿Pero usted lo habla?).

—*Bai, Gernika ondoko basetxe baten azi naz.* (Si me he criado en un caserío próximo a Guernica).

—Pero ¿no habla usted el castellano?

—Sí; pero no entiendo el de ustedes, porque como es tan arcaico.

—¡Arcaico!

—¿Qué dice usted?

—Que es muy diferente del que hoy se habla en Iberiola.

—¡Iberiola! ¿Y qué es eso?

—Lo que en tiempo de ustedes se llamaba España.

—Caballero, no entendemos una palabra: digo, supongo, Juan, que tú tampoco entiendes.

—Ni jota... Español arcaico, España antigua, nuestros tiempos; y ese nombre de Iberiola que por primera vez oigo, sonándome como cosa de la época de Indívil y Mendonio.

—Me explico perfectamente los asombros de ustedes, pues son muy naturales. Como no están aún preparados a las sorpresas que al recuperar la conciencia de sí propios...

—Pero ya las vamos, digo, las íbamos sospechando.

—¿Qué nos ha pasado?

—¿Cuánto tiempo hemos estado desmayados?

—¿Dónde estamos y qué ciudad es ésta?

—¿Qué viaje absurdo es el que relata este libro que aquí hemos encontrado?

—Mira, Juan, si seguimos preguntando ambos a la par, y tantas cosas de una vez, va a serle imposible a este caballero contestarnos.

—Tienes razón.

—Lo mejor es callarnos y dejarle a él que nos informe de lo que sea más urgente: del modo y en el orden que crea más oportuno.

—Lo que dice esta señora me parece juiciosísimo y lo más breve.

—Sí, sí; Inés tiene razón: hable usted como quiera.

—Pues entonces sentémonos; pues aunque una sola conferencia no bastará para informar a ustedes de lo mucho de que habrán de enterarse poco a poco; lo más preciso, a que hoy atenderé, ya da materia para un rato.

Sentados los tres en torno de la mesa, y brillantes de curiosidad los ojos de la pareja que, aunque joven y fresca, era indudablemente una fósil pareja, comenzó a hablar Marcial, diciendo:

—Están ustedes en Mundiópolis, capital del mundo.

—Pero ¿es que el mundo tiene una capital única?—interrumpió García.

—Juan—dijo Inés—, hemos quedado en que las preguntas las haremos después.

—Verdad... Perdone, señor...

—Marcial Rucandio, Doctor en Ciencias y ayudante del Director del Omnimuseo Internacional, que es el edificio en donde estamos. Mi Director, el ilustrísimo Roberto Mob, verdadera gloria de la ciencia, no ha venido conmigo a saludar, o a recibir a ustedes, porque no creyendo que despertarían hasta mañana a la caída de la tarde, ha salido a un viaje urgente a las Cataratas de Stanley, pero volverá mañana.

—Pero eso está muy lejos: en el Africa Ecuatorial... Creo que en el Congo.

—En el Africa, sí; muy lejos, no.

—Juan, Juan: esas interrupciones...

—Ah, sí; tienes razón... No me haga caso, caballero, y prosiga.

—Después de un sueño muy poco diferente de la muerte, en que han estado ustedes postrados desde que el frío horrendo de un escape de aire líquido, sobrevenido en la fábrica donde prestaban sus servicios, los envolvió, congelando y cristalizando todas las vísceras y jugos de sus cuerpos, hace varias semanas fueron ustedes sometidos a un tratamiento al cual me complazco de haber cooperado con mi maestro: gracias a él ban recobrado ustedes la perdida actividad de sus funciones orgánicas.

Terminado este exordio, hizo Rucandio un sucinto relato de lo más saliente de cuanto había acontecido a los novios durante el colapso; y al hablarles de su inconsciente peregrinación de universidad en universidad y de academia en academia, fué Inés quien, no pudiendo contenerse, exclamó:

—Entonces, si eso del viaje de los cuarenta años es cierto, debo estar hecha un carcamal, porque tendré sesenta y tres años.

La señorita Ramírez se quitaba cuatro, pues su verdadera edad al congelarse era veintisiete.

Comprendiendo Rucandio que aquello preocupaba mucho, y muy desagradablemente, a la resucitada, dijo galantemente:

—Nada de eso, señora; nada de carcamal—, y levantándose y oprimiendo una de las diversas palancas que sobresalían de la pared, descorrió medio lienzo de una de las de la habitación, descubriendo un espejo de cuerpo entero; y volviéndose a Inés, prosiguió:

—Véalo usted misma y convénzase de que está en el mismo estado y tan joven y fresca como el día del accidente.

Tranquilizada Inés, y complacida, después de mirarse al espejo, de hallarse tan guapísima y esbelta como de costumbre *en sus tiempos*, contestó:

—Mil gracias, caballero; menudo peso me ha quitado usted de encima.

—Y eso que tiene usted algunos más años de los sesenta y tres.

—¿Más?... ¡Qué horror! Entonces será que después de acabado el viaje todavía hemos estado desmayados una temporada...

—¿Una temporada?... Sí, una temporada; pero un poco larga.

—Me asusta usted; voy temiendo ser centenaria.

Durante el anterior diálogo sobre la edad de su futura, cogía Juan con inquieta curiosidad, uno en pos de otro, varios de los libros relativos a sus personas, que estaban sobre la mesa, sin mirar en ninguno sino la fecha de impresión, y murmurando para sí entre dientes

—8993... ¡Qué atrocidad! No puede ser. 9742... ¡Atiza! 9984...

Cuando por aquí andaba de su admirativo soliloquio, oyó a su novia asustarse de la posibilidad de haber llegado al siglo, siendo él quien, sin dar tiempo a Marcial de contestarla, dijo:

—Centenaria, no, Inés: si no mienten estos libros, somos, no centenarios, sino mi-

lenarios, remilenarios, archimilenarios; porque debemos andar por el siglo cien o por el ciento uno: a menos que todo esto haya sido impreso con el solo objeto de darnos una broma pesada.

—No, señor: nadie piensa aquí en dar a ustedes bromas de mal gusto; y efectivamente, vivimos en la época que, acercándose mucho a la verdad, supone; pues estamos a 25 de octubre del 10000.

—Pero, pero... es absurdo.

—Sí, hija mía; absurdo, pero cierto.

—Vaya, que aunque me aspen no lo creo.

—Señora: aseguro a usted que soy incapaz..., y menos tratándose de compatriotas.

—No, no; perdone: no es que yo le llame a usted embustero, sino que usted o nosotros estamos para que nos metan en un manicomio. Porque, según esas cuentas, Juan tiene 8.034 y yo 8.023 (a pesar de ser tantos los suyos, seguía Inés quitándose los cuatro de costumbre); y no hay sino mirarnos al espejo que ha tenido usted la amabilidad de proporcionarnos para ver que eso no puede ser. No es vanidad, no; pero ¿cómo voy yo a creer que esa mujer que veo en el espejo sea la más vieja del mundo?

—Porque ha de distinguir usted entre su partida de bautismo que indiscutiblemente tiene esa antigüedad de ocho mil veintitrés años, y su cuerpo: tan joven cual corresponde a los únicos veintitrés del pico que en realidad ha vivido; porque lo que envejece no son los años, sino la vida; y usted es indudable que no ha vivido, aun cuando haya durado, ochenta siglos.

—¡Ave María Purísima!

—Ni este caballero tampoco: los ha conservado a ustedes perfectamente la congelación a que han estado sometidos.

—¿Congelados?

—Ni más ni menos.

—Nada, Inés, hay que resignarse. Y bien podemos consolarnos de nuestras avanzadas edades, pensando en que, a juzgar por el estado en que resucitamos, hemos gozado de magnífica salud todo el tiempo que hemos estado muertos.

Como Inés no se daba a partido, fué preciso presentarle argumentos irrefragables: tres o cuatro diferentes periódicos del 25 de octubre del año 10000, en que vivían; una carta fechada que Rucandio tenía en el bolsillo, y, sobre todo, la leve, pero visible cicatriz de la quemadura de Juan en la mejilla, que no tenía antes del accidente, y una hinchazón perenne del tobillo izquierdo, consecuencia de la fractura sufrida en el descarrilamiento del Japón: todo ello como pruebas de lo consignado en la memo-

Palidece la luz del arco porque cada vez va quedando en ustedes menor exceso de "electrocupidismo".

ria del doctor Menoyo, su antiguo médico de cabecera, sacada a colación y exhibida por Rucandio, quien entonces se enteró a la vez de que ya la habían curioseado los resucitados, y de que dominaban el esperanto; pues Inés le quitó de la mano el libro donde él iba señalando los episodios a que se refería para leer por sí misma lo referente a la escarlatina que había padecido en Valparaíso. Este descubrimiento produjo a Marcial gran satisfacción, y no menor a los ex congelados, pues facilitaba su nueva vida en la sociedad y la época en que habían caído.

Una vez convencida y resignada—¿qué iba a hacer?—, retornaron las curiosidades de Inés y de su futuro a pedir noticia del mundo al que nacían, dándoles Marcial unas cuantas, por lo pronto someras, de la índole de las insertas en el prólogo, limitándolas a lo más urgente; pues los detalles ya los irían viendo los redivivos por sí mismos.

—Mire usted, Señor Rucandio: aun cuando la feliz circunstancia de ser nosotros esperantistas nos facilita la comunicación con los habitantes de esta población donde hemos venido a dar, no por eso dejaremos de utilizar los servicios de guía en ella, que tan galantemente se brinda usted a prestarnos.

—Soy de la opinión de Inés; pues considero una suerte haber tropezado con un español al despertarnos; porque siempre es más grato deber a un compatriota...

—Oiga, don Marcial, ¿y cuál es ahora la forma de-gobierno en España; digo, en Iberiola? ¿No es así como se llama ahora?

—Sí; pero hoy Iberiola no es un estado, sino una provincia del IMPERIO MEDITE-RRÁNICO, constituido por los pueblos del mediodía de Europa y norte de Africa, Siria, Palestina...

—¡Qué lástima!

—Su capital está en la isla de Mallorca.

—¿Palma?

—No tengo noticia de la existencia de ninguna ciudad de tal nombre. La capital se llama JAFETOPOLIS.

—Mira, hija, mejor que preguntar ahora a este caballero noticias de lo pasado, que podremos leer en cualquier epítome histórico, creo más urgente pedírselas de esta población en donde estamos, si es tan amable que...

—Con el mayor gusto: esta ciudad, capital de todas las parciales federaciones de la Tierra, a su vez agrupadas en una superior Confederación Mundial, está situada en la orilla oriental del que antiguamente se llamaba lago Alberto.

—Entonces estamos en una de las fuentes del Nilo.

—Precisamente en la más occidental (1). Desde los tiempos en que ustedes se... se..., diremos se durmieron, la supremacía política y científica del mundo pasó de la caduca Europa a América, después al Asia, y hoy la luz de la ciencia y las leyes que gobiernan al mundo salen de lo que antes se llamaba impenetrable Africa. Por eso asienta aquí la capital de la suprema Confederación Mundial.

(1) El lago Alberto, llamado por los indígenas *Muotan Nzighé*, cuya superficie se halla a cerca de 700 metros sobre el nivel del mar, lo cual mitiga notablemente en sus orillas el terrible calor ecuatorial africano, recibió su nombre de Enrique Stanley, cuando en su última expedición al Africa Ecuatorial en socorro de Emín Bajá halló a éste en las orillas de dicho lago en abril de 1888, después de cinco años de haber perdido toda comunicación con el mundo civilizado, a causa de la terrible insurrección del Mahdi.

En el lago Alberto, y después de salvar las célebres cataratas de Murchinson, caen las aguas que un brazo del Nilo trae del lago Victoria Nyanza, inmensa sabana de agua que alimenta el grande (6.270 kilómetros de curso) y durante muchísimos siglos misterioso río, que al salir del lago Alberto corre hacia el Norte para formar la rama del llamado Nilo Blanco.

Inmenso se ha llamado al Victoria, cuyas orillas reconoció Stanley, y sobre cuyas aguas navegó una temporada, porque tiene superficie que ha sido estimada en tres cuartas partes la de España.

Además de las expediciones que realizó después de haber sido nombrado gobernador general del nuevo Estado del Congo, tres fueron los principales y grandes viajes de exploración de Enrique Stanley:

El emprendido en 1871 en busca del célebre y perdido explorador Livingstone, a quien halló a orillas del lago Tangayika, y terminó a fines de 1872: en él quedó perfectamente comprobado que se habían equivocado quienes supusieron que este lago era la fuente del Nilo.

El gran viaje transafricano de Oriente a Occidente, que duró de 1874 a 1877, recorriendo casi todo el curso del río Congo, siendo el origen de la creación del Estado de este nombre.

La expedición en busca de Emín Bajá (febrero de 1887 a 1890).

Dos datos pueden dar idea de las penalidades soportadas en tales expediciones: en los comienzos de la primera perdió de peso Stanley 54 libras; en la última comenzó con una caravana de 707 hombres, de los cuales sólo 284 quedaban al terminarla.

Emín Bajá era un médico alemán, Eduardo Schnitzer, que, entrando como tal en el Ejército Egipcio, ascendió hasta llegar a gobernador del Sudán.

De sus desavenencias con Stanley, que le obligó a alejarse de la región de los grandes lagos, se habló mucho y no se escribió poco, sin que al cabo se haya podido hacer luz en quién tenía más motivos de queja. Lo probable es que ninguno en un aspecto, y los dos en otro; pues lo verosímil es que las desavenencias tuvieran por origen que cada uno tratara de arrimar el ascua a la sardina inglesa y a la sardina germánica, respectivamente.

3

Seguidamente informó Rucandio a sus nuevos amigos, con quienes había simpatizado mucho, de los caracteres más salientes de la civilización en medio de la cual brotaban, ofreciéndose a prestarles dos o tres libros de carácter sintético sobre tales materias, para que se prepararan a no asombrarse demasiado con las cosas que habían de ver, de las cuales se enterará el lector cuando las vean ellos.

Pero en lo que más se detuvo fué en la personalidad, para él excelsa, de Roberto Mob, a cuyo saber y a cuyo genio se debía el más portentoso invento en los siglos sacado a luz por mente humana, y del cual no daba puntuales noticias por no deber anticipar las que seguramente les daría el eminente sabio, a cuya asistencia debían que su resurrectivo proceso no se frustrara por la putrefacción, amenazante de hacer presa en ellos cuando comenzaron a calentárseles los cuerpos; pues Mob había sabido combatirla heroicamente, con éxito que a la vista estaba.

No pudo menos Inés de estremecerse con horror al enterarse del terrible y repugnante peligro, y de expresar con efusión su agradecimiento a quienes de él los habían salvado: sintiendo gran deseo de poder expresar personalmente su gratitud al señor Mob, cual la expresaba a su ayudante.

Entretanto, García, a quien en su calidad de químico habían llamado la atención los frascos del tratamiento antipútrido, que estaban sobre la mesa, curioseaba las etiquetas de los que las tenían, destapaba y olía los otros; y al oír hablar de putrefacción dijo:

—De modo que estos ingredientes y estas jeringuillas han sido los medios empleados para preservarnos de la descomposición...

—Esos y otros que es imposible sospechen ustedes... A reserva, como he dicho, de dejar a mi maestro la explicación de su portentoso invento, puedo anticipar a ustedes que tal medio ha consistido en aplicarles un preservativo no químico, sino físico: no, ni siquiera físico sino psíquico, incomparablemente más enérgico que antisépticos y antipútridos: el amor.

—¡El amor!

—¿Qué está usted diciendo?

—Que mientras en ustedes no se reanudó espontáneamente la vibración vital, preservadora, en los cuerpos vivos, de la descomposición, que en éstos se ceba cuando la cesación de ella ocasiona la muerte, sustituimos dicha vibración natural por una potentísima vibración artificial.

—¿Pero esa vibración?... ¿La naturaleza de ella?...

—¿Y qué tiene que ver con el amor?

—Como faltan a ustedes antecedentes sobre la manera de provocarla, les será imposible comprenderla, y hasta les costará trabajo creerme; pero mientras llega oportuna ocasión de darles pruebas convincentes, básteles mi palabra de que hemos excitado en ustedes vibraciones amorosas.

—¿Vibraciones amorosas? — preguntó, asombrado, Juan.

—Sí: acumulando en ustedes amor a tensiones tan altas que personas vivas no habrían podido soportarlas.

—Ya me lo explico todo, Juan—se le escapó a Inés.

—¿El qué, señora?

—No, nada, nada—contestó ella, no creyendo necesario poner a Rucandio en antecedentes de cosas que nada le importaban—. Quiero decir, cierta actividad interna y extraordinaria que sentimos, una excitación y una nerviosidad todavía...

—Claro, aún no ha habido tiempo de que por completo eliminen ustedes. ¡Qué cabeza!... Con el placer de su conversación me h olvidado de esto, que es lo más importante.

Verán ustedes: nosotros contábamos con que su despertar se demorara todavía cuarenta y tantas horas, durante las cuales la pérdida de flúido, por irradiación espontánea, habría hecho cesar las supertensiones; y como el despertar ha s brevenido mucho antes... Soy con ustedes dentro de un momento. Voy a buscar el medio de descupidizar a ustedes... En seguida vuelvo.

VI

CAPITULO TAN BREVE COMO EXTRAÑO

Apenas vió Inés que Marcial había traspuesto y cerrado la puerta, dijo:

—¡Qué peso se me ha quitado de encima: si ya decía yo que nosotros no podíamos ser responsables de aquello: a lo menos yo... ¡Pero ese Mob!: lo que con nosotros ha hecho es un indigno e intolerable abuso. Esas vibraciones... saturarnos de... eso, sin contar con nuestra aquiescencia.

—Repara, mujer, que no podía consultarnos.

—Pues, entonces, no habernos hecho vibrar de esa manera inconveniente, indecorosa, impropia de una mujer como Dios manda... Ni que fuéramos conejos o ranas.

—Pero, ¿no has oído que si no nos pudríamos?

—Eso es verdad... Pero, aun así, ya antes de conocerlo, el tal Mob me es horrorosamente antipático.

—Mira, dejemos a Mob, y no nos ocupemos sino de nosotros: de la inmensa dicha de estar juntos, y otra vez solos... Tenía una gana ya de que se fuera ese hombre.

—¿Para qué?... ¿Para volver a las andadas? De ningún modo.

—¡Qué mala eres conmigo!... ¡Si vieras cómo vibro.

—Pues no te lo agradezco, porque no soy yo, sino Mob, quien te hace vibrar.. Y lo que me da más coraje es que yo también vibro atrozmente.

—Pues entonces, mujer..

—¿Qué?

—Siquiera un beso.

—¡Un beso!

—Es en la mano, mujer, nada más que en la mano.

—Ca, no cuentes con ello; ahora que sé que todo es obra de ese maldito sabio, no hay miedo de que me ablande... Me parecería que era él quien me besaba.

—¡Qué tontería!

—Los hombres sois siempre los mismos; no tenéis delicadeza de sentimientos; todo os da lo mismo.

—¡Inés!

—No, no tienes porqué ofenderte; pues a la vista está que a ti, con tal de que vibremos, te da lo mismo que sea nuestro cariño o ese indecente amor artificial que nos han inyectado traicioneramente el que nos haga vibrar.

—¡Qué cosas dices! ¡Por Dios, mujer! ¿Pero no ves?

—No hay pero que valga ni veo más sino que hasta que el cura arregle esto nos aguantaremos las tensiones. Y aun entonces podré tener tranquila la conciencia; pero mi dignidad no me permitirá vibrar hasta estar convencida de que soy yo, y no ese endemoniado electrocupidismo del maldito Mob la causa de tus vibraciones; y hasta que la irradiación de que hablaba el señor Rucandio nos limpie por completo no te acuerdes de mí, porque será inútil cuanto digas y hagas para convencerme.

—Pues como tardemos en limpiarnos lo que en resucitar, estamos divertidos: eso es estúpido.

En esto volvió Rucandio acompañado de dos *automs*, que traían entre ambos un gran arco eléctrico "Júpiter" por el estilo de los que se emplean en los talleres de fotograbado, y cuya fuerza, según dijo, pasaba de 15.000 bujías. El, por su parte, traía dos rollos de grueso alambre conductor, bien aislado con seda, al parecer igual al de las líneas maestras de las instalaciones de alumbrado eléctrico.

Dejaron los maniquíes el arco en un rincón, y mientras Rucandio lo ponía en condiciones de inmediato funcionamiento dijo a los novios:

—Pensando que si aguardamos a que por automática irradiación bajen las tensiones, todavía van ustedes a estar molestos no pocas horas, se me ha ocurrido descargarlos para que en un momento vuelvan a la normalidad.

—Dios se lo pague a usted—dijo García, muy asustado con la amenaza de poco antes de Inés.

—Pero ¿cómo?... Eso es un arco eléctrico.

—Sí, señora.

—Pues no comprendo.

—Comprenderá usted en cuanto vea...: es decir, comprenderá el hecho, y se sentirá aliviada de su nerviosidad... En cuanto a la explicación científica, constituye la esencia del invento de mi maestro: del cual no me creo autorizado a dar explicaciones en su ausencia.

Por lo pronto, sólo puedo decir a ustedes que estos alambres no son conductores usuales de vulgar cobre, como los de las canalizaciones ordinarias, sino conductores *psicoeléctricos*, cuya genial fabricación explicará a ustedes don Roberto.

Señora, hágame el favor de darse con el extremo de éste, desprovisto de la seda aisladora, cuatro o cinco vueltas a la muñeca... Así... Ahora, Don Juan, haga usted lo mismo con el otro alambre... Ajá.

En seguida voy a empalmar los extremos libres a los reóforos del arco. Y no se asombren demasiado de lo que va a ocurrir.

—Pero, Señor Rucandio... ¿Estaremos seguros? ¿No habrá peligro?

—Respondo a usted que no.

—Es que confieso que con tanta cosa extraña como nos está sucediendo estoy alarmadísima: no extrañará usted que desee saber qué voy a sentir.

—Al principio, una pequeña sacudida; inmediatamente comenzará usted a sentirse aliviada de la supertensión, y a los dos o tres minutos, pues para eso he traído un arco de grandísima potencia, desaparecerá la causa de esas vibraciones anormales que...

—Y Juan dejará también de vibrar; porque, de lo contrario, no habremos adelantado nada.

—Naturalmente.

—No hablemos más, señor Rucandio. A ello.

Según había dicho, empalmó Marcial los alambres a los terminales del arco, y en cuanto lo hizo surgió la potentísima luz de éste, que, aun en medio de la del día, obligó a los presentes a cerrar los ojos y a desviarlos en seguida de él.

—¿Han sentido ustedes algo?

—En el primer instante, una sacudida fuerte, pero tolerable—contestó Juan.

—Yo también—dijo ella—; pero ahora ya no siento nada... Ha debido ser efecto de la extracorriente del cierre del circuito al establecerse la corriente (1).

---

(1) Un generador de electricidad, ya sea pila, dínamo, o, en general, cualquiera, no engendra corriente en tanto no se enlazan, por medio de alambres, cuerpos o aparatos conductores de la electri-

—Efectivamente, señora: ha visto usted claro... Naturalmente: no me acordaba de que es usted ingeniera electricista... Espero que pronto notarán ustedes la descon-

---

cidad, el polo negativo de dicho generador con el positivo del mismo; pero en cuanto esto se hace, operación que se llama *cerrar el circuito*, o establecerlo, comienzan a salir del polo negativo ELECTRONES, es decir, electricidad negativa, que con velocidad de unos 300.000 kilómetros al segundo (la de la luz), se precipitan hacia el positivo. Y de paso diremos que esto es lo contrario de lo que en tiempos se pensaba que acontecía; pues hasta el descubrimiento de los electrones atribuyeron los electricistas sentido opuesto a la corriente, suponiendo fluía del polo positivo al negativo.

Pero las cosas más interesantes por la electricidad realizadas no son resultado de los fenómenos que a su paso provoca en el alambre, ni, más en general, en los circuitos por ella recorridos en forma de corriente, sino consecuencia de los que determina *fuera de dichos circuitos*.

Tengo en la mano los extremos de los flexibles empalmados a los polos opuestos de una pila eléctrica, de un acumulador, de una dínamo, o la horquilla metálica del portátil de la lámpara eléctrica antes de introducirlo en el enchufe de la línea del alumbrado de mi casa, donde habré de meterlo cuando quiera hacer lucir la lámpara. Mientras no una los extremos de los alambres de la pila, o no introduzca en el enchufe la horquilla terminal del flexible de la lámpara, no hay corriente en el alambre ni en la lámpara; pero en el mismo instante de efectuar lo uno o lo otro y comenzar a correr electrones por el alambre de la línea, empiezan a ocurrir fuera de él acciones tan interesantes como misteriosas.

Tales acciones son debidas a que del alambre salen, cuando la corriente fluye a lo largo de él, *sutiles impulsos* perturbadores del aire circundante: lo que se llaman *líneas o tubos de fuerza de Faraday*: invisibles, claro es, e inmateriales.

En realidad no es el aire, quiero decir el gas llamado aire, lo perturbado, sino otra cosa, el éter; pero como sería largo hablar de éste ahora, sólo diré, para salir del paso sin meterme en honduras, que lo modificado es el *estado del espacio*—frase muy socorrida, porque su vaguedad compromete muy poco—, donde al nacer toda corriente crea un CAMPO ELECTRO-MAGNETICO, que en todos los alambres que dentro de su alcance se encuentren formando cerrados circuitos, hace nacer corrientes de sentido opuesto a la de la pila o la dínamo que engendran, la que, uniendo los alambres o empleando enchufes, acabo de establecer.

Estas corrientes se llaman de *inducción*, y a su utilización se deben todas las grandes hazañas que la electrodinámica realiza en el mundo; con la particularidad de que siendo instantáneas, mueren apenas nacidas, y de que solamente cuando ellas cesan en su fugaz fluir, adquiere la principal que las provoca su normal intensidad, por bajo de la cual queda en los primeros momentos de correr.

La causa de esto es porque las líneas de fuerza del campo electro-magnético reaccionan sobre el alambre de la corriente madre, de igual modo que actúan sobre otro cualquiera de los circuitos pasivos de los que se acaba de hablar, haciendo correr por el *mismo alambre de ella otra corriente de sentido contrario a la inicial*. Con ésta lucha la corriente nacida de la reacción del campo llamada *extracorriente de cierre*, reduciendo la intensidad de ella durante unos instantes.

La extracorriente es el resultado de la inercia

gestión producida por la corriente que los va descargando.

—Pero todo esto es para mí incomprensible.

—Y para mí... Porque, según se ve, esa electricidad que luce en el arco la producimos Inés y yo.

—No exactamente: porque eso que efectivamente es electricidad en el arco es otra cosa cuando sale de ustedes; otra cosa que en aquélla se transforma merced al alambre psicoeléctrico; porque ese fluído no lo producirían ustedes sino en el caso de trabajar

---

que a la principal opone el campo magnético para ser creado por éste.

Mientras la corriente matriz continúa fluyendo sin variación de intensidad, ni nada perceptible ocurre en el campo ni por los conductores inertes situados en él circula corriente ninguna; pero si separo las puntas del a'ambre de la pila o saco el enchufe de la luz eléctrica, es decir, si corto aquella corriente matriz, el campo eléctrico magnético devuelve a todos los conductores cerrados que en él se encuentren cuanta energía fué almacenada antes en dicho campo a expensas de la merma comprobada en la intensidad de la corriente generadora en los primeros momentos del establecimiento de ella; y tal devolución de energía la realiza el campo de una vez, de pronto, en forma de corrientes engendradas en dichos conductores por los cuales circulan un instante no más y en sentido contrario a las nacidas al crearse el campo cuando cerramos el circuito que ahora abrimos, y sobre el cual actúa la influencia de tal descarga del campo, en *forma de corriente cuya intensidad y sentido se suman a la de la principal*: con cumulación de intensidades manifiesta visiblemente en un chispazo que salta entre las puntas de los alambres al separarlos en el enchufe; y con mayor violencia cuanto más rápidamente se separan.

Esta se llama *extracorriente de ruptura*. La principal, que al establecerse fluía con mucha menos intensidad que la que le es propia, corre en el instante de la interrupción con muchísima más: al extremo de que en determinados casos alcanza violencia capaz de fundir los alambres y de producir graves accidentes en los aparatos, en las líneas y hasta en las personas.

Quien quiera puede comprobar estas diferencias de intensidad de las corrientes cuando son establecidas e interrumpidas, observando que, antes de llegar al contacto alambres o enchufe en el primer caso, o al romperlo en el segundo, *saltan chispas mucho más débiles al cerrar que al interrumpir la corriente.*

Así, una corriente inofensiva en régimen normal puede producir daños gravísimos si no se toman precauciones en el momento de interrumpirla: las principales de éstas son establecer en la inmediación de la línea circuitos inertes que ayuden a ésta a absorber la descarga del campo; otra, abrir el circuito cuan despacio se pueda, para atenuar la rapidez de aquella reacción; otra, y muy eficaz, ir disminuyendo paulatinamente la intensidad de la corriente que ha de interrumpirse antes de llegar al momento de total apertura del circuito.

Las extracorrientes de cierre y apertura son los fenómenos más escandalosos de los producidos por lo que se llama *autoinducción electro-magnética*.

---

por sí mismos en el aparato Mob, que no he traído; porque ese fluído sale de sus cuerpos por haberlo inyectado en ellos mi maestro en días pasados.

—Vaya una gracia—dijo Inés malhumorada, sin que Rucandio la entendiera; pues lo espontáneo de la protesta le hizo expresarla en español.

—Ya comienzo a ir notando el efecto que nos había usted anunciado. ¿Y tú?

—Yo me siento menos nerviosa, menos excitada.

—Ya se lo dije: les ocurre a ustedes lo mismo que a un acumulador cuando alimenta un arco: según funciona éste pierde aquél tensión... Y ustedes la pierden muy de prisa. Vean, vean, con qué rapidez palidece la luz de los carbones: esa es la mejor prueba de que cada vez va quedando en ustedes menor exceso de *electrocupidismo*.

—Ya se apaga.

—Sea enhorabuena... Y diga usted; ¿habremos quedado ya completamente limpios de eso?

—En absoluto, doña Inés.

Al oírlo respiró ésta tranquila de haber pasado el riesgo de que sobrevinieran nuevos accidentes amorosos: así llamaba ella al ocurrido cuando despertaron, que tanto la había afligido; y al acordarse de él se avivó su deseo de repararlo cuanto antes en la única forma de ella conocida, diciendo en consecuencia:

—Señor Rucandio: yo desearía merecer de usted un favor muy señalado.

—Cuente con él si está en mi mano.

—Pues... que... tuviera la bondad de llevarnos en seguida a una iglesia...

—Señora: en las ciudades de nuestro mundo moderno no hay templos.

—¡Cómo!

—Los superpensantes no los usamos.

—¡Que no!... Pero ¿cómo?... ¿Nadie?...

—No, señora.

—Entonces no podrá usted proporcionarnos un sacerdote... Necesitábamos uno con grandísima urgencia.

—No creo... Y eso que tal vez... Me parece haber oído que entre los parias hay unos perturbados que se llaman sacerdotes. Dicen que consuelan en sus miserias a esa ralea, con promesas de otra vida mejor que la que aquí padecen, que les prohíben apoderarse de lo ajeno, dañar a sus semejantes y otras tonterías por el estilo; pero como, después de todo, estas predicaciones nos favorecen a las clases dominadoras, que no tenemos por qué regirnos por ellas, no se pone obstáculo a esos desequilibrados, en la difusión de tan extrañas máximas, ni al ejercicio en sus cuevas de los actos de un culto que desconozco.

—Señor Rucandio, señor Rucandio: al oír a usted siento mucha pena, se me ocurren muchas cosas tristes; pero no sé por qué me parece usted bueno, a pesar de todo, y creo que accederá a llevarnos donde podamos encontrar uno de esos sacerdotes.

—No, eso no puede ser: está prohibida la entrada de forasteros en los sótanos; y mientras no vuelva el señor Mob, y autorice a ustedes...

—Caballero, yo agradeceré que haga cuanto pueda para complacer a Inés: aseguro a usted que no se trata de un capricho.

—Cuanto puedo hacer, en mi deseo de no negar a esta señora lo primero que me pide, es ver si encuentro uno de esos hombres y traerlo aquí.

—Gracias, gracias, don Marcial.

—¿Pero no querrían ustedes almorzar antes? No han tomado nada desde que se han despertado.

—No, no, señor Rucandio; lo otro es lo primero.

—Como usted quiera, señora: voy en seguida y procuraré complacerla cuanto antes.

VII

UN MATRIMONIO SECRETO Y UN NUEVO PERSONAJE

No sólo no le fué difícil a Rucandio hallar, en las cuevas, el sacerdote paria que buscaba, sino que hasta logró hallarlo español, lo cual supuso sería grato a Inés; pues en contra de lo que, en su ignorancia de la vida de aquellas pobres gentes creían los superpensantes, abundaban los sacerdotes entre ellas.

Así que en cuanto indicó al primer paria hallado al salir del ascensor donde había bajado al subterráneo, lo que allí iba buscando, lo condujo este a un tugurio miserable, habitado por un anciano, a modo de Obispo, o Patriarca, cuya ruin morada no era óbice al respeto que a su gran autoridad moral tributaban todos aquellos infelices.

Una vez enterado el patriarca, por Rucandio, de que los recién resucitados pedían, al despertar, un sacerdote, se apresuró a llamar a un iberiota (español) que sobre su modestísimo traje no llevaba, por todo distintivo de su ministerio, sino una cruz roja en el pecho.

Grande fué la sorpresa de Marcial al reconocer en él a Ramón Cartoya un superpensante sumamente rico, de quien en su niñez había sido condiscípulo en el Educatorio de Guernica, y al que perdió de vista luego, hasta que en su compañía hizo el viaje de Iberiola a Mundiópolis, al venir a ocupar la plaza de Vicedirector del Omnimuseo.

Cartoya, tal era el nombre del ex-superpensante a quien en la actualidad hallaba convertido en sacerdote paria, era, en la época del citado viaje, siete u ocho años antes, un verdadero hombre de mundo, y además distinguido arquitecto que a Mundiópolis iba a encargarse de las obras del Gran Palacio del Consejo Mundial, según proyecto suyo, recompensado con el primer premio en el concurso convocado para substituir al antiguo palacio: que aun cuando a cualquier arquitecto del siglo veinte parecería estupendo, considerábanlo ya raquítico y miserable los Excelsos (su tratamiento oficial) Consejeros Representantes de las federaciones confederadas, que una vez al año celebraban sesiones en él durante un mes para resolver las cuestiones internacionales pendientes.

Primero en el viaje, y después durante la residencia de ambos en Mundiópolis reanudaron y estrecharon la amistad de la niñez con frecuente y cordial trato, bruscamente interrumpido por la misteriosa desaparición ocurrida cuatro años antes, de Cartoya: precisamente cuando se inauguró, con toda solemnidad, el citado palacio.

Entonces se habló mucho de la desaparición del genial arquitecto, que no asistió a la fiesta, ni disfrutó del triunfo alcanzado con la erección del monumental edificio: primero y único en el mundo, por su belleza, magnificencia, y atrevida y elegante concepción arquitectónica; pero Cartoya no volvió a dar noticia de su persona, cual si la tierra se lo hubiera tragado.

Se supuso que se habría ahogado en el lago; se celebraron *científicas exequias* en su honor, únicas estiladas entre los superpensantes; se inscribió su nombre, en letras de oro, sobre el pórtico del palacio, y al poco tiempo nadie volvió a hablar de él. Con estos antecedentes puede imaginarse cuál sería la sorpresa de Rucandio al encontrarse, de improviso, al buen amigo cuya pérdida había sentido extraordinariamente.

—Tú... Tú, aquí... Cuando todos te creíamos muerto... ¿Desde cuándo?

—Desde el día de la inauguración del Palacio del Excelso Consejo.

—Pero, ¿cómo es posible?

—Ya te lo explicaré; aunque no sé si podrás entenderme.

—Pero, no es posible que tú seas paria.

—Pues lo soy: no por nacimiento, pero sí por deseo.

—Pero, Ramón, tú no puedes haber dejado de ser superpensante para caer en esta abyección.

—Efectivamente: no sólo no he dejado de serlo, sino que ahora soy *más superpensante que antes*: lo que ya no soy es supergozante al estilo vuestro, a mi manera de antes.

—¡Cuánto, cuánto me alegro de encontrarte!... Porque es preciso que recuperes tu rango, que vuelvas entre nosotros, al lugar que de derecho te corresponde, al mundo de allá arriba.

—Amigo mío, no hay que pensar en eso: porque en éste, en que me hallas, y tú llamas abyecto mundo, busco el camino de otro que está más alto, más arriba, mucho más que el vuestro.

—No comprendo...

—No me extraña.

—Cartoya—dijo el patriarca, interrumpiendo el diálogo de los dos antiguos amigos—, dos extrañas criaturas que parece han sido víctimas de un accidente increíble, pero a quienes, sean lo que quiera, hay que atender necesitan, con urgencia, un sacerdote. Como son *iberiolos* me he acordado de usted.

—Pero entonces... ¿Es este caballero el sacerdote?... ¡Tú: tú sacerdote paria! Es imposible... Un hombre de tu inteligencia, de tu cultura, de tu posición no puede haber caído tan bajo.

—Sí, Marcial, *he caído*... Pero ahora, como *mi padre* ha dicho, lo más urgente es acudir a la llamada de esas criaturas.

—Vaya, hijo mío, vaya con el señor Rucandio.

—¡Ah! ¿Pero eres tú quien ha venido a buscarme?

—A ti, no: a un sacerdote: *iberiolo* a ser posible.

—Es una buena obra que haces, acaso sin saberlo.

—Vayan, vayan, hermanos.

—¡Hermano!—dijo Marcial, molesto de que así lo llamara un despreciable paria, y dejando ver en el tono de la exclamación y en la mirada de desdén que lanzó al patriarca, la molestia de su orgullo ofendido.

—Rucandio, no te ofendas—dijo Cartoya—; la molestia que te causa ese nombre de hermano, que te ha dado *mi padre*, y que él y yo tenemos a honra dar al más vil de los parias, va a disiparse en seguida: en cuanto sepas que a quien te lo ha dado lo llamaban, cuando estaba en tu mundo de arriba, Kraig Hobbson.

—¡Kraig Hobbson! ¡El eminente físico, el sabio radiólogo!... Perdone, perdone mi impertinencia, Señor Hobbson. Crea usted... Pero ¿quién podría sospechar?...

—¿Que voluntariamente abandonara nadie por esta obscuridad esas eminencias que su benevolencia me adjudica?

—No mi benevolencia, sus legítimos títulos.

—Dejemos eso. Yo sólo aspiro ya a hacerme aquí eminente por la caridad... Pero, vayan, vayan: esos pobres muchachos esperan al padre Cartoya: eso es lo urgente ahora.

Minutos después, cuando Rucandio y el sacerdote subían en el ascensor, oyó éste a aquél que decía asombrado:

—¡Cartoya! ¡Hobbson!

—Y Mansfeld, y Souvigni, y Alvar... y otras varias lumbreras científicas, acaso ya olvidadas en el mundo de arriba: de seguro muy ajeno a que casi la mitad de los sacerdotes parias somos antiguos supergozantes, que preferimos a nuestra antigua vida esa de ahí abajo.

—Pero ¿con qué objeto?

—Para ayudar a esos desdichados a soportar la carga de la suya.

—Es absurdo, es absurdo...

—Así nos parecía antes a nosotros.

Rucandio no contestó, porque no hacía sino repetir, cual hablando consigo mismo:

—Mansfeld, Hobbson, Alvar, Cartoya... ¡Qué asombro, qué asombro!

* * *

En cuanto Rucandio y el sacerdote llegaron a la habitación de los bilbaínos hizo presente Inés que Juan y ella necesitaban que darse solos con el segundo, indicación en vista de la cual retiróse discretamente el primero, manifestando que aguardaría en el inmediato aposento; pues una vez terminada la conferencia de aquellos con Cartoya, tendría que acompañar a éste a los sótanos, porque las ordenanzas municipales de Mundiópolis no consienten que sin autorización permanezca ninguna paria fuera de ellos, sino bajo la garantía de un superpensante que lo acompañe y vigile; pues está prohibida la circulación en la ciudad, de gentes de tal casta.

Al oír esto revelaron muy visible asombro los rostros de Juan e Inés, y cuando Rucandio se disponía a salir le detuvo Cartoya diciéndole:

—Marcial, tengo que hacerte una encarecida súplica.

—Tú dirás.

—Que si antes de acabar mi entrevista con estos señores y de que vuelvas para conducirme abajo ves a alguien, o con alguien hablas, no digas palabra de mí, ni de nuestro encuentro, ni de que vivo.

—Pero...

—Es un ruego que te hago, invocando nuestra antigua amistad.

—Basta, Ramón: no diré palabra—contestó Marcial al tiempo de salir.

....
.. ..

Maravillado, oyó Cartoya el relato, increíble, a no hacérselo los mismos protagonistas, de aquel colapto de 80 siglos; conmovido escuchó sus lamentaciones por la incosciente falta que al despertar habían cometido, y su vivo deseo de remendar aquello con inmediata boda, que además los dejara tranquilos sobre eventuales riesgos de nuevos accidentes, si otra vez los volvieran a poner, traidoramente como antes, en estado de supertensión: lo cuál preocupaba mucho a Inés y no tanto a Juan, por ser menos asustadizo: aun cuando no por ello dejara de desear, como su novia, ponerse pronto en regla, anticipando la boda proyectada para ocho días después: no, no es esto: no demorando más la demorada ya durante ochenta siglos es lo que querían decir.

Convencido Cartoya de la urgencia de la boda, y previo juramento, de ambos, de que al caer desmayados se había ya publicado su última amonestación sin que nadie alegara impedimento, decidió casarlos: con tanto más motivo cuanto que el mismo juramento era innecesario; porque aun en la hipótesis de que cualquiera de ellos hubiese estado casado en el siglo xx, forzosa-

mente sería ya viudo en el c; así que media hora después de comenzada la entrevista les recitaba Cartoya la epístola de San Pablo que se sabía de memoria, les echaba las bendiciones y los dejaba total y perfectamente casados. Con lo cual respiró Inés tranquila, sin asustarse de su querido Juan.

....

Desde hacía muchos siglos eran desconocidos en el mundo de los superpensantes, no ya los matrimonios canónicos, sino hasta los civiles; pues para unirse, cuándo y por el tiempo que les apeteciera, no creían necesarias, los supergozantes de ambos sexos, otras formalidades que el acuerdo mutuo, ni se avenían con trabas que impidieran la separación una vez satisfechos sus fugaces deseos, resultando cual consecuencia lógica de tal manera de pensar y vivir que en el *mundo de arriba* no existía el matrimonio y eran cosas insólitas la prolongación de la maternidad más allá del alumbramiento, y todavía más la paternidad: no importándole a nadie saber de quién era hijo ni qué era de los suyos. Mas ya se hablará de esto; pues si ahora se hace a ello referencia es solamente como explicación del por qué, antes de llamar a Marcial para que volviera a conducirlo a las cuevas, dijo Cartoya a los recién casados, después de abrazarlos:

—Hijos míos, os esperan grandes y tristes sorpresas en este siglo desdichado en el que entráis. Como os amo, no solamente porque sois mis hermanos, sino porque veo que sois buenos, deseo substraeros, si es posible, a los dolores que allá abajo sufriríais si los que viven aquí arriba se dieran cuenta de vuestra semejanza moral con nosotros los parias.

—Pero esos infelices de que habla usted... ¿Cuáles son sus padecimientos?

—Hoy no: hoy no quiero decírtelo, hija mía: hoy no quiero turbar el legítimo gozo que debe procuraros vuestra unión, mezclando a él miserias y dolores... Ya lo sabréis, y tiempo habrá de enteraros de la horrenda tragedia, que hoy quiero callaros y que tortura a la mayor y mejor parte de la Humanidad.

—Pero lo que nos dice usted nos interesa; desearíamos saber.

—Sí, padre, sí: Juan tiene razón, yo ansío...

—Aguardad, aguardad... ya lo sabréis, pero no hoy. Hoy amaos: amaos el uno al otro, sin que el dolor enturbie vuestra dicha. Más adelante, siempre será pronto, lo sabréis todo. Pero me he desviado del objeto que llevaba al comenzar a hablaros.

Creo interesante para vuestra felicidad, por la cual debo, por lo pronto, mirar, aconsejaros que evitéis que estas gentes—estos superpensantes, como se llaman ellos, aunque su pensamiento se arrastre siempre por el fango—vean en vosotros nada que pueda interpretarse cual censura a la miseria hondísima de sus vidas opulentas, a su corrupción, a su fría perversidad, al corrompido cenagal en donde viven.

—¿Pero en qué mundo hemos venido a despertar?

—En uno mucho peor de cuanto podáis imaginaros. En una inmunda charca de bestiales goces, en donde no hallaréis ni el Bien, ni el Deber. Pero pensad que habéis llegado aquí por voluntad de la providencia. Si es castigo, aceptadlo; si es otra cosa, disponéos a servir sus fines.

—Sí, sí.

—Pues bien: lo primero que habéis de hacer, aunque os repugne, es callar lo ocurrido entre nosotros, ocultar que sois esposos unidos por legítimo matrimonio...

—Pero entonces no podremos vivir como marido y mujer; tendremos que separarnos.

—Sí, Señor García, podreis: en primer lugar, porque, siéndolo, así deben vivir y en segundo...

—Pero yo me moriré de vergüenza—dijo Inés, atajando a Cartoya—de vivir de ese modo ante quienes ignoren que Juan es mi marido.

—¿El juicio de las gentes?... ¡De estas gentes! No os preocupeis de él...

—Pero...

—Juzgarás lo que para ti, y para nosotros, puede y debe valer tal juicio, cuando te diga que a nadie le sorprenderá veros vivir como esposos, sin otro título para éllo que vuestro deseo mutuo; mientras que de saberse que para ello habéis creído necesario uniros con el bendito vínculo del matrimonio, os despreciarán por débiles de espíritu indignos de vivir entre gentes ilustradas con superior cultura, libres de escrúpulos, de preocupaciones rancias y pueriles propias no más de parias. Creedme, creedme, y seguid mi consejo. Cuando llegue el caso no digáis "estamos casados", sino "estamos amigados". No te escandalices: es la frase adoptada por los supergonzantes que se juntan y se apartan por poco más tiempo, pero ni más ni menos que los animales: es frase que sin ruborizarse pronuncian las señoras más encopetadas de la más distinguida sociedad.

—¡Qué vergüenza!

—El único inconveniente, para el plan de disimulo que os trazo, es que Rucandio está enterado de nuestra entrevista: siendo probable que, de hacerse pública vuestra comunicación con un despreciable paria como yo, os perjudique; pero intentaré explotar mi buena amistad con él, en pasados tiempos, para conseguir que guarde silencio sobre esta conferencia... ¡Quién sabe!... Me parece que entre lo malo de esta sociedad no ha de ser de lo peor. Voy a llamarlo. ¡ah!, delante de él tened mucho cuidado de no tributarme la menor muestra de respeto.

—Entonces dejadnos que antes—al decir esto se arrodillaba Juan ante Cartoya; y, siguiendo su ejemplo, decía Inés:

—Sí, sí: permítanos usted que le besemos la mano.

—Amaos, hijos míos: amaos mucho... Hace centenares de años que hombres y mujeres no pueden amarse con amor de almas sino allá, en lo hondo de nuestras catacumbas. Vais a ser la primera pareja que há siglos puede amarse con noble amor de cristianas criaturas, no con amor de bestias, a la luz del sol: gozad de esa gran dicha, vedada a vuestros hermanos: amaos, amaos: amaos hoy, sin acordaros sino de vuestro amor, en tanto llega día en que además del mandato divino que diciéndoos *"Amaos el uno al otro"*, os ordeno hoy cumplir, debáis acordaros de que hay otro: *"Amaos los unos a los otros."*

Adiós: ya no podemos continuar hablando de estas cosas; pues llamaría la atención que tardara más en avisar a Rucandio.

—Adiós, adiós.

—Gracias, gracias...

*

* * *

Marcial, que durante el tiempo de su espera no había cesado de pensar en el absurdo de que un hombre de la posición y del mérito de Cartoya viviera soterrado, y separado de los *suyos* (los potentados y los sabios), tuvo una idea súbita, al entrar en la habitación, creyéndola de seguro éxito para sacarlo de su lamentable ostracismo.

Asaltóle esta idea cuando, al franquear la puerta frontera a un enorme ventanal, vió por éste, a lo lejos, la grandiosa cúpula translúcida del Palacio del Consejo Mundial, sobre la cual se yergue la más esbelta y atrevida torre, de 800 metros, existente en el mundo, utilizada cual columna de amarre de los aeroplanos y dirigibles que, de los más lejanos países de la Tierra, transportan a Mundiópolis a los representantes de las federaciones en las épocas de reunión del Excelso Consejo. Tan de improviso, y con tal rapidez, surgió el plan en la mente de Marcial, a la vista del soberbio edificio, que, sin hablar palabra, se fué derecho a la ventana abriéndola de par en par, para que mejor fuera visto el palacio; y volviéndose a Cartoya y extendiendo el brazo para mostrárselo, dijo con voz vibrante de entusiasmo:

—Ramón, mira esa maravilla, que es tu obra, y después dime si el hombre que la hizo nacer de su inteligencia tiene derecho a vivir encerrado donde jamás la ve, a substraerse al disfrute de su gloria.

—Las hay más puras que esa.

—Imposible... Pero además, si tan acorchado está en ti el sentimiento de tu legítimo orgullo, y el amor a tu ciencia y a tu arte, contéstame: ¿crees tener derecho para negarle al mundo otras maravillas como esa, quién sabe si aún más bellas, que pueda crear tu inteligencia?

—Pienso en otras más imperecederas: no de hierro, piedra y cristal como esa que, si no en diez, morirá en veinte siglos.

—¿Más imperecederas? ¿Cuáles?

—No me vas a entender... Y no te ofendas; porque, al hablar de incapacidad de comprenderme, no me refiero a tu inteligencia, sino a tus hábitos y a tu corazón—contestó el sacerdote, comprendiendo que sería inútil hablar al sabio de la redención de los parias, que era la empresa colosal, más todavía, racionalmente imposible, en que estaba pensando. Es imposible Ramón, que sigas en aquellos subterráneos; es preciso que vuelvas con nosotros, con los tuyos; que sacudas esa demencia que te ha llevado a ellos.

—Figúrense ustedes—prosiguió Marcial, volviéndose a Inés y Juan—, que este caballero es el primer arquitecto del mundo, el glorioso autor de ese maravilloso y monumental palacio, de esa torre robusta cual forjada por ciclopes, delicada como encaje tejido por hadas... Y quien tal hizo, y quien podría, si quisiera, llenar el mundo de otras maravillas, ha huido de él para ir a sepultarse en...

—¿Cómo?... ¿Usted es el autor?...

—¿Usted ha hecho eso?

Dijeron Inés y Juan, apreciando simultánea e instantáneamente el temple heroico de aquel hombre, el valor de su renunciación; y tan claro dejaron vislumbrar su admirativo respeto que, leyéndolo Cartoya en los ojos de ambos, les dirigió una mirada intensa, con propósito de recordarles sus prevenciones de antes, procurando a la par hacerla más expresiva con las siguientes palabras:

—Como con las ideas del mundo en que viven *ustedes* no pueden respetar mis razones para proceder como obro, me explico el asombro *que a los tres* les produce mi conducta.

Comprendiendo la indirecta, contestaron los recién casados, cruzando miradas de inteligencia con el sacerdote:

—El señor Rucandio tiene mil razones.

—Quien ha hecho esa maravilla no tiene derecho a...

—Señores, agradezco la intención que dicta sus palabras; mas creo inútil prolongar discusión que aseguro a ustedes no puede conducir al fin que se proponen. Cuando quieras, Marcial... ¡Ah! Me olvidaba advertirte que estos señores *están amigados.*

—Perfectamente.

Poniéndose muy colorada, al oír a Cartoya, le agradeció Inés que les ahorrara la declaración, que, a despecho de cuanto él había dicho, de la manga ancha de los supergozantes, le habría sido a ella penosísimo hacer.

Fuéronse Rucandio y Cartoya, y al despedirse en los subterráneos y estrecharse las manos dijo el primero:

—Créeme: me voy con igual pena que si te hubiera visto suicidarte.

—Agradezco vivamente tu interés, aun cuando por razones muy explicables sea equivocado—y al ver brillar los ojos de Marcial cual si los humedeciera la emoción de la despedida, pensó que acaso en lo hondo del alma de su antiguo amigo habría algo rara vez hallado en las de los supergozantes, y le dijo—: ¿Tienes curiosidad de saber porqué me vine y cuál es la causa que aquí me retiene?

—Curiosidad no: interés vivísimo

—Pues si no se te pasa, o se te olvida, baja cualquier noche después de las diez, hora en que termino mis deberes; y, si quieres oírla, te contaré mi historia.

—Bajaré, bajaré: puedes estar seguro.

—Adiós, y gracias por tu interés.

—¡Qué horrible drama debe haber en esa historia—decía Marcial al ver alejarse por la galería del subterráneo a Cartoya.

—Quién sabe, quién sabe—murmuraba éste.

VIII

EL DOCTOR MOB NOMBRA DOS SOTA-AYUDANTES A RUCANDIO

Los recién casados llevaban muy poco tiempo de vivir en el siglo cien y, por lo tanto, pensaban y sentían cual criaturas del veinte: sus organismos, pasajeramente alterados por el exceso de *Cupidismo Mob*, volvieron a sus normales estados tan pronto el ayudante de aquél los descargó, convirtiendo sus *cupidios* afectivos sobrantes en amperios y voltios gastados en la luz del arco, como pudo gastarlos en la maniobra del ascensor que funcionaba entre el museo y las catacumbas: resultando de lo uno y lo otro que, en cuanto fueron eliminadas las causas de pasional anormalidad, en nada se diferenció la luna de miel de Juan e Inés de cualquiera otra luna de miel del siglo xx, por lo cual no merece la pena de detenerse en ella. Ni en nada anterior a la presentación, al Doctor Mob, de los resucitados: como no sea a la ligera, y con carácter meramente episódico, en la primera comida que efectuaron en compañía de Rucandio.

Es imposible dar idea de sibaritismo tan exquisitamente refinado como el que, con los siglos, había alcanzado el arte culinario, creando multitud de platos y manjares: suculentos unos, sutilísimamente delicados otros. El progreso de la cría de animales comestibles había aromatizado las carnes con toda suerte de fragancias exquisitas, la horticultura y la piscicultura se habían convertido en ciencias profundísimas, la repostería se había remontado a las altas regiones de la química transcendente, dando por resultado todo que los recién casados no supieran qué era nada de cuanto comían, aun cuando sí que al lado de ello eran porquerías los *menús* de trescientas y más pesetas el cubierto de los más celebrados maestros de cocina del año MM.

Si ellos, que lo comían, lo ignoraban, vano intento sería pretender hacérselo saber a los *gourmets* que lean esto, quienes habrán de contentasse con dejar libertad a sus paladares para forjar placeres cuan deleitosos sepa la más desbordada fantasía gastronómica: con la certeza de quedarse por bajo

de la realidad; pues para los supergozantes del siglo cien los primordiales fines de la vida son soberbia, lujuria y gula, satisfaciendo la última en calidad y en cantidad, comiendo nada menos que diez o doce platos por comida, para lo cual ingieren con cada uno una cápsula preparada con los reactivos químicos necesarios para acelerar la digestión estomacal de las substancias componentes del manjar respectivo: con eficacia tal que no los dejan parar arriba de diez minutos en el estómago. Unicamente así se explica la posibilidad de tales gentes para trasegar pantagruélicas cantidades de alimentos que los más voraces glotones del siglo XX no pueden comerse en tres o cuatro.

Ya se ve que esto es un progreso sobre los métodos romanos del tiempo de Lúculo; pues entre los repugnantes *vomitorios* de aquella época que permitían hartarse varias veces seguidas y este científico medio de gozar del hartazgo sin el henchimiento, y sobre todo sin la expulsión, hay un abismo.

Como de no adoptar previsoras precauciones sería además tan copiosa nutrición perjudicial a la salud, por engendradora de obesidades y congestiones, entran también en la composición de las citadas cápsulas ingredientes que se apoderan de la mayor parte de los principios nutritivos de los alimentos: no permitiendo sean asimilados por el organismo sino una cuarta o quinta parte de dichos principios.

De aquí la necesidad en todas las casas de dos jefes de cocina: uno propiamente cocinero, y otro jefe-químico, a quien el primero pasa una lista de los platos de que va a componerse cada comida, con la anticipación suficiente para que mientras él los guisa prepare el otro las cápsulas adecuadas para la acelerada digestión de cada una.

Por último—esto es sumamente interesante—los entremeses y los postres, verdadera maravilla de la repostería y la fruticultura químicas, han evolucionado hasta convertirse en manjares eminentemente cerebrales, merced al predominio en ellos de grandes cantidades de fósforo: que, según es sabido, constituye el alimento por excelencia de la inteligencia. Gracias a esto cada supergozante, ingiere a diario, en estos suprafosforados alimentos, el fósforo contenido en tres o cuatro docenas de huevos.

Sobre el alcance de este régimen gastrocerebral dió Marcial curiosísimos detalles a sus convidados, haciéndoles comprender cómo había determinado una elevación del nivel de las inteligencias: al extremo de que el más torpe de los superpensantes del año diez mil habría pasado por hombre talentudo a vivir en pasadas centurias.

—Este descubrimiento—dijo al servir a Inés de una tarta de un bizcocho levísimo—ha sido el que más ha hecho avanzar al mundo, pues a él se deben la mayor parte de nuestros inventos: por ejemplo, el bizcocho que está usted comiendo aumenta la memoria prodigiosamente; estas uvas ejercen notable excitación de las facultades inventivas, y son muy usadas por quienes se dedican a la ingeniería; la mermelada que ahora se sirve el Señor García obra directamente sobre las facultades discursivas de nuestros filósofos, sugiriéndoles sus más profundos silogismos; quienes se abisman en las sublimidades de las altas matemáticas prefieren estas jaleas.

Y no solamente debemos a estos inteligentes manjares nuestros progresos científicos, sino asimismo la supremacía política, el absoluto e indiscutido dominio que no obstante lo reducido de su número ejerce nuestra *casta de los escogidos*, sobre las innumerables manadas de parias que constituyen una humanidad inferior a la nuestra, una especie de *seudocriaturas subracionales*.

—¿Y en qué consiste esa inferioridad?—preguntó Juan, con viveza de expresión alarmante para Inés, pues su conocimiento del carácter de su marido la hizo advertir que la pregunta sonaba más a protesta que a interrogación.

—Pues muy sencillo: en la inteligencia... Como jamás los dejamos probar estos manjares, y no les consentimos instruirse, son evidentemente humanidad inferior.

—Pero eso es...—iba a decir Juan "eso es un infame abuso de fuerza", pero un pisotón y una mirada sumamente expresiva de su mujer lo dejaron callado y perplejo en el giro que habría de dar a la frase comenzada para evitar molestar con ella a su anfitrión, quien no se dió cuenta de nada porque Inés

se apresuró a tomar la palabra, diciendo con viveza:

—Es una ingeniosísima idea... Los utopistas de nuestros tiempos demostraron su ignorancia del arte de gobernar a las multitudes decretando la instrucción general obligatoria, con la cual se engreían los hombres el extremo de hacerse imposible mantenerlos en la obediencia: indudablemente, ustedes son mucho más perspicaces.

—Sí: nosotros hemos substituido lo que, con muy buen juicio, ha calificado usted de utopía de sus contemporáneos, por una ley mucho más práctica que establece la *Ignorancia General Obligatoria* de cuantos han de obedecer.

Hecho ya cargo García de que las palabras de Inés respondían al consejo de Cartoya, que él había estado a punto de olvidar, las secundó diciendo:

—Es indudable, es evidente: así no tendrán ustedes nunca que temer sublevaciones; así habrán asegurado una paz octaviana entre los hombres, haciendo imposibles las luchas de clases.

—Naturalmente: cuando *uno no puede, dos no riñen*: la cosa es clara. Y sin embargo, me sorprende que personas como ustedes, educadas en ideas diferentes lo hayan visto tan pronto: lo cual me prueba que, aun nacidos en remota fecha, y aun sin necesidad de afinar sus inteligencias con estas frutas y estas confituras son ustedes acreedores a entrar, por derecho propio, en nuestra casta de superpensantes.

Después de esta galantería de Marcial, nada digno de mención ocurrió en la comida, al terminar la cual acompañó aquél al matrimonio al aposento donde, por la mañana, se había efectuado la resurrección: excusándose de no ofrecerles alojamiento más conveniente porque, a causa de haberse anticipado aquel acontecimiento, no estaba preparado otro más confortable y amplio, que al día siguiente, cuando el maestro retornara, se les destinaría. Y enseñándoles el juego de unas palancas para hacer salir de la pared lavabo y diversos utensilios de aseo y comodidad los dejó solos.

* * *

A la tarde siguiente, a tiempo que Inés encargaba a Juan mayor cuidado en recatar sus impresiones y reprimir sus prontos al hablar con los superpensantes, para no apartarse de la prudente conducta, recomendada por Cartoya, de callar a todo, por disparatado e infame que les pareciera cuanto vieran o escucharan, llegó Marcial para llevarlos a ver a Mob que los esperaba en su despacho; pues por lo visto, debía el director tener—esto es observación que para sí hizo Inés—ínfulas de testa coronada, cuando no creía deber tomarse la molestia de ser él quien primero visitara a una señora recién llegada de un viaje nada menos que de ochenta siglos.

Si antes de conocerlo le era ya don Roberto muy antipático, en principio, a Inés, por el abuso de confianza de las consabidas vibraciones, todavía le fué, cuando lo vió, más antipático de hecho y en persona, por viejo, feo, espetado y vanidoso; pues no obstante la aparente cortesanía de su recibimiento, trascendía de todas sus infatuadas maneras convencimiento de indiscutible superioridad sobre cuantos se acercaban a él; porque, efectivamente, entre los superpensantes se tenía Mob por supergenio.

Después de las obligadas, pero frías congratulaciones por su dichoso despertar, muy diferentes en el tono de las cordiales maneras de Marcial; después de decirles que ya el último le había informado de que los recién llegados del siglo veinte no eran tan bárbaros como era de esperar, dada la época de donde venían, espetó a los que consideraba como casi súbditos suyos lo siguiente:

—Me complace, me complace encontrar en vosotros—según se ve les ancaba de primera intención el tratamiento—personas de cerebros siquiera semicultivados, porque así podréis apreciar cuán grande es vuestra suerte al despertar cuando precisamente acabo de hacer el descubrimiento más portentoso que los siglos han visto.

—No, abuela, no tiene—dijo para sí Juan.

—¡Qué tío más antipático!—pensaba Inés.

—A mi servicio vais a ver grandes cosas; porque llegáis cuando mi genio se dispone a remontarse en vuelos todavía más altos...

Hizo una pausa Mob, como esperando algo; y comprendiendo Inés cuán importante era captarse la simpatía de aquel vanidoso, y que la pausa en su campanuda perorata era hecha a intento para dar lugar a sus oyentes de manejar el incensario, dijo:

—Sí, señor, sí; estamos encantados. Desde que el señor Rucandio nos dejó entrever lo poco que nuestras pobres inteligencias han podido columbrar de vuestro maravilloso invento estamos impacientes; pues como somos cultivadores, aunque indignos, de la ciencia, tenemos verdadera ansia de conocer lo que la benevolencia de Vuestra Excelsitud quiera mostrarnos de la obra de su genio... Aun recelando las dificultades que habremos de encontrar para seguirle en esos vuelos que...

—Muy bien, muy bien, hija mía... El talento, que ya Rucandio me había dicho te adorna y tus palabras acaban de evidenciar, no empece, según veo, a una modestia que lo avalora más.

—Di tú algo, hombre—dijo ella por lo bajo a su marido.

—¿Cómo había de *empecer*, Excelso Director—dijo Juan, que cual se ve era un poco sarcástico—. ¿Cómo es posible que dos modestas hormigas de una ciencia prehistórica no sientan su insignificancia ante quien vuela, como águila, sobre los sabios de la ciencia moderna?

—Tenía usted razón, Rucandio: son muy simpáticos estos muchachos: muy simpáticos.

—Muchachos... Agradezco el calificativo, Señor Director, tanto más galante cuanto que usted podía ser nieto nuestro; y nacido de la generación número trescientos y pico...

—Ja, ja, ja... Es ocurrente, es ocurrente, esta señora; y es verdad, tiene razón... Pero, ya es hora de hablar de cosas serias... Conviéneos advertir que dado el modo como habéis venido a mis manos, podría utilizaros en mis investigaciones considerándoos como simples parias.

Al oír estas palabras, y pensar que estaban a merced de aquel hombre omnipotente y sin conciencia, se estremecieron de terror, los esposos, cruzando miradas significativas en donde ambos leyeron su común pensamiento.

—Pero como mi ayudante me ha dicho que sois listillos, y después de oíros, no me parecéis tontos del todo se me ocurre la idea de que acaso, con la ayuda de Rucandio, podáis entender, si no todo mi invento, la parte necesaria para colaborar en algunos menudos perfeccionamientos que proyecto; y en consecuencia he decidido poneros a sus órdenes en mi laboratorio de investigación. Ese es vuestro destino.

No os oculto que en tesis general habría yo desconfiado para tales funciones de gentes incultas nacidas en el bárbaro siglo xx; pero la circunstancia de ser uno de vosotros electricista y químico el otro, me hace arriesgarme a poneros a prueba... Allá veremos qué valen vuestra electricidad y vuestra química.

Os haréis cargo de que un hombre de mi altura no puede perder tiempo en minucias ni molestarse en explicar detalles de su invento a dos advenedizos. Como además es probable que no los entendáis, pues no me es fácil descender a la altura de vulgares inteligencias, he resuelto que esas menudencias os sean explicadas por vuestro inmediato jefe el señor Rucandio, con los aparatos y las yuntas generadoras a la vista.

—¿Qué será eso de las yuntas?—preguntó Inés en voz baja a su marido.

—Que sé yo, pero, como a ti, me ha chocado.

—El verá de qué conviene enteraros, según adonde lleguen vuestras luces y él dirá después el sueldo que merezcáis, dado que vuestros servicios sirvan de algo. Mientras tanto os daré casa y comida: de vosotros depende el obtener, antes o después, remuneración metálica.

Quiero insistir en que mi magnanimidad os hace la merced de no clasificaros desde luego entre los parias, sino en una categoría intermedia y provisional entre éstos y los superpensantes... Según lo que hagáis os quedaréis entre nosotros con la consideración de tales, u os enviaré allí abajo... ¡Ah!, Rucandio.

Mientras don Roberto cuchicheaba con Marcial algo que, sin duda, no quería oyeran los bárbaros del siglo XX, decía Juan a Inés:

—Con tal de perderlo de vista, ganas me dan de decirle que nos envíe desde luego abajo, y que se guarde sus ayudantías, con las que no se arruinará.

—No seas loco. Acuérdate de lo que Cartoya nos dejó entrever de la horrible vida de los parias.

—Pero esto que nos ofrece, esa comida que *nos echa*, se parece mucho a la esclavitud, o cuando menos a vergonzosa servidumbre, indigna de personas de carrera.

—Calma, Juan, calma: a mal tiempo buena cara. Además, nos ha dejado vislumbrar

el posible ascenso a superpensantes; y como perece que felizmente vemos a tener poco roce con él...

—Es que si fuera mucho se me figura que no iba a poder contenerme.

—Pues mira, hijo, es preciso que mucho o poco te contengas; porque no estamos para dar coces contra el aguijón, y porque lo digno no empece, como dice ese tío, a lo prudente.

En esto, terminado el aparte con Marcial volvía Mob a dirigirse a sus electos subayudantes diciendo:

—Voy, por tanto, a informaros, únicamente en síntesis... ¿Sabéis qué quiere decir síntesis?

—Sí, Excelso Señor.

—Bien, hija mía, bien: me gusta ver que sabes tratar a las personas... Decía que os haré conocer la esencial finalidad de mi invento, como base sobre la cual caigan más fructíferamente las enseñanzas menudamente técnicas de vuestro inmediato jefe. Poned mucha atención, y si no entendéis algo, aguantaos, por lo pronto, y preguntad después al señor Rucandio, porque a mí me molesta que me interrumpan cuando hablo, y me irritarían vuestras torpezas: yo no soporto a la gente torpe. Os permito sentaros, y ya lo sabéis, nada de interrupciones: como no sea para aplaudirme.

Dicho esto tomó el sabio la actitud de quien va a comenzar un discurso en una academia, carraspeó, y dijo:

Atención y no perdáis ni una palabra, pues todas han de ser transcendentales.

Inés se esforzaba, entre tanto, en contener a Juan, que no pudiendo aguantar la grosera altanería de Mob, estaba a dos dedos de echarlo todo a rodar.

IX

EL AMOR-MOB

Tomando el viejo la palabra dijo:

—En el ígnaro y lueñe siglo de donde advenís producíais el *termicismo*, quiero decir el calor, y la fuerza quemando una grosera y poluta substancia, que hoy desconocemos en la Tierra, y que vosotros llamabais *carbunus*.

—¿Carbunus?... Se referirá usted al carbón: es carbón como lo llamábamos.

—Te figurarás que necesito yo que me digas cómo lo llamabais: no se llama carbón sino *carbunus*, y he dicho que no se me interrumpe...

—Remotísimo queda el tiempo en que, con

posterioridad al accidente que os ha tenido sincopizados, y te esfumó el recuerdo del verdadero nombre del *carbunus*, consumieron los hombres la última tonelada de aquel primitivo manantial de potencia que, después, fué substituído en la industria por el *petroleum* y el alcohol. Los postrimeros yacimientos del primero existentes en nuestro planeta, fueron, más tarde, prematuramente dilapidados por aquellos salvajes que no sabían aprovechar, al convertir el calor en fuerza o luz, sino una minúscula y ridícula proporción del calor producido; muchos siglos más tarde, se dificultó la obtención del alcohol con el progresivo enfriamiento de la tierra y consiguiente escasez de azúcar en las plantas... Vosotros no sabréis que el alcohol se obtiene del azúcar.

—Algo había yo oído de ello a los químicos del siglo xx; pero a certeza no llegaba hasta ahora—contestó Juan con ironía transparente que le valió un codazo de su esposa. Gracias a que en la soberbia de Mob no cabía la idea de que nadie pudiera hablarle, a él, irónicamente.

—Para que podáis colegir hasta qué punto se enfrió la Tierra, os diré que la temperatura de 60 grados, que era la media anual de las zonas templadas en el siglo xx...,

—No le digas que no, no le digas que no—dijo Inés a Juan, asustada al oír el disparate.

—...descendió a cuarenta que era la registrada en el L. Por ley ineludible de la necesidad, que empujaba a aquellos hombres primitivos, se inició en el mundo la penosa transición de la ruda época conocida con el nombre de la *Edad del Humo*, a los civilizados tiempos en los que os he hecho resucitar.

—Vosotros conocisteis, pues en ella vegetasteis, la Edad del Humo; pero ignoráis que el comienzo del subsiguiente período evolutivo se inició en la *Epoca Hidráulica*, pobre edad en la que a tropezones comenzaron los humanos a dar sus primeros y vacilantes pasos en la senda del progreso.

Abarca dicho lapso no pocas centurias, y se caracterizó tal época por el empleo de la fuerza natural de las corrientes fluviales, capturada en lo que llamaban *brincos de agua*. El primero de éstos fué construído e inaugurado en el Ganges por un ingeniero belga llamado Franklin, en el año 3613.

—¡Atiza!—exclamó García, felizmente en español, mientras Mob bebía un sorbo de agua.

—Calla, maldito, calla—le dijo su mujer en el propio idioma.

—Cuán raquíticas nos parecen a los superpensantes de hoy las inteligencias y las aspiraciones que pedían al Amazonas, al Niger, al Indo unos cuantos miserables millones de elefantes de vapor (1). No sé si vosotros alcanzasteis esa otra mísera antigualla que llamaban vapor.

Me he distraído. ¡Ah, sí! : decía que aquellos elefantes de vapor eran utilizados solamente donde, en reducidas extensiones, los transportaban las primitivas y materiales canalizaciones eléctricas, con su ridícula balumba de cables, postes, columnas y aisladores, groseros artefactos arrumbados por la mentalidad moderna; muletas en que una ciencia coja se apoyaba cansina para recorrer penosamente un áspero camino.

—¡Qué contraste con los tiempos presentes!

—¡Bravo, bravo! — exclamó Inés, aplaudiendo a rabiar—. A p l a u d e, hombre, aplaude.

—¡Bravo!—hizo coro Juan—. Perdone, perdónenos, señor, que lo hayamos interrumpido; pero su portentoso y exacto dominio de la historia de la electricidad y de los brincos de agua, expuesta con su arrebatadora elocuencia, nos han arrastrado.

—No hay de qué, no hay de qué... Ya os he dicho que para aplaudir podéis interrumpirme cuando os sea imposible conteneros, pues me hago cargo de vuestro entusiasmo: es muy natural... Bien, decía: ¡qué contraste con los tiempos presentes! Y quería decir con los que han precedido a la etapa que el mundo llamará del AMOR MOB, porque pensando en éste, el contraste es todavía mayor.

Hoy, el *Geo-termo-atractor* arrebata a millares las *kilo-calorías* (2) a los diversos mares interiores de fundidos metales que hierven en cavernas sumergidas bajo la epidermis del planeta: bastando para ello establecer dicho aparato a la proximidad de las ingentes chimeneas de los plutónicos hogares llamados volcanes, trocados ya de verdugos del hombre en sus humildes siervos.

Hoy, el *see-catching-power*, o *mareo-vatio*, almacena millones de *miriatoneldme-*

---

(1) Esto no era otro histórico disparate de Mob, aunque García lo creyera; pues, efectivamente: en elefantes de vapor se había llegado a medir en el mundo la fuerza de las grandes máquinas después de la congelación de aquél en Bilbao, porque el caballo era demasiado pequeño.
(2) La kilo-caloría equivale en fuerza mecánica a la friolera de 425.000 kilográmetros.

tros (1), substraídos al flujo y al reflujo de los mares.

Hoy el *helio-transformador* substrae a los rayos del sol el calor sobrante en las zonas tropicales, transportándolo a las regiones polares, para dulcificar las álgidas temperaturas de ellas (2). Mucho os parecerá, y sin embargo después de apoderado de esos poderosos manantiales de energía, todavía luchaba el hombre con entorpecimientos para aprovechar tal potencia, hasta que yo he logrado librarle de las faenas de transportar las energías plutónicas, neptúnica, solar, desde el volcán, los océanos o los desiertos, a los talleres donde han de obrar las actividades de esos agentes: todavía teníamos que metamorfosearlas entre sí, o en vibraciones eléctricas, lumínicas, químicas o mecánicas; y si bien hace ya muchos siglos que la humanidad supo prescindir de los pueriles artilugios conductores empleados en las edades tenebrosas de los brincos de agua, y si bien hemos dado a la energía alas de ondulación eléctrica con que hiende el espacio, al modo de la idea o la palabra en la telegrafía y en la telefonía sin hilos, todavía se usa hoy en el mundo complicada maquinaria para realizar aquellas transformaciones; todavía son menester ingenios poderosos para dar a las fuerzas los impulsos que las llevan de los lugares donde nacen a los talleres donde trabajan: todo esto es potencia malgastada, trabajo improductivo.

Reflexionando un día en todas estas trabas, vi claro que era preciso sacudirlas; que la Humanidad tiene derecho a exigir a la moderna ciencia tiene un sabio que se llamaba ROBERTO MOB, que a su disposición ponga generadores de energía con actividad infinita, que por sí reproduzcan cuanto el hombre les tome... Y Mob se dijo que él sabría hallar un agente capaz de transformarse en toda fuerza, susceptible de ser aprisionado dondequiera, que no fuera preciso ir a buscar a los cráteres, a los mares, a la aridez de los desiertos por el sol calcinados: un manantial omnipresente e inmensurable de proteica energía potencial.

—¿Cuál?

Hizo Mob nueva pausa, cual queriendo dar tiempo a que lo dicho labrara huella en sus oyentes.

_____

(1) Trabajo necesario para elevar un millón de toneladas a un metro de altura, o mil toneladas a un kilómetro de altura. Unidad de trabajo usada en el siglo c.

(2) Para este libro es tema ya sobrado amplio.

Y la había producido, pues tan pronto como al entrar en materia y salir de preámbulos dejó Mob de amontonar palabras presuntuosamente rebuscadas y disparates históricos—muy disculpables a distancia de muchísimos siglos, pues sabe Dios lo que dirían medos y egipcios al leer las historias que de ellos estudiábamos en el siglo xx—, su sabiduría y su elocuencia, tan colosales como su vanidad, le hicieron remontarse a altura que no desmerecía de la grandiosidad del tema planteado. Por ello, y a despecho de la antipatía que inspiraba a los resucitados, estaban éstos pendientes de sus labios y subyugados por vivísimo interés: tanto, que al terminar el sabio el anterior período, y aun cuando no aplaudieron, como esperaba él, habiendo para ello hecho la pausa, vió en sus miradas tan ansioso afán de que siguiera hablando, tal interés en la resolución del magno problema ante ellos planteado, que las miradas le supieron a lisonja, y le halagó el mutismo cual si fuera un aplauso.

—Parece que os interesa, ¿eh?

—Sí, sí; mucho, muchísimo—contestaron con real sinceridad los interrogados.

—Me parece, amigo Marcial, que aun teniendo esta gente poca cultura, como es lógico, podremos sacar algún partido de ellos.

—Ya se lo dije a usted, maestro.

—Sí, sí, y me gusta verlos capaces de interesarse con mi invento... Vosotros no sabéis que la gravitación universal, venero inextinguible de energías, es la *potencia única*, la fuerza esencial, de la cual sólo son una de tantas actividades las variadísimas atracciones y los impulsos que sostienen y empujan los átomos del universo sideral, vulgarmente llamados soles, estrellas, mundos; ignoráis asimismo que sólo son modalidades de ella la cohesión que, al trabar las moléculas, es madre de la forma de los cuerpos, la gravedad que a las tierras sujeta cuanto sobre ellas permanece o se mueve: rocas y ríos, montes y mares, piedras y nubes; que metamorfosis, no más, de la misma soberana gravitación son las simpatías y las repulsiones eléctricas o magnéticas, la afinidad química; que luz, electricidad, magnetismo, cohesión, calor, gravedad, fuerza expansiva de los gases, son una sola cosa: gravitación que ondula o vibra de distintas maneras. Y claro es que si ignoráis todo eso, todavía con mayor motivo ignoraréis que la gravitación no es sino...

Aun no es tiempo de decíroslo.

Hasta ahora no ha sabido el hombre domeñar ese agente por excelencia, y empleando hogares que se extinguen, e impulsos que decaen, sus improbos esfuerzos, sus fracasos, nos dan en él la imagen de aquel réprobo del infierno del Dante, condenado a empujar pendiente arriba rocas que, al llegar a la cumbre, se despeñan. ¿Y habremos de imitarlo eternamente?... No, no es ése el camino; cual nuevos Prometeos, tenemos que robar al cielo la gravitación; hacer que en nuestras manos sean fuerza industrial las fuerzas siderales...

Pero ¿cómo?... Ya adivino que sospecháis pretendo detener la carrera de un astro, capturar el inmenso calor así sobrante y almacenar la fuerza colosal que libre quedaría al producirse la cesación del movimiento.

¿Cuál? ¿Marte, Júpiter, Venus?...

No, ninguno: esta hacedera empresa constituiría un inmoral abuso de poder, incompatible con la buena amistad que nos liga a venusianos, marcianos y demás vecinos de este distrito planetario, donde todos vivimos; un incorrecto proceder que, perturbando el diplomático equilibrio de nuestro sistema solar, violaría los convenios acordados en el Congreso de la Paz Planetaria, celebrado el año 8033, en el tercer satélite de Júpiter; atraería sobre nosotros la condena del Tribunal de Arbitraje, permanentemente constituído en la zona neutral del anillo de Saturno, y determinaría una bélica coalición, contra nosotros, de los demás planetas (1).

Pudiera alguien creer que siendo la Luna plena propiedad nuestra, y no existiendo habitantes en ella, por hacer mucho tiempo que todos los lunáticos viven en la Tierra, podríamos utilizarla para lograr nuestro objeto...

—¿...?

—Dios nos libre; además de tener, como luego veréis, algo mejor y más sencillo, me retrajo de esa empresa el temor a las protestas que la Academia de Bellas Artes formularía no menos de la poesía y en defensa de las hermosas noches esmaltadas con luz que no deslumbra, donde más que los rayos del melancólico astro brilla la fantasía de poetas y pintores.

No cabe duda de que, sin tropezar con los inconvenientes señalados, pude disminuír

(1) Dejamos íntegra a Mob la responsabilidad de la afirmación, que debe ser verdad cuando él la hace, de que en el siglo c hayan ya hecho su aparición en Júpiter y Saturno razas humanas más o menos parecidas a la nuestra; para lo cual, en opinión de nuestros sabios astrofísicos, no están todavía maduros esos planetas.

la velocidad de traslación de nuestro propio globo, y hacerme dueño de la energía que así quedaría sobrante (1); pues eso habría sido gastar de los propios recursos, sin inmicuirse en haciendas ni en mundos ajenos; pero las sociedades de fomento agrícola me habrían salido al paso, por no avenirse con ensayos que, perturbando las estaciones, transformando las labores del campo y retardando la germinación de las plantas, habrían modificado hondamente el rendimiento de las cosechas y alterado el valor alimenticio de los frutos de donde extraemos los elixires y extractos con que nutrimos nuestros cuerpos, inteligencias y memorias.

Por ello, desdeñando esos vulgares medios, me pregunté:

¿Qué sobra en nuestro mundo, pobre, viejo y frío?... Claro está: hombres, mujeres; sobre todo, mujeres. Inútil resulta que intelectuales, magnates y plutócratas, que los superpensantes y los supergozantes no procreemos sino por extraordinario evento; inútil que, por dicha nuestra, hayamos casi por completo perdido, como Tolstoi ha siglos deseaba, la aptitud reproductiva, si la manada de micro-criaturas que, hacinadas, vegetan en los cuchitriles y talleres del subsuelo de nuestras ciudades y en las cuevas de nuestras aldeas, sigue llenando el mundo con sus inmundas crías.

—¿Cómo atajar el mal?—nos decimos al ver crecer y crecer ese hormiguero humano (encadenado a nuestras máquinas y faenas), a la par que vemos decaer la aptitud nutritiva del planeta...

Pasen cien años sin encontrar remedio, y fatalmente habremos de acudir al canibalismo y nutrirnos con la nauseabunda carne de

(1) El grado de progreso alcanzado en el manejo de la ondulación eléctrica hace que me parezca muy hacedera la empresa de que Mob nos ha hablado, de reducir la velocidad de rotación de nuestro planeta, pues antójaseme que para conseguirlo bastaría...

Lo anterior se ha copiado de nota redactada por Inés Ramírez que el coronel Ignotus no cree oportuno copiar hasta el final, pues pudiera darle la ocurrencia de contar el invento cualquier día en otro libro de esta biblioteca, y no quiere, cuando menos se lo piense, recibir la sorpresa de verlo publicado en alguno de otra que no sea la suya, mas presentada a intento en forma que con ella pueda confundírsele.

Y no es suspicacia, sino escarmiento; pues usurpando el pabellón de esta Biblioteca Novelesco-Científica, creada por Ignotus, han salido a la calle libros que no ha escrito él, que no pertenecen a su biblioteca y que, por tanto, no tienen derecho a cobijarse, como lo hacen, bajo el título de ella: aun cuando no sea más, porque la cosa puede inducir a error al público.

4

esas bestiales muchedumbres que, inconscientes, sin atender sino a irracionales egoísmos, dan rienda suelta a brutales pasiones y aman, y aman sin tasa ni mesura, caminando a un verdadero suicidio de la especie humana.

Desde que Mob había comenzado a tocar el punto relativo a la reproducción de la especie humana, la admiración de los bilbaínos había sufrido golpe muy rudo al apreciar los quilates de su moralidad. Pero al oírle expresarse con desprecio inhumano de las desventuradas víctimas del cruento despotismo de los superpensantes, sintieron repulsión, todavía más violenta que antes, pues presentían algo horrible en lo que aún les quedaba por oír.

Absorto el sabio en el culto a sí mismo tributado por su soberbia *egolatría*, no percibió el espanto, que Marcial sí advertía en los rostros de sus oyentes, ni se dió cuenta de los cuchicheos de Inés con Juan; pues asustada al ver la indignación que brillaba en los ojos de ,éste, procuraba calmarlo mientras D. Roberto proseguía en los siguientes términos:

—Entonces vi que la humanidad tiene ante sí no uno, sino dos problemas urgentes; pues aun más alarmante que la penuria de agentes generadores de fuerza industrial, es el crecer desenfrenado de la especie humana, cuyo *peor enemigo es el amor suelto*, y entonces nació en mi mente el genial propósito de resolver, a la par, *con una solución, los dos problemas*.

Lo diré de una vez: la energía que de la industria va a arrojar toda otra fuerza es EL AMOR. (Colosal impresión en el auditorio y pausa internacional del conferenciante).

. . . .
. . . .

Esperaba vuestra sorpresa—continuó el orador—, que en breve harán cesar mis explicaciones, porque el amor no es ni más ni menos que una manifestación hasta hoy no advertida de la gravitación universal: la gravitación en su forma psíquica, empleando una palabra ha siglos desterrada del idioma. Más todavía: tal modo de ser de la gravitación aventaja a cuantas modalidades de ella conocemos; pues mientras éstas se presentan bajo un solo y mismo aspecto, amor resume en sí todas las manifestaciones de la energía única, y en tanto, luz, calórico, electricidad, fuerzas mecánicas, no son en cada instante sino vibraciones lumínicas, plutónicas y hertzianas o dinámicas; resultados sucesivos, distintos, de modificaciones con aquellos nombres; el amor, a la inversa, muéstrase y utilízase bajo todas las formas, siendo a la vez todo ello.

Vais a verlo muy claro.

En torno de los soles giran los planetas, libando en ellos vida; gira el amante en torno del amado, y en él cifra la suya. Fuerza centrípeta, atracción, son dos nombres distintos del lazo que encadena los mundos a sus luminares, y amor es un imán que junta corazones: en puridad, fuerza centrípeta. Desconfianza, recelo, son impulsos excéntricos, opuestos a la comunicación amorosa; suprimidlos, y el amor reunirá a los que se aman, cual con la cesación de la fuerza centrífuga, que a las tierras empuja a recorrer sus órbitas, se incendiarían las tierras al caer en los soles. Y si a la inversa, substraéis a un astro su fuerza centrípeta, o el amor del corazón de uno de los amantes, aquel mundo, alejándose ciego del hogar de donde toma vida, se abismará en las soledades del espacio helado por el frío sideral, y aquella criatura, con solitaria vida, se hundirá en los hielos de la indiferencia y del olvido...

¿Queréis más pruebas? Pues ved los celos, eclipses del amor, que un astro entrometido provoca interponiéndose entre quienes aman. ¿Qué es un eclipse? Sombras. ¿Qué son los celos? Sombras.

¿Y qué son los conflictos pasionales sino entrecruzamientos de órbitas, de seres que, con el choque, producen la catástrofe? ¿Y qué las mariposas del amor, coquetas y tenorios, sino astros errabundos, tornadizos, versátiles cometas, que al volar de sistema a sistema planetario van cada día asomándose a un mundo diferente, sin posarse en ninguno?

. . . .
. . . .

El giro inesperado tomado por la conferencia había desimpresionado a los esposos, que seducidos por la indudable originalidad de las comparaciones de Mob, ya no sentían miedo, y hasta llegaron a reírse con algunas de ellas, con visible complacencia de aquél, que continuó:

—Ya veis cómo gravitación y amor son una misma cosa. Pues también vais a ver que amor es luz. En incesante giro voltea la Tierra sobre su propio eje. ¿Sabéis por qué? Porque mientras quedan sumidas en la noche las partículas del polvo de su suelo, y las gotas del agua de sus mares, cada una y todas ellas la empujan, impacientes de que, girando presurosa, las lleve donde puedan saciar sus ansias de ver, alborear la nueva aurora, bañarse en luz, caldearse y embriagarse con fuego y resplandores de solares efluvios.

¿No es esto amor? ¿No es insaciable anhelo por las tierras y los mares sentido de los besos del sol?

Y esa fuerza incesante con que montes y mares, prados y bosques, hundidos en la sombra, empujan a los bosques y los montes, los prados y los mares regocijados con la lumbre del día, ¿qué es sino envidia, celos, nostalgia de las caricias de ella?

¿Qué más? Quitad la luz del mundo, y todo será negro, feo: en tinieblas se hundirá la forma, y la belleza morirá con ella. Surja de nuevo y todo brillará con armonías de líneas, matices y colores; y como de las piedras saca el eslabón fuego, y como cuando el sol toca los objetos se desvanece la fea sombra entre fulgores de belleza de la luz triunfante, así el amor, engalanando pródigamente al ser amado, lo embellece con toda perfección.

¿Calor?— No, mucho más: fuego que arde en el corazón, caldea las almas, derrite voluntades; manantial ígneo que aun hace más, pues lo mismo que el fuego material licúa cobre y estaño para formar con ellos un cuerpo nuevo, el bronce, también amor, uniendo padre y madre, hace nacer al hijo del calor de un abrazo. Y para que la homogeneidad entre calor y amor se os muestre más patente, advertid que amor tiene también su escala termométrica. ¿Os reís?... Pues vedlo: el odio es el frío absoluto, el frío aterrador de los espacios siderales; la antipatía, el punto de congelación del alcohol, y la indiferencia, el cero usual, fusión del hielo de los termómetros comunes; la simpatía representa, grado más, grado menos, la temperatura de baños a placer; el *flirteo* hace subir la columna termométrica al punto señalado para la cría del gusano de seda, y la pasión hierve con borboteos de la ebullición del agua.

¿Electricidad?... Vedlo: el amor, misteriosa y simpática corriente que fluye entre el polo positivo, la mujer, y el negativo, el hombre, es excitación eléctrica o sugestión moral (en el fondo lo mismo), que sacudiendo al ser, poco antes indiferente, lo electriza o impresiona, con afectos vibrantes en otra alma: influencia inefable, inmaterial comunicación que aúna caracteres, suaviza discrepancia: lo mismo exactamente que la corriente eléctrica entre cuerpos con diferentes potenciales voltaicos iguala las tensiones del flúido en uno y otro.

La impresión amorosa, rápida e inconsciente que llamamos flechazo, es, lisa y llanamente, la chispa eléctrica de moderada intensidad que, excitando ligero cosquilleo, no es suficiente a producir grandes estragos; el chispazo violento que destroza el motor en caso de avería, el rayo destructor que de la nube salta, son idénticamente iguales a los escapes del amor contrariado o escarnecido a extremadas y peligrosas tensiones; sus efectos, asesinatos y suicidios; y la causa esencial, la misma que provoca el accidente en la máquina o el rayo, falta de comunicación reguladora capaz de equilibrar los niveles eléctricos del hombre y la mujer; pues llegados al colmo del delirio amoroso, o tensión detonante, es ley fatal que sobrevenga la catástrofe.

Por último, podéis juzgar de la enorme potencia efectiva del amor mirando a través de la historia sus colosales efectos mecánicos al sacudir los corazones de las muchedumbres. El amor a Cristo fué ariete que derrumbó los templos del paganismo, alud que sepultó una sociedad, fuerza que, amontonando piedras, levantó catedrales y alzó a miríadas de mártires del polvo de la tierra a lo alto de los cielos. Sobre cimientos de inconmovibles voluntades, elevó el amor patrio incontrastables muros contra los cuales se quebraron los ímpetus de Jerjes, Pirro, Aníbal Napoleón. Una utopía los derechos ya olvidados del hombre, removió muchedumbres, convirtiendo sus labriegos en caudillos, forjando armas, lanzando ejércitos de un confín a otro de la Europa.

—¡Bravo, bravo!—exclamaron a la vez los tres oyentes, y sin que en los de la vigésima centuria fuera esta vez fingido el entusiasmo.

—Dejadme acabar... Como veo claro que, sin vacilaciones, aceptáis las premisas a las que ha poco sonreíais, tiempo es ya que dejándome de generalidades, os participe que he logrado domeñar el amor; que he apresado esa sutil potencia, flexible e inteligente al punto de convertirse por sí sola—y *sin transformador* oídlo bien—en toda suerte de energías, evitando las dispendiosas transformaciones industriales; que derrocho sin recelo las corrientes suministradas por ese agente inagotable, porque, cual nuevo fénix, renace amor de sus cenizas. Y conste que esto no es la exposición de un proyecto, sino la narración de un hecho; pues con yuntas generadoras y el sencillo instrumento que denomino *psico-interruptor*, realizo cuanto hasta ahora han hecho en el mundo el *car-*

bunus, el alcohol, las fuerzas hidráulicas, el calor de los volcanes y la fuerza de las mareas. Los detalles del funcionamiento de yuntas y psico-interruptor os serán enseñadas por el señor Rucandio; yo no desciendo a tales pormenores.

Calló Mob, y sorprendido de no oír la ovación que esperaba, y creía de ene, gruñó con amenazadora voz y torvo ceño:

—¿Y es eso todo lo que tenéis que decir, después de la molestia que por vosotros me he tomado?

La última parte, referente a las *yuntas racionales* y al ladrón aparato de cosa tan sagrada como los latidos del amor humano, había despertado, nuevamente, la repulsión a Mob de Juan y de Inés, mas convertida ya en horror, que los dejó mudos al terminar aquél su discurso. Pero al darse cuenta de la expresión de su mirada, del tono de su voz y verse ya en las cuevas contovertidos en yunta, se apresuraron a desvanecer el enojo del excelso; y como las mujeres suelen ser más despiertas que los hombres, en trances semejantes, ella fué la primera en acudir a conjurar el peligro, diciendo:

—Excelso Señor: a quien se queda anonadado ante una grandeza abrumadora, al ignorante deslumbrado por el mayor genio que los siglos crearon, es imposible se le ocurra nada ni nada diga que no parezca irrespetuoso después de las palabras que hemos tenido la dicha de escuchar.

—¡Qué lista es!—pensó Juan; y, cuando ella acabó, agregó por su cuenta, aunque haciéndose grandísima violencia—. Ni ¿qué podrán atrevere a decir estas pobres criaturas hijas de un siglo bárbaro?

—Tenéis razón; y veo con gusto que vosotros no sois tan bárbaros como vuestro siglo.

Bueno, Rucandio, hágase cargo de ellos; vaya instruyéndolos, y cuando estén en estado de entender las preguntas que usted sabe necesito hacerles, avíseme. Hasta entonces no necesito veros.

—Lo cual nos complace mucho—iban pensando ellos al retirarse con Marcial, que los condujo al nuevo alojamiento, que ya les habían preparado.

X

MUNDIOPOLIS A VISTA DE PAJARO

El departamento destinado a los cónyuges se componía de tres habitaciones, al entrar en las cuales se quedaron aquéllos sorprendidos de verlas por completo vacías: con los lisos lienzos de las paredes, las puertas y los balcones por todo moblaje; pero pronto hizo Marcial cesar su asombro, enseñándoles cómo, mediante el juego de diversas palancas y botones, dos de los aposentos podían cada uno convertirse sucesivamente y a voluntad, en alcoba, tocador, cuarto de baño, retrete, gabinete de confianza o despacho de trabajo; pues de las paredes salían los muebles adecuados al servicio a que en diversas horas del día se deseaba dedicarlos: con lo cual aquel departamento con sus únicas tres habitaciones prestaba igual utilidad que si tuviera diez o doce.

El salón, además de utilizarse para recibo, podía ser comedor y sala de billar ó de otros juegos.

Entre los utensilios, y en nichos empotrados en la pared, había dos *automs* destinados, indistintamente al servicio de la mujer y del marido, pues los *automs* no tienen sexo. En los nichos se hallaban además los capacetes que marido y mujer habían de ponerse para dar órdenes a sus maniquíes, los transmisores de bolsillo, al efecto necesarios, iguales al que ya se ha visto funcionar en manos de Rucandio, y cartillas-prontuarios explicatorias del modo práctico de hacer uso de aquellos monigotes, a los cuales no les faltaba sino hablar: aun cuando de seguro habrá quien piense que su mudez es cualidad del tipo del criado ideal.

Claro es que en el alojamiento había aparatos radiotelegráfico y radiotelefónico pa-

ra largas distancias—por eso se llaman te-
les—radiofónicos de comunicación interior
con portería, comedor, repostería, peluque-
ro y demás dependencias del museo; y por
último, allí tenían los esposos a su disposición un *visci*, quiero decir un *teléfoto*:
aparato que no falta en ninguna casa del
siglo cien.

En una historia de diferente índole que
la presente sería obligada la descripción del
cómodo e ingenioso menaje que en pocas líneas queda rápidamente relacionado;
pero en ésta, destinada, no a ramplona mecánica de palancas, resortes y ruedas gro-
seramente materiales, sino a la maravillo-
sa *psico-mecánica* del *electro-amor* Mob, no
cabe perder tiempo en vulgares mecanismos.

Terminadas las primeras explicaciones
relativas a los diversos usos de las habitaciones, se detuvo Marcial en dar a los resucitados instrucciones sobre el modo de
entenderse con la cocina y la repostería,
para que a domicilio les fueran servidas las
comidas, por un torno de donde las toman
los *automs*, que ponen en la mesa los manjares y atienden al servicio: cada uno al
de *su amo*.

Preguntó Inés a Rucandio si el régimen
de comedor permitía cargar la mano en los
platos que más gustaran a los consumido-
res, a reserva de prescindir de otros, siendo, por aquél informada de que podía pedir sin cortapisas en la elección de manjares, ni en la cuantía de ellos; y una vez
dicho esto se despidió hasta el día siguiente que vendría a buscarlos para instalar-
los en el laboratorio donde juntos habían
de trabajar los tres.

Inmediatamente se sentaron a la mesa
Inés y Juan, resultando muy triste la primera parte de la cena, pues pesaba sobre
ellos la impresión depresiva de la conferencia de Mob, a quien no podían menos de
reconocer grandísimo talento y vastísima
ciencia; pero que cada vez les era, no ya más
antipático, sino más terriblemente odioso;
pues por lo oído sospechaban que cuando
los enteraran de los detalles de la obtención
y aplicaciones del Amor-Mob, su admiración al genio del inventor quedaría muy
por bajo del horror a la maldad de su negra conciencia. El estado de ánimo de
Inés respecto al *excelso* quedó gráficamen-
te resumido en esta frase de ella: "Sí, Juan,
sí; tiene mucho talento, pero Lucifer debe
tener también muchísimo."

Pero a medida que la cena fué avanzando, aquella angustia que a los dos embar-
gaba al pensar en un tenebroso porvenir,

fué atenuándose hasta quedar olvidada, siquiera fuera transitoriamente, por reemplazarla sentimientos mucho más dulces y
perfectamente naturales en dos recién casados, a quienes dejaremos solos—pues que
los *automs* son tan sordos como mudos y
ciegos—, sin dar sobre su cena otra noticia
que la que se desprende del siguiente diálogo, que precedió a otros más efusivos que
se callan:

—Pero, ¡qué cena tan rara has pedido!
No veo ni un plato que pueda llamarse for-
mal y en cambio hay aquí cantidades inverosímiles de frutas, mermeladas, compo-
tas, tartas, bombones... No te creía tan go-
losa...

—Es que no he pedido todo eso como go-
losina, sino porque siendo los postres los
alimentos especialmente destinados al cerebro, y teniendo urgencia para tratar con
los superpensantes, y quién sabe si para de-
fendernos de ese satánico viejo, de aguzar
el ingenio, he creído oportuno que en esta
primera temporada de nuestra segunda vida debemos someternos a exclusivo régimen de postres y entremeses.

—Sí, no está mal la idea; pero...

—Desengáñate, Juan, nuestra primera ar-
ma ha de ser la inteligencia, y pues tenemos medio de supraintelectualizarnos rápidamente, sería candidez el desaprovechar
esa ventaja... Además, aunque sólo sea por
amor propio, quiero hacer cuanto pueda
para que los superpensantes no nos crean
tontos.

* * *

Al levantarse, después de la primera noche pasada en su nuevo domicilio, se dedicó el matrimonio a enterarse más a conciencia que la víspera de las maniobras de
cambios de mobiliaje, y a ejercitarse en el
manipuleo de botones y palancas, necesario para aquéllas.

Comenzaron por hacer desaparecer la cama en la pared, lo cual efectuó aquélla girando hacia arriba alrededor de la cabecera,
quedando cerrado el hueco del muro en donde el lecho se escondió por un magnífico espejo de cuerpo entero situado debajo del
colchón metálico, y que cuando la cama se
dedica a su uso natural, queda en la parte
inferior de él, dando frente al suelo.

Al propio tiempo surgía del piso un
baño, sobre cuyos bordes de porcelana rosa
grupos de estatuillas representaban ninfas
de alabastro corriendo perseguidas por sá-
tiros de bronce. Debajo, un friso de cristal
de roca, que rodeaba el baño, dejando trans-

parentar el agua, ostentaba relieves poli-
cromos de ondinas y endriagos entre pe-
ñas y plantas, produciendo la sensación de
que aquéllas retozaban con la persona su-
mergida en el agua. El fondo lo formaba
interiormente una enorme concha nacarada,
y todo el baño descansaba en el lomo de un
enorme cocodrilo, cuyas patas eran las del
baño.

Simultáneamente, y haciendo juego en
lo suntuoso con el baño, salieron de las paredes de la habitación lavabos diversos,
mueblecillos con pulverizadores, cosméticos,
adobos para variados usos, conocidos algunos, desconocidos casi todos de Inés, du-
chas templadas, fría, de vapor y de esencia;
masaje electro-automático, y aparatos te-
ñidores del cabello en colores desde el dorado al verde mar y del violeta al clavel
rojo; pues ninguna dama del año diez mil
se presenta, como se estime en algo, dos
días seguidos con igual color de pelo.

Los tintes se hallan en lo alto de unos
capacetes que, puestos en las cabezas de
las elegantes, los extienden con múltiples
cepillos sobre la cabellera que a la par ondulan.

Agréguese a todo esto multitud de secretos de tocador, sobre los cuales se quedó a
obscuras Inés, por no tener quien la guiara
en el intrincado tocado corporal de una elegante de Mundiópolis, y se tendrá noción,
al menos, de lo que es el complicado cuarto tocador corriente del siglo cien, compli-
cación muy explicable porque el progreso
del culto al cuerpo humano había llegado
a idear cosas extraordinarias y fantásticas
combinaciones en cabello, uñas, piel y ojos
de las damas, en términos que apreciare-
mos al describir más adelante algún tocado.

La fuerza de la costumbre nos ha hecho
referirnos en lo anterior a las señoras;
pero en descargo de la verdad es preciso
decir que en extravagante presunción allá
se van supergozantes de ambos sexos.

Dará idea del lujo, que es primera necesidad de tales gentes, el siguiente dato: Ni el
más modesto baño-tocador, por el estilo del
de los resucitados, puede montarse por menos de setecientas a ochocientas mil pesetas,
ni el costo de los cotidianos baño y adobo de
una señora baja de trescientas. Gracias a
que no llegando a dos millones el número de
supergozantes del mundo entero, y siendo
ellos los únicos propietarios de él y de los
frutos del trabajo de tres mil millones de
parias—total población del globo—son todos
multimillonarios; pues los de fortuna más

modesta se quejan de no poder vivir con
ocho o diez millones de renta o sueldo.

Una vez enterado el matrimonio de los
primores del cuarto tocador, lo hizo desaparecer reemplazándolo sucesivamente por despacho de estudio, gabinete, etc., quedando es-
tupefactos, pues el lujo, el *confort* y el gusto
artístico superaba a cuanto su fantasía pudiera soñar: aun tratándose de un pobre
apeadero, que más no era el suyo, para transeuntes, de paso en el museo.

Terminados tales entretenimientos, llegó
un sastre, que por encargo de Rucandio
traía al matrimonio hasta media docena de
trajes para cada uno, que sobre medida tomada la víspera en conformadores automáticos habían sido hechos para reemplazar a
a las sábanas conque Inés había improvisado
precipitadamente unas túnicas, después de
despertarse; pues ya se supondrá no les du-
raban los trajes de Bilbao.

Por cierto, al ver que aquellos trajes no la
tapaban nada apenas de cuanto ella estaba
acostumbrada a recatar del público, y a Juan
no le hacía gracia a exhibir a los superpensantes, no tuvo otro remedio que ponerse
tres, uno sobre otro para velar con unos
lo descubierto por los otros.

La primera señora que en la calle la encontrara diría, evidentemente, en cuanto la
viera, "valiente facha", pero ella se desqui-
taría diciendo "valiente sinvergüenza".

Una vez vestidos, se desayunaron ambos
cónyuges; y cuando, de sobremesa, estaban
pensando en que de buena gana darían una
vuelta por la magnífica ciudad, vista por
el abierto balcón, llegó Marcial, que precisamente traía la idea de realizarles el deseo,
por parecerle un poco tiránico meter inmediatamente en el laboratorio a sus *amigos
del siglo* xx—así los llamaba él—sin darles
tiempo de echar ni una ojeada a aquel mundo novísimo para ellos. Aquel día echarían
a la ciudad una ojeada, a reserva de que la
exhibición completa y reposada de ella se
hiciera en los sucesivos, dedicándole las tardes, y empleando las mañanas en el laboratorio.

Con muy buen acuerdo, pensó Rucandio
que, preferible a enseñarles menudencias,
perdidas en el interior de las calles, sería
hacerles ver primero entera la capital del
mundo, como la ve quien a ella llega por
vía aérea: ruta la más usual de casi todos
sus visitantes; pues los ferrocarriles son en
el siglo cien, lento y anticuado medio de
transporte solamente usado para mercancías
o para trasladar rebaños de parias enviados
a faenas agrícolas o mineras.

Al efecto, pidió al hangar del museo un aerohelicóptero, aparato que, sobre los aeroplanos de la centuria mil novecientos, tiene la ventaja de poder mantenerse quieto en la altura, cuando así conviene, y la de ascender y descender verticalmente: siendo su único defecto no alcanzar velocidades superiores a 50 kilómetros a la hora. Por esto no se usa sino para turismo, prefiriéndose para largos viajes los zepelines, o los aeroplanos, que llegan a 180 o pasan de 300 respectivamente, y son iguales en esencia a los del siglo xx, aunque muchísimo más grandes, absolutamente seguros y con perfeccionamientos de detalle.

A los cinco minutos de pedido, por teléfono, el helicóptero subían los paseantes a él en la azotea del museo, desde la cual, y según orden de Rucandio, se dirigió en vuelo bajo al *Gran Palacio Mundial*, sito en el centro de la Plaza del Mundo, que lo es a su vez de la monumental y aristocrática Mundiópolis.

Cuando la aérea nave, ya allí llegada, se elevó hasta situarse por cima de la torre del citado edificio, dijo Marcial:

—Este edificio es el Consistorio de las Naciones, donde durante el mes de enero reyes y presidentes de los países confederados de todo el orbe, celebran sus sesiones bajo la presidencia del *Supremo Manager del Sindicato Bancario*, en este palacio residente, y el cual ejerce el más alto poder mundial; pues los banqueros de quienes es presidente lo tienen superior a reyes y pueblos, por haber llegado a la meta del progreso, centralizando la inteligente explotación del mundo en una sola compañía financiera, matando así antiguas rivalidades de empresas.

Como ven ustedes, este admirable monumento, obra del desgraciado Cartoya, a quien ya conocen, tiene planta regular, seis fachadas de 325 metros cada una, y 45 de altura. La esbeltísima torre que lo corona, y cuyo pararrayos tenemos cercano a nuestros pies, mide cerca de 800.

Juan e Inés estaban maravillados. Rucandio guardaba silencio para dejar que los forasteros se dieran cuenta por sí mismos de la imponente magnificencia del panorama que ante sí tenían.

A la orilla del lago, esmaltada de plantas tropicales, se extiende la urbe internacional, abierta a las aguas de aquél por canales circulares que en torno de la Plaza del Mundo, y a crecientes distancias de ella, forma siete concéntricos cinturones donde brilla la luz al reflejarse en el agua de ellos. A reserva de detalles, después puntualizados, estos canales constituyen hermosísimas avenidas circulares, de 250 metros de anchura cada una, llamadas *Envolvente I, Envolvente II... Envolvente VII*.

La primera, inmediata a las fachadas traseras de las doce manzanas de edificios que rodean la Plaza del Mundo, tiene recorrido de seis kilómetros en su vuelta completa; la séptima, a 3.500 metros del palacio, mide contorno de veinte kilómetros.

La plaza, polígono regular de 24 lados, da la sensación de una circunferencia, y mide kilómetro y medio en cualquier sentido. Rodean el consistorio, enclavado en el centro, jardines y paseos, interiores y externos, a una pista de hipódromo de 3.800 metros de recorrido.

Un dato curioso: quien en días de carreras, desea verlas desde sillas al efecto colocadas en la azotea del consistorio, ha de pagar, si el número de solicitantes no obliga a pujarlas, diez mil pesetas por cada una.

Y todavía dice el Supremo Manager que es de balde: no habiéndolas subido, porque rara es la vez que no es preciso sacarlas a subasta. Esta es una de las causas porque se hizo grande el edificio.

De los 24 lados de la plaza, doce son fachadas de otras tantas manzanas, y los otros doce, bocacalles que, entre aquéllas, dan acceso a grandes avenidas radiales con direcciones perpendiculares a los siete canales envolventes. Estas doce avenidas están numeradas con los números impares 1, 3, 5, hasta 23, y entre cada dos de ellas, una subavenida que no llega a la plaza corre desde la envolvente circular número 3 a la 7. Las subavenidas llevan números pares del 2 al 24. Este es, pues, el total número de vías radiales. Las largas miden 2.750 metros; las cortas, 1.750; la anchura de todas es de 200.

Quienes, desde lo alto del helicóptero, miraban las envolventes, veían éstas fuertemente dibujadas por los reflejos del agua de los canales, mientras que ni en la Plaza del Mundo, toda sobre terreno firme, ni en las avenidas radiales advertían vestigios de ella.

Dato final de esta impresión conjunta de la ciudad: las manzanas edificadas tienen todas 100 metros en el sentido de las avenidas, y en el perpendicular crecen las longitudes de fachadas desde 180 metros las de la plaza a 700 las de VII envolvente.

Una observación que a cualquier habitante de nuestras poblaciones de la vigésima centuria se le habría ocurrido al abarcar en una ojeada la planta de Mundiópolis fue hecha por García, diciendo:

—Señor Rucandio, me sorprende en esta

incomparable ciudad, que casi toda el área de ella esté ocupada por esas anchurosas vías de comunicación: al extremo de que tal vez no llegue a un quinto el espacio dedicado a edificaciones.

—Ni aun eso, Juan—objetó la mujer de éste—, porque los edificios apenas ocupan el tercio del solar de las manzanas casi en su totalidad dedicado a jardines.

—Efectivamente, las viviendas techadas no ocupan ni un duodécimo del área destinada a vías y jardines: esa es la característica de la moderna población agradable e higiénica.

—Pero entonces no me explico dónde se meten los dos millones de habitantes que ayer nos dijo usted tiene Mundiópolis; pues aunque la ciudad es muy grande, las viviendas son pocas.

—¿Pero usted ha creído que ahí se aloja toda esa gente?

—Digo...

—No, hombre: *esto es para nosotros*, que necesitamos respirar dentro de casa el aire fresco y puro de los campos.

—¿Qué quiere usted decir—y no le extrañará que lo ignoremos—con ese nosotros?

—Me refiero a los superpensantes, que no pasaremos de diez y seis mil a diez y ocho mil en toda la capital... los otros están abajo'.

—Los otros son los parias... ¿No es eso?

—Sí, señora.

No obstante sus propósitos de disimulo,

no pudo contener Inés un reproche; aun cuando luego le pesara dejarlo escapar al ver el calor con que su marido la secundaba.

—¿No necesitan ésos, como ustedes, aires sanos?

—Es diferente—repuso Marcial, un poco asombrado de oír parangonar casta con casta, y sorprendiéndole la expresión de tristeza puesta por Inés en la pregunta—, completamente diferente: la salud de ellos no vale para la sociedad lo que la de un hombre culto. Hay muchos, y pueden reemplazarse unos con otros como las bestias.

—Pero no lo son.. ¿Hay por ventura alguna diferencia entre ellos y nosotros, y usted?

—Externas no, señor García, pero entre las inteligencias media un abismo

—Naturalmente: como que les niegan ustedes la instrucción.

—Bien se conoce que son ustedes de otros tiempos, llenos de prejuicios.

—Sí, don Marcial, ni mi marido ni yo estamos todavía en estado de juzgar una sociedad superior a las de nuestro tiempo.

—Dices bien; lo indudable es que no habiendo de albergar sino ese número de habitantes, sólo elogios y admiraciones merece esta ciudad.

—Ahora, bajaremos, para que vean ustedes de cerca una envolvente y una avenida.

XI

LAS VIAS URBANAS Y LAS MODAS MUNDIOPOLITANAS

Posado el helicóptero encima de una de las plataformas que se yerguen sobre los *bulevares* envolventes, Marcial y sus acompañantes fueron bajados, en un ascensor, al centro de una de estas circulares vías, constituída por un paseo de cien metros de anchura, comprendido entre malecones lamidos por las aguas de dos canales laterales. En vez de estar estas vías centrales destinadas, como en las poblaciones del siglo veinte, a la circulación rodada, y a los peatones ajetreados con obligaciones o negocios, sólo transitan por ellas quienes pasean por distracción o van de compras; pues en el cen-

tro de ellas se hallan instalados todos los comercios de Mundiópolis, bajo artísticas marquesinas de cristal deslustrado.

Los géneros y objetos, todos a la vista, y presentados con el mayor lujo, están marcados con sus precios, no teniendo el comprador sino echar en un buzón el señalado para lo que desea adquirir: con lo cual sale por bajo del buzón un llavín cuyas guardas, correspondientes a tal precio, abren el candado que a su estante sujeta la compra que va a hacerse; y una vez hecha, no tiene el adquirente sino colocarla, con las señas de su domicilio, en el mostrador distribuidor, des-

... la aérea nave se elevó hasta situarse por cima de la torre del "Gran Palacio Mundial".

70

de el cual le es remitida a casa. El llavín queda preso en el candado.

Bajo las bóvedas de la cuádruple fila de árboles del paseo central se hallan asimismo las fondas y cafés más elegantes; y cada dos kilómetros se encuentra una piscina de sesenta metros de anchura por noventa de larga, con agua viva, suministrada por los canales laterales, en la cual se zambullen expeditamente los paseantes de ambos sexos cuando les place; pues la ropa les embaraza poco, y pronto está quitada. El traje de baño es muy sencillo y se reduce, para damas y caballeros, al malló que unas y otros usan siempre. La moda de tales trajes de baño es muy antigua, pues ya en el siglo XX comenzó en algunas playas.

Los dos malecones exteriores están guarnecidos de barandillas para evitar chapuzones por descuido en los canales que flanquean el paseo central a la vuelta entera a la ciudad de la envolvente a que pertenece. Las dos vías fluviales tienen anchura de 50 metros, y por ellas se verifica, en opuestos sentidos, el tránsito rápido en *autos-chalupas*: cómodos vehículos anfibios que pasan de tierra firme al agua con toda facilidad sin más que dejarse ir al canal con la velocidad adquirida sobre el suelo, y desconectando, en cuanto se hallan en el agua, las ruedas del motor, que una palanca embraga en una hélice. Maniobra inversa en cuanto, bogando, llega el auto a apoyar sus ruedas en las rampas de salida del canal, lo hacen pasar a tierra firme rodando sobre dichas rampas.

Son, pues, dobles los canales correspondientes a cada una de las siete envolventes.

Exteriormente a los canales, y entre ellos y las fachadas de los edificios, quedan las aceras, empleadas por quienes, sin gran prisa, no han menester usar autos-chalupas: gentes a quienes no puede llamarse peatones, pues apenas avanza nadie sobre sus pies, sino en cómodas butacas, merced al ingenioso mecanismo de las aceras *auto-circulantes*.

La anchura total de cada una de éstas es de 35 metros. No son de una pieza, sino formadas por cuatro anillos plataformas concéntricos, enrasantes entre sí, todos al propio nivel y tan cercanos uno a otro que la vista no advertiría las rendijas entre cada dos contiguos, si hacia ellos no atrajera la atención el cambio de color del suelo.

La primera plataforma, inmediata a las fachadas, es de piedra firme, tiene siete metros de anchura y piso blanco; las segunda tercera y cuarta, de madera, miden seis metros, siendo sus pavimientos, respectivamente, gris bajo, rojo y verde. Todas tienen de

trecho en trecho grupos de diez sillones, en dos filas fronteras a los canales y al paseo central de la envolvente, y a la par están las tres en constante movimiento que las arrastra con traslación circular, pero a diferentes velocidades: la gris, lentamente, a cuatro kilómetros hora; la roja, a ocho, y la verde, a doce: gradación adoptada para que el pequeño aumento de velocidad de una a otra, y de la primera inmóvil, a la segunda, no dificulte a los transeúntes, el paso entre ellas.

Estando siempre en marcha los sillones y siendo bastante numerosos los grupos de ellos distribuidos en las *moto-aceras*, nunca hay que aguardar arriba de un minuto la llegada de ellos; y cada viajero se instala en el de velocidad más de su gusto. Por ejemplo, quien se sienta en la *moto-acera* gris de la séptima y más larga envolvente (20 kilómetros de contorno) tarda cinco horas en dar la vuelta completa, viendo en ella la vía circular entera; quien utiliza un sillón de la plataforma (casi podríamos decir tío vivo) roja, dos y media, y una hora y cuarenta minutos quien prefiere la verde.

Lo más extraordinario y admirable es la poca fuerza necesaria para mantener en movimiento estos enormes artefactos, siendo la razón de ello que apenas pesan nada, por flotar en los canales, y haber sido fabricadas dichas plataformas con pesos levísimamente mayores que los del agua por ellas desalojada. De otra parte, como son continuas, y giran siempre en los mismos lugares, no han menester luchar, como los barcos, con la resistencia del agua al avance, ni hacer esfuerzos para hender ésta.

Un motor, cada tres kilómetros, impulsa su rueda de paletas que, asomando la mitad superior por encima de la plataforma, hunde la inferior en el canal, desarrollando contra el agua de él esfuerzo proporcionado a la velocidad que ha de imprimir a la plataforma por medio de las palas de la rueda.

En los sillones se sienta quien quiere, sin abono de estipendio alguno; pues los municipios del siglo cien consideran obligatoria función suya la del transporte personal gratuito en las poblaciones: no por economizar a sus potentados habitantes gastos, en absoluto indiferentes, para ellos, sino para evitarles roce con cobradores que habrían de pertenecer a la casta patria, con la cual les molesta extraordinariamente ponerse en contacto.

En tres sillones verdes de la III envolvente dieron la vuelta a ésta los resucitados y su *cicerone*, quedando los primeros maravillados de la magnificencia de la población, donde los edificios más modestos son palacios lujosos, y muchos suntuosísimos, produciendo la impresión de una ciudad cuyas casas todas fueran templos paganos de grandeza faraónica: donde lo monumental y ciclópeo no estorba a la refinada delicadeza de un arte robusto y dúctil que maneja la forma arquitectónica y la ornamentación escultural y polícroma, con amplitud en la concepción y afiligranado maravilloso en los detalles.

Los edificios no pasan en Mundiópolis de dos plantas, pero con elevadísimos techos. Los pisos bajos se dedican a cuadras, garages, c cinas, etc, etc.: servicios en los que únicamente aquello que es imposible hagan los *autoims* se encomienda a parias mudos. No sordomudos, pues necesitan oír, sino mudos no más, mediante *piadoso tratamiento*: llamándolo piadoso porque, en vez de cortarles la lengua, les atrofian las cuerdas vocales por procedimientos radioeléctricos sin hacerles daño alguno.

En las azoteas, verdaderos edenes, alternan cactos giganteos con delicadísimos helechos de centenares de variedades; las esbeltas palmeras mecen sus palmas sobre las copas de los amplios *flamboyanes*, de coralino ropaje, y los poéticos *húcares* cuelgan de sus ramas melancólicos pabellones y guirnaldas de color de hoja seca, leves cual encaje de hadas tejido por arañas magas.

Vista una envolvente, llevó Marcial a sus huéspedes a una avenida, tomando para ello un *autochalupa*, al cual subieron por una de las rampas que en las esquinas dan acceso al viaducto, por donde en cada cruce de envolventes circulares y avenidas radiales pasan éstas por encima de aquéllas.

Todas estas vías radiales tienen por fondo, hacia el interior de la ciudad, el Palacio Mundial, y hacia fuera, la inmensa masa de verdura de la soberbia selva africana, en las partes donde Mundiópolis no queda ceñida por el lago, o éste, en primer término, y más allá el ingente macizo montañoso del gigante africano, el colosal RUVENZORI, con su cabeza cubierta de perpetuas nieves (1).

Constan las vías radiales de avenida central para transeuntes a pie, dos calzadas laterales para autos, y aceras *quietas*. De las

(1) El monte Ruvenzori, colosal gigante orográfico africano, fué descubierto por Stanley en su exploración de las cercanías del lago Alberto Eduardo, situado a SSO. del Alberto.
Entre ambos se yergue el Ruvenzori, que no es una montaña, sino un vasto macizo montañoso, cuyas más altas crestas nevadas se elevan a 5.060 metros sobre el nivel del mar.

calzadas bajan rampas curvas a hundirse en los canales de las envolventes, y por ellas descienden sobre sus ruedas los autoschalupas para avanzar bogando, al entrar en el agua.

Ciento veinte metros de anchura y seis filas de árboles tiene el paseo central donde, como en los *bulevares* envolventes, se encuentran comercios, cafés, cinematógrafos, billares, etc.; cuarenta metros es la amplitud de cada calzada lateral para tráfico rodado.

* * *

Incidente que no puede pasarse en silencio, de este primer paseo de los excongelados por la ciudad, fué el encuentro, en la tercera envolvente, con una dama que es, en Mundiópolis, árbitro de la elegancia.

Inés, a quien ya debían haber curado de escandalizados espantos los fresquísimos trajes—llamémosles así—vestidos por cuantas señoras había encontrado en su paseo, no daba crédito a sus ojos, cuando los fijó en la reina de la moda, que hacia ella se acercaba, provocando a su paso las siguientes exclamaciones de los paseantes:

"Hoy viene despampanante. ¡Qué atrevido, pero qué artístico y qué elegante! No hay otra que vista como ella."

—Es la señora, quiero decir actual *amigada*, del Manager—dijo Marcial—. Las modas que ella lanza producen siempre extraordinaria sensación: sin duda trae hoy alguna nueva *creación*.

La que era objeto de la general y admirada curiosidad avanzaba por el paseo central *vestida de universo o firmamento*: traje constituido por sombrero, sandalias, brazaletes, un collar y un cinturón. Y nada más.

El collar valía un imperio: sus seis vueltas, de perlas blancas, resaltaban extraordinariamente sobre la tabla del pecho, teñida, cual los hombros, de bronce obscuro, que en las partes más bajas del torso iba degradándose hasta hacerse dorado brillante en cintura y caderas, desde donde continuaba suavizándose hasta bajar a paja suave en los pies, cuyas uñas teñía un carmín vivísimo. De la cintura pendían veinte sartas de perlas negras en pabellones, cada uno más bajo que el anterior, llegando el último y más inferior de ellos a medio muslo. Sobre este tenue y transparente delantal, que remedaba la noche, caían verticalmente, en ondulantes flecos, innumerables hilos sueltos de brillantes, rubíes y esmeraldas, dando la sensación de estrellas de diversos colores fulgiendo sobre la noche de las perlas, y deslumbrando—felizmente en opinión de Inés—a quienes contemplaban el levísimo traje.

Pero lo más vistoso y original de él era que entre las blancas perlas del cuello y las negras del grácil cendal de la cintura brillaban en el pecho un sol de oro, a la derecha, y a la izquierda una luna de plata en cuarto creciente: lo cual sugirió a García la observación de que, a seguir creciendo, resultaría aquella demasiada luna cuando llegara a llena.

Las venusinas formas de la bella adquirían notable relieve escultórico con el color broncíneo de que estaban revestidas; mas, por un coquetismo refinado, cuello, cara y brazos se ostentaban, no ya con la nívea blancura del cutis propio de la dama, sino con los reflejos nacarados de la madreperla, merced a un esmaltado de la tez obtenido con polvos de estas preciosas gemas trituradas: cejas y pestañas ostentaban color violeta: los labios fingían pétalos de clavel rojo.

Finalmente, la cabeza reproducía el planeta Saturno: con la cabellera verde aureolada por los consabidos anillos del típico astro, formados de leves chispas de pedrería incrustadas en sutiles aros de platino temblequeantes con la marcha.

Ni los célebres tocados de Cleopatra, de que la historia habla, ni los atrevimientos de las más renombradas cortesanas habrían pedido competir en originalidad, costo ni menos aún en osado impudor con el transparentísimo traje de la más encopetada de las mundiopolitanas. Uno de los que extasiados la contemplaban, exclamó:

—Lleva encima por valor de cincuenta millones.

—Y a pesar de ello no logra tapar nada—dijo Inés en español a su marido. ¡Poca vergüenza!

—Pse—repuso él—. Poco más o menos, como todas las otras que hemos visto.

Y era verdad; pues el pudor de la mujer, que ya, en el siglo XX, iba siendo antigualla de pasadas edades, era en el cien cosa por completo olvidada de damas elegantes ya llegadas al término del camino emprendido en el primero de ellos: en el cual, ya las señoras se esforzaban cada día en enseñar algo más que la víspera.

Y lo notable es que la pobre Inés, hecha una facha, en opinión de cuantas elegantonas la veían, riéndose de sus tres trajes sobrepuestos, fué aquella tarde mucho más mirada por los caballeros, que la misma reina de la moda; pues siendo la única que tapaba algo, inspiraba el curioso interés que ni ésta ni aquéllas despertaban.

XII

EDUCACION FIN DE SIGLO... DE SIGLOS

Estando nuestros tres paseantes en la XXIIª Avenida Radial, y cuando ya habían visto una de éstas y una envolvente, pasaron por delante de un soberbio edificio, sobre cuya monumental puerta se leía, en grandes caracteres dorados, casi de un metro de altos, EDUCATORIO INTERNACIONAL.

Pensó Rucandio, al verlo, que faltando todavía dos horas y media para la de comer—habían almorzado al aire libre, y muy bien por cierto, en la IIIª envolvente—, podía aprovecharlas para enseñar a sus amigos el establecimiento: interesantísimo, por ser los de su clase (donde de niños pasan a hombres los superpensantes),

en todos los países, el cimiento de las sociedades y de la civilización de la centésima centuria.

Imagínese cuanto el cuerpo y el cerebro de una criatura haya menester entre su nacimiento y los veinte años: desde las ubres artificiales con leche fosforada, para comenzar a robustecer, ya en la lactancia, las inteligencias, hasta los más perfectos gabinetes y laboratorios científicos, necesarios en todas las carreras y profesiones; reúnanse todos los conocidos medios higiénicos, mecánicos, gimnásticos y deportivos de fortalecer y desarrollar los músculos; repártanse unos y otros en dormitorios, comedores, aulas, baños, jardines, etc., etc., montados con los mayores refinamientos de la biología, la higiene y la pedagogía, disponiendo para ello de un espacio de 700.000 metros cuadrados—una manzana entera de la VIIª Envolvente—; encomiéndese todo a los más eminentes médicos y catedráticos, y se tendrán los elementos que hacen del Educatorio de Mundiópolis un modelo en su género, del cual no cabe dar detalles que llenarían un libro.

Lo único de que allí nadie cuida es de los corazones de los educandos: digo mal, se cuida de atrofiarlos; pues siendo meta del sistema educativo instruir en el modo de sacar de la vida la mayor suma de material placer, mediante egoísta concepción de ella, son estorbos a tal finalidad los corazones sentimentales y las conciencias pulcras.

Nuestra pareja del siglo xx estaba maravillada, no cansándose de prodigar al magnífico establecimiento elogios que, además de halagar a Marcial, le hacían advertir en quienes formulaban los juicios, de que aquéllos nacían, inteligencias y aun cultura muy por encima de las verosímiles en los bárbaros del casi prehistórico siglo xx; y todavía mayores de lo que ya él había entrevisto en ellos.

A estos educatorios van todos los hijos de los supergozantes y, por excepción, cuando los nacimientos escasean alarmantemente, algunos de más bajo linaje; pues no existiendo el matrimonio ni la familia, sino sólo fugaz amigamiento transitorio entre los supracivilizados amos del mundo; siendo la crianza y la educación engorrosas pejigueras, y semillero los hijos de disgustos entre desamigados padres y madres, los gobiernos se vieron obligados, en el siglo noventa y siete, a dictar leyes y fundar establecimientos donde fueran cuidados los hijos de todo el mundo (entiéndase bien, de todo el alto mundo) con el lujo indispensable para quienes habían de ser potentados al salir del colegio, en el cual son todos entregados, a los pocos momentos de nacidos, por los tocólogos—en el siglo cien nadie dice comadrón—que, bajo su responsabilidad, tienen la obligación de hacerse cargo de ellos en el momento mismo de nacer.

Pero no paró en esto la previsión de los legisladores; pues mirando al hecho reconocido de que quien posee menos de quince millones es carga intolerable para la sociedad, preceptuó la primitiva ley que a la entrada de cada recién nacido en un educatorio habrían de entregar los padres, en la caja de éste, cantidad cuyas rentas basta-

ran no solamente a sufragar los gastos que hasta los veinte años ocasionara el pupilo al establecimiento, sino a constituir, en dichos veinte años, acumulándolas al capital, patrimonio del niño — patrimonio sin padres—, ascendente a diez y seis millones, que, en plena propiedad, les es entregado a los educandos al salir del colegio. Y como tal patrimonio no basta sino para lo más estrictamente indispensable de la vida, por eso se da carrera a todos.

Los incapaces de estudiar y los pocos que demuestran poseer incorregible buen corazón, incapaz de acorchamiento, son considerados como anormales empedernidamente sensibles, degradados de la categoría de supergozantes, expulsados del colegio y echados abajo a vivir entre parias como uno de tantos. Las cantidades a su favor consignadas en el establecimiento se dedican a constituir los patrimonios de los *adoptados*, clase especial de que ya se hablará, y de los nacidos en los educatorios.

—¿Cómo, don Marcial?—preguntó Inés al oír esto—. ¿Hay aquí nacimientos?

—Muchos: como educandos y educandas permanecen en los educatorios hasta los veinte años...

—Pero ¿es que los tienen revueltos y con posibilidad de que ocurran esas cosas?

—Naturalmente... ¿A qué separarlos?... Es base de nuestro sistema educativo no imponer molestias inútiles a los colegiales; y como sería muy grande la de poner trabas a la atracción de sexos en las edades en que se manifiesta con mayores vehemencias, claro es que *los hijos del Educatorio* son numerosos, siendo rara la señorita que sale de él sin haber dado a luz alguna vez; y las más precoces, varias.

El matrimonio cruzó miradas elocuentes; y haciéndose gran violencia para no decir lo que pensaban de las *precoces colegialas*, se callaron.

Rucandio continuó:

—Este sistema de crianza y educación es caro, carísimo, pero sumamente cómodo para los progenitores, que en compensación lo hallan baratísimo de molestias y penas; pues no llegando a conocer a los hijos no hay temor de unas ni otras. Por eso la mayoría de los padres, que ya al dictarse la ley no se cuidaban de la progenie sino lo menos posible, dieron por bien gastado el dinero que la reforma les costaba.

Pero a poco se tropezó con dificultades: pues debiendo ser sufragado el depósito metálico a medias por el padre y la madre, ésta era siempre hallada, pero aquél se lla-

maba frecuentemente a andana, recusando
el testimonio de la mamá; y otras veces
escrúpulos de conciencia impedían a ésta
afirmar en redondo si el padre era Fulano
o Zutano. De aquí dificultades en la per-
cepción de cuotas de paternidad y mermas
en su rendimiento.

De otra parte, los nacimientos, siempre
alarmantemente escasos entre los supergozantes amenazados ya con la extinción
de su casta privilegiada, decrecieron todavía
más, a causa del deseo de substraerse a la
odiosa cuota de paternidad; siendo al cabo
preciso suprimirla en redondo y reemplazarla por una *contribución general de procreación*, que evitó las indiscretas y vidriosas
pesquisas sobre la paternidad, y a las señoras declaraciones de carácter íntimo y difícil
a veces sobre la personalidad de sus cola-
boradores.

En consecuencia, todo hombre o mujer
queda sometido, en cuanto sale del educatorio, a una cuota anual de procreación, sin
que nadie se entrometa luego en si procrea
o no procrea.

La reforma fué perfectamente acogida,
dando los previstos resultados de aumentar el número de nacimientos y aquietar
las alarmas de los autores de ellos.

—Oiga, señor Rucandio: los educandos y
las educandas de los educatorios, ¿pagan
también la cuota?

—No, señor: no estando en posesión de
sus fortunas nada pagan.

—Según eso, en los educatorios es donde
únicamente no existen trabas para... eso.

—¡Qué porquería!—interrumpió Inés sin
poder contenerse—. Eso no es un colegio,
sino... Más vale no decirlo.

—Señora, no debe usted juzgar de ligero,
con sus ideas de un siglo obscurantista,
nuestras más meditadas instituciones, ni la
clarividente libertad en que los legisladores
han dejado a los pensionistas para obedecer a la sabia naturaleza: salvando así de la
extinción a la privilegiada casta de los superpensantes (pues un cuarenta y cinco
por ciento de los nacimientos proceden de
los educatorios), y consiguiendo, además,
que educandos y educandas no aborrezcan
el colegio, como en pasados tiempos.

—Ya lo creo... Pues poco a gusto que estarán con tal régimen...

—El señor Rucandio tiene mil razones,
Inés: tú no te habías fijado en esos interesantísimos aspectos de la cuestión. ¿Cómo
habían los legisladores de avenirse a un
verdadero suicidio de la raza? ¿Cómo caer
en la crueldad de cohibir naturales expan-

siones de la juventud, cuya utilidad está
evidenciada en ese cuarenta y cinco por
ciento de que nos habla don Marcial?

—Claro, claro, señor García: veo que tiene usted cerebro de superpensante, criterio
ilustrado y espíritu superior al de su siglo.

Inés, que estaba nerviosa, indignada y
hasta asqueada, olvidó los prudentes propósitos de recatar sus juicios sobre la sociedad y los hombres del año diez mil; y
aun advirtiendo la ironía, no percibida por
Rucandio, de las palabras de Juan, no le
bastó esta hipócrita manera de condenar la
inmoralidad de los educatorios, y acalora-
da exclamó:

—Sí, con esas teorías todo se justifica...
Hasta la idea fundamental de este sistema,
monstruosa base de todas las demás monstruosidades.

—¡ Monstruosidades !... ¿ Cuáles, doña
Inés?

Esta vez se habían cambiado los papeles: en vez de ser, según costumbre, Juan
el impulsivo y la cauta Inés, era él quien
lanzaba miradas y hacía señas, por ella no
atendidas con la obediencia de que el marido solía dar ejemplo en análogos casos;
pues no aviniéndose Inés a que dentro se
le pudriera lo que ya le rebosaba, maldito
si hacía caso de guiños, pisotones ni coda-
zos; y rompiendo por completo miramien-
tos y frenos, contestó a Rucandio:

—¿Qué monstruosidad?: la de esta inclusa!... Porque en definitiva, y a despecho de
este lujo, de estos profesores pletóricos de
ciencia, pero ayunos de afectos paternales,
esto no es otra cosa: inclusa primero y
después hospicio, donde caen todas las criaturas que tienen la desdicha de nacer en
este siglo: una inclusa como las de mi
tiempo, no justificación, mas sí remedio a
miserias o crímenes de los padres; pero al
revés que aquéllas, puesto que a éstas no
vienen los hijos de los pobres, sino de los
ricos: únicos padres que en esta época
abandonan los suyos.

—¡Abandonar!... Me parece injustamen-
te dura esa palabra para aplicarla a quienes saben perfectamente que sus hijos serán aquí atendidos con el esmero que acaba
usted de ver.

—Sin cariño de padres que guíe sus conciencias y sus corazones: este, este es el
más triste de los abandonos de que son víctimas estos desventurados niños.

—Juzgando con las ideas de sociedades
atrasadas...

—No, señor, no: juzgando con las de la

civilización más ilustrada, con las mismas
de usted.

—Eso ya no lo veo tan claro, doña Inés.

—Pues es clarísimo, y va usted a verlo
pronto.

—Me pone usted en curiosidad, amiga
mía, y creo se compromete a mucho—contestó Rucandio, interesado no sólo en ver
cómo intentaba Inés demostrar lo que a él
le parecía absurda paradoja, sino hasta un
poco subyugado por la vida y el fuego con
que hablaba ella, y por el entusiasmo y la
inteligencia que en sus ojos brillaban. Crea
usted que me interesa verla ingeniarse para salir airosa de este aprieto.

—Por sí mismo se va usted a convencer.

—No me parece fácil.

—Vamos a verlo. ¿No le parecería a usted doloroso, absurdo, criminal que el autor de la idea madre de una obra, se la
diera incompleta embozada a otra persona
para que la desenvolviera en un libro?

—¡Qué disparate!

—¿Que el inventor abandonara en el taller el principio fundamental de su aparato,
o máquina, para que en ausencia suya, huérfanos de su dirección y vigilancia, desarrollaran los obreros sus ideas planteando el
invento, a salga lo que saliere, y sin cuidarse ya él de la obra ni la máquina: ni
aun por curiosidad de ver el libro, o el
aparato una vez acabados?

—Amiga mía, eso sería monstruoso:
quien así procediera demostraría ser indigno de crear nada.

—Y piensa usted que una criatura humana,
mero embrión de personalidad al nacer, pero con alma que es emanación de su padre,
y cuerpo que es a veces evidente trasunto
de él, vale menos que el proyecto embrionario de una máquina?

—No es lo mismo, doña Inés.

—No, qué ha de ser. Usted y yo somos y
valemos mucho más... ¿Estamos o no conformes en que el alma y el cerebro de don
Marcial Rucandio es cosa más importante
que el mecanismo de una linotipia, y o el
aislamiento del alambre de un electroimán?

—Naturalmente... Pero...

—Y sin embargo, usted que tiene por indigno de crear nada a quien no se cuida de...

—Ya, ya veo donde vá usted a parar; pero
no es lo mismo, no es lo mismo.

—Lógica, Don Marcial: si con ella discurre
no tendrá más remedio que condenar también a quien entrega su hijo en estos educatorios para que sea moldeado, o deformado, o pervertido por indiferentes equiparables a obreros mercenarios.

—Amigo García, esto es una verdadera
polemista: son ingeniosas, ingeniosísimas
sus comparaciones.

—No, señor, no: lo ingenioso es eludir
contestación a mis preguntas, con elogio
que no merezco: así se acredita de galante,
me deja agradecida, más no demuestra su
razón.

—Es usted una implacable adversaria.

—Nada de eso, y en prueba de que no
quiero acorralar a usted en sus últimas trincheras, tengo la generosidad de no insistir
en demandar contestación a mis preguntas
anteriores, ni a esta otra que le permito se
conteste bajito en su conciencia: ¿No ve
usted claro, como lo veo yo, que cada criatura
que entra en estos educatorios es víctima
de un verdadero crimen de sus padres?

La pregunta pareció hacer tan honda mella en Marcial que vaciló un momento, y
al cabo contestó con voz poco firme.

—Dura está usted de frases.

—Y hábil usted para soslayar el contestarlas.

—Inés, yo creo que estamos ya abusando
de la amabilidad con que Marcial nos ha
dedicado el día casi entero.

—A lo cual estoy tan agradecido como
tú; y espero que perdone la temeridad con
que una salvaje de la España prehistórica
emite juicios sobre el mundo civilizado.

—Ni subscribo el calificativo que se aplica usted ni tengo nada que perdonar, sino, al
contrario, agradecer a ustedes su compañía:
en la cual he pasado un día tan agradable
como hace mucho tiempo no había pasado
otro.

—Efecto—contestó García—de nuestro exotismo que es para usted una novedad.

XIII

MARCIAL BAJA AL MUNDO DE LOS PARIAS

Llegado al Museo, y después de despedirse de Juan e Inés, a la puerta de las habitaciones de éstos, fuése Marcial a las suyas un tanto preocupado; pues los argumentos de Inés, sobre la supercivilizada educación moderna, habían hecho en él todavía más efecto del apreciado por ella; y desde luego incomparablemente más del que habían dejado traslucir las bromas tras las cuales se esforzó él en ocultarlo.

Mientras a solas cenaba, no cesó de dar vueltas a lo mismo; y aunque todo aquello pugnaba con sus convicciones de siempre, decíase, que aun despojados los argumentos de Inés de toda la ojarasca de sensibilería, que sin duda era lo más impresionante en ellos, no podía negársele a muchos fuerza de razones...

—No—se dijo al llegar a este punto de su mental monólogo—, en todo esto no hay un adarme de razón, sino emoción ridícula: excitación de añejas sensibilidades de que ya creía estar completamente curado, y que al oír a Inés se me han vuelto a alborotar con el recuerdo de... Ridiculeces, debilidades vergonzosas: pues ¡no hubo un rato en que me pareció sentir lo que unos antiquísimos libros, que una vez me cayeron a las manos llaman rmordimiento! ¡Qué disparate!

Así se le fué la cena, sin darse cuenta de que comía, y al terminarla, pasó al despacho a continuar la comenzada redacción de una memoria científica sobre un punto interesante de biología.

A los pocos minutos de coger la pluma tuvo que comprobar una cita en un libro, donde, al consultarlo con el siguiente párrafo: "De las investigaciones y experimentos realizados en cerebros de niños—la memoria de Rucandio se refería al desenvolvimiento de la inteligencia en los primeros años de la inteligencia en los primeros años de la infancia—por el eminente Masfeld resulta..."

Al leer esto, acordóse Marcial de que según le había dicho Cartoya, aquel eminente Mansfeld era en la actualidad paria: sacerdote paria; estado en que, por propia voluntad, se había hundido, como el sabio arquitecto.

Durante los dos días, que terminaban en aquella noche, las curiosidades inspiradas por Juan e Inés habían distraído la otra curiosidad que el encuentro con su antiguo amigo había despertado; pero ahora la avivaba de nuevo el recuerdo levantado por la lectura de aquel párrafo, excitando con inquieta impaciencia su deseo de conocer los motivos del inconcebible absurdo de que Cartoya hubiera renunciado a su gloriosa y sibarítica vida entre los sabios, los potentados y los felices del mundo, para sumirse en la abyecta existencia de los ignorantes, míseros y desventurados parias; y pensando que mientras no satisficiera aquel deseo de pronto exarcebado, no haría cosa de provecho, recogió los papeles, miró el reloj—eran las diez y media—y salió de sus habitaciones, dirigiéndose al ascensor que había de bajarle a los subterráneos, adonde lo llevaba el interés de oír la prometida historia del suicidio de Cartoya como supergozante.

Llegado abajo, preguntó sucesivamente a tres o cuatro transeuntes dónde vivía el que iba buscando, y en vista de que no supieron darle respuesta, decidió, por consejo de uno de los preguntados, encaminarse al cuchitril del Patriarca Hobbson, a quien suplicó lo encaminara, según lo hizo, encargando a un paria que lo condujera a la morada de Cartoya; y fijando en Rucandio, al saludarlo cuando de él se despidió, una bondadosa pero penetrante mirada, dijo;

—Que Dios os vea venir, y os guíe, hijo mío.

—¡Dios!... Gracias por la intención, señor Hobbson,—contestó Rucandio, en quien su gran respeto al sabio radiólogo, de fama universal, pudo más que la extrañeza de oír de su boca aquella pueril invocación a un Dios en el que hacía siglos no pensaban los superpensantes: desde que sus inteligencias y sus voluntades no perseguían en la vida otra finalidad que amontonar placeres.

Muchas veces había bajado Marcial a los subterráneos; pero sin pasar nunca más allá de las hermosas, despejadas y altas naves dedicadas a talleres, donde los parias trabajan, ni de los magníficos almacenes donde se acumulan los productos de tal trabajo, destinados a satisfacer necesidades de sus opresores.

Veía, pues, aquella noche, por primera vez, los angostos corredores, que hacen veces de calles, en el tétrico albergue, donde la civilización del siglo cien confina las multitudes parias de Mundiópolis, emparedándolas en las entrañas de la tierra. Conforme avanzaba por el dédalo de galerías cuyos techos se alcanzan con sólo levantar el brazo y se cruzaba con míseros transeúntes, hacíanle éstos el efecto de topos o lagartos que a tientas se movieran en una gigantesca madriguera: a tientas porque el contraste entre la deslumbrante luz de los talleres y la precaria claridad, sórdidamente economizada en los tristes callejones, produjóle, al entrar en éstos, la impresión de que todos aquellos desdichados hormigueaban entre tinieblas.

Cuando sus ojos se acostumbraron a tan melancólica penumbra, le pareció que aquella luz precaria era la estrictamente indispensable para hacerse cargo de cuán triste debía ser la vida de las desmedradas y macilentas criaturas condenadas a vegetar perennemente como hongos en las cuevas.

Pero, ¿porqué aquella sorpresa; porqué la deprimente impresión, que experimentaba cuando él sabía perfectamente, de mucho tiempo atrás, cómo viven los parias?.. Sí, lo sabía; pero ni lo había visto, ni sentido hasta entonces la opresión física de aquel aire mefítico; ni la moral producida por el negruzco techo de los inacabables corredores, que parecía pesarle sobre la cabeza; ni la angustiosa sensación de la estrechez de ellos, entre pared y pared, tan cercanas una a otra que, por combinado efecto de la perspectiva y la obscuridad, simulaban juntarse a un centenar de metros, interceptando el paso y estrujando entre ellos a los transeúntes vistos a distancia.

No, no era lo mismo pensar "en lo de abajo", mientras a pleno aire y a la luz del sol se paseaba por las soberbias avenidas de Mundiópolis, que verlo a deficiente luz casi vencida por la sombra, sintiendo caer, de tanto en tanto, sobre sí las gotas de agua destiladas por la humedad de paredes y bóvedas: no era lo mismo decir "los parias

moran allá abajo", a verlos hacinados en sus tenebrosas espeluncas, y circular por los hediondos callejones; pues la omnipotente ciencia del siglo cien no había sabido resolver el problema de la eficaz ventilación de los subterráneos, sino en los hermosos almacenes en donde importa conservar en buen estado los productos de la industria de los parias, pero no en las cuevas habitadas por ellos.

Considerándose Marcial—como todos los de arriba—de otra casta incomparablemente superior a los de abajo, mirábalos casi como a bestias, de las cuales nadie se asombra vivan cómo tales, y por ello sentía, no solamente las impresiones indicadas, sino además molestia de verse entre el rebaño en promiscuidad con gentes degradadas: en suma, asco.

¿Qué diría su maestro, a saber por dónde andaba, revuelto con toda aquella basura?—se decía, ya casi arrepentido o avergonzado de su bajada a las catacumbas—. ¿Qué habría contestado Don Roberto, a quien, cual Hobbson, hubiera tenido la impertinencia de suponer que un hombre de ciencia, un superpensante, pudiera ser guiado, no por la fuerza de su inteligencia y de su voluntad soberana, sino por fantásticos poderes sobrenaturales?...

A buen seguro que Mob no habría dejado de rechazar la afirmación de que en sus actos pudiera influir un Dios sólo existente en la superstición de los desventurados: tan seguro, que sintiendo Rucandio no pequeña vergüenza de pensar lo que diría Don Roberto, a conocerlas, de las debilidades de su ayudante, se detuvo a mitad de camino diciéndose que acaso fuera lo mejor volverse arriba sin ver a Cartoya. Pero, fuera curiosidad de conocer la prometida historia, fuera afecto a su antiguo amigo, entonces avivado por estar viendo que el sacrificio del sabio arquitecto era, de obedecer a impulso voluntario, todavía más *heroico* o *insensato* de cuanto él pudo suponer antes de bajar a las cuevas; fuere lo que quisiere, triunfó tal interés de sus vacilaciones, por completo vencidas cuando le dijo la conciencia ser deber de su antigua amistad hacer cuanto pudiere para arrancar a Cartoya del ruin estado en que lo hallaba...

....

Cuando entró en casa de Cartoya, si es que cuadra tal nombre al tugurio habitado por el sacerdote, estaba éste escribiendo sobre una tabla apoyada en dos grandes pedruscos que hacían veces de patas.

Aquella rudimentaria mesa, un tarugo de madera procedente del aserrado tocón de un árbol, utilizado cual sillón; dos grandes piedras de formas irregulares que hacían veces de sillas para los visitantes; una alacena para libros, mal pergeñada con unas tablas viejas; una arqueta destinada a guardarropa, que solamente contenía una muda interior y un balandrán, completaban, con un jergón, tirado en el suelo, y un cántaro con agua, todo el ajuar de la cueva habitada por el sabio autor y genial artífice del Gran Palacio Mundial

—Este caballero pregunta por usted— dijo, al entrar, el muchacho que guiaba a Marcial.

Levantó Cartoya la cabeza, dejó la pluma, se levantó y, saliendo al encuentro de Marcial, lo abrazó, diciendo:

—¡Qué alegría! ¡Qué alegría tengo al ver que no quedó en proyecto tu venida!... ¡Qué alegría al verte en mi casa.

—Y yo, ¡qué tristeza tan grande!... ¡Tú casa!... Esto no es casa, sino una madriguera, un cubil.

—Pues es mi casa... Comprendo te sorprenda el contraste entre ella y mi palacio de allá arriba.

—¡Tu casa esto!... ¿Y puedes vivir aquí?

—Es pronto para que te lo expliques... Si es que al fin llegas a explicártelo, como a Dios se lo pido.

—Otra vez Dios... Ya es la segunda en diez minutos.

—No te extrañe: si a menudo bajaras por aquí te encontrarías con Dios a cada paso: Dios está siempre entre los desgraciados... Pero como supongo que no has bajado para ver mi casa, sino para verme, y sobre todo para oírme...

—Sí, sí; pero la sensación deprimente que experimento desde que tal cual es, no cual yo creía este angustioso mundo y en él soterrados de por vida a sus abyectos pobladores...,

—Perdona te interrumpa, porque me importa mucho entender bien lo que quieres decir.

—¿Entenderme?... Creo que hablo claro...

—Sí, las palabras son claras: "sensación deprimente", "abyectos pobladores"; pero entre ellas y el tono en que las dices me sugieren la duda de si la sensación que sientes al rozarte con mis pobres hermanos, en su tétrico mundo, es desprecio o es lástima.

—¡Lástima!... ¿Qué es eso?... No comprendo esa palabra...

—¡Válgame Dios, qué cosas ignoráis los sabios del siglo cien!... Perdona, y no te ofenda mi sorpresa, pues no eres tú, sino tu siglo, el que ha olvidado, para no padecerla, que lástima es *dolor sentido por mal que sin dañarnos daña a otros.* Dime, ¿es eso, o solamente repugnancia, lo que te inspiran esos parias que has encontrado en el camino de mi casa?

—Si he de ser franco, no puedo contestarte; pues yo mismo no sé si el sentimiento indefinible que, al ver de cerca a esta raza inferior, se junta a mi desprecio de siempre a ella, es o no es lo que tú llamas lástima: nuevo el sentimiento, desconocida la palabra, no te sorprenderá que no pueda contestarte.

—Ni a ti mis dudas: que según se obscurecen para ti, se me van aclarando... Dime—voy a ayudarte a ver en ellas—si en este instante hubieras de aplicar un calificativo a los parias, ¿cómo los llamarías: viles o desdichados?

—Pobres gentes... Es tristísimo...

—No sigas: tu clara inteligencia no entiende aún qué es lástima, pero tu corazón la siente. Mis dudas han cesado: puedo relatarte mi historia; mas cuando ella te haga entender qué es lástima, prepárate a no asombrarte de saber que por grande que sea tu conmiseración ante la miserable vida de estos parias, todavía es muchísimo mayor la compasión que tienen ellos de los supergozantes.

—¡Qué disparate!

—Tienes razón, voy demasiado de prisa: un arquitecto, como yo, no debe comenzar los edificios por las azoteas, sino por los cimientos: demos de lado esto y vamos a mi historia.

5

XIV

LA HISTORIA DE CARTOYA

—Como dos años antes de la terminación del Palacio del Mundo bajé yo aquí, la primera vez, por estarse muriendo un capataz, de quien quería recoger los planos, que en su poder tenía, de unas bóvedas donde su cuadrilla trabajaba. He de decirte que el roce con mis obreros había modificado algo mis antiguas ideas sobre los parias; y en mi desprecio de superpensante se iba abriendo camino ya la idea de que entre sus cerebros y los nuestros no hay otra diferencia sino la existente entre una tierra inculta y otra cultivada.

—La misma peregrina ocurrencia de García y de Inés... ¡Qué disparate!... Ideas del siglo xx.

—No discutamos eso ahora. El capataz de que hablo, hijo de una larga generación de parias, sin instrucción, sin haber probado jamás nuestros alimentos cerebrales, tenía inteligencia natural, rápida comprensión y buen criterio.

Estamos en la habitación donde, sobre un jergón como ése, y en ese mismo sitio, yacía el obrero enfermo. Junto a su cabecera estaba una anciana: su mujer, quiero decir su esposa...; bien, para que me entiendas, una mujer amigada con él durante veinticinco años, en los cuales había sido su asidua compañera de todos los días: alegre si él lo estaba, llorosa al verle triste...

—¡Qué rareza!...¡Un hombre y una mujer amigados durante veinticinco años, juntos a diario!

—Aún te parecerá más raro que los cuatro hijos que rodeaban el camastro del enfermo fueran nacidos todos de aquella misma mujer; más todavía, que desde que nacieron no se hubieran separado de él ni de ella.

—He ahí la causa madre de la inferioridad de esta raza; porque, ¿qué hombre es capaz de hacer nada de provecho con una mujer y cuatro criaturas amarradas a su vida con pesada cadena? ¿Qué puede hacer?

—Amarlos, ser amado de ellos: nada más... Mientras tú y yo, superpensantes distinguidos, somos hijos de quienes no hicieron sino procrearnos y abandonarnos en un lujoso educatorio..

—¡Abandonarnos!... ¡Tú también esa idea!—dijo Marcial recordando las palabras de Inés, cuando aquella misma tarde le había él enseñado el educatorio—: no parece sino que hoy se pone todo el mundo de acuerdo.

—¿De acuerdo? ¿Quiénes? ¿Para qué?

—Nada, nada.. sigue.

—Pues bien, los hijos de los miserables parias tienen todos lo que ni tú ni yo tuvimos: *padre y madre*: cariño en sus infancias.

—Bien, ¿y qué?

—Ni tú sabes lo que eso significa, ni yo lo supe hasta verlo primero, y sentirlo aquí luego, y recordar después, con pena y con remordimiento, que allá arriba había yo sido padre, sin saber quiénes son ni dónde están mis hijos.

El rostro de Marcial revelaba que el asunto tratado por Cartoya y las palabras de éste le producían hondo efecto: reforzando el que ya le había producido oír a Inés llamar crimen al abandono de los niños en los educatorios. El sacerdote prosiguió.

—Al verme, conoció el capataz el objeto de mi venida, y señalando esa alacena que está detrás de ti, me invitó a recoger de ella mis planos; pues él no podría ya utilizarlos en mi servicio por estar cierto de que se moría.

Su asombrosa tranquilidad, al hablar de la muerte, contrastaba con el terror de los superpensantes a ella, y con el dolor de su mujer y de los cuatro hijos que rodeaban el lecho. La primogénita tenía veintiún años y unos ojos grandes, grandes, y todavía más dulces que grandes...

Al decir esto, se pasó Cartoya una mano por los suyos para enjugarse las lágrimas, y con voz conmovida prosiguió:

—Juana, hijos míos—dijo el enfermo—, dad gracias a este señor, que ha sido bueno para mí... No todos los *de arriba* son como él...

Con la humildad característica en estas pobres gentes me besaron la mano mujer e hijos, siendo ella la última en hacerlo.

Gracias, señor, me dijo, fijando en mí la mirada serena de sus hermosos ojos, enseñándome en ellos el fondo de su alma de ángel, y posando después sus labios en mi mano... Los besos de los otros los recuerda mi memoria; el de ella, al cabo de siete años, es aun en este instante suave deleite de mi corazón.

—¿Deleite, y al recordarlo lloras?...

—Cosas del corazón.

—Ya: te olvidó después ella—dijo Marcial con expresión demasiado amarga para que procediera solamente de compasión al sufrimiento ajeno—. Lo comprendo; te compadezco.

—No, no es eso. Aguarda, aguarda. Al día siguiente volví a ver al enfermo, diciéndome a mí mismo que me traía interés, que no me habría ocurrido dispensarle, a no estarme acordando desde la víspera de los ojos, y del beso en mi mano, de María.

—¿María?... ¡Qué nombre tan raro!... ¡Y es bonito!

—Creyendo la inocente que el afecto a su padre me traía, lo agradeció, y me recompensó mostrándome su gratitud en la mirada... Y volví al otro día, encontrando aquí a Hobbson, que, después de prestar al moribundo auxilios de que es inútil te hable, pues nada comprenderías de ellos, le ofrecía ¡para después de muerto! dichas para mí incomprensibles en un mundo de arriba.

Esto me confundió, principalmente por el acento de convicción incontrastable que vibraba en las promesas de Hobbson; pero lo que me dejó en el alma huella indeleble fué la solemne paz de aquella muerte, la serena confianza con que aquel hombre dijo cuando, más bien que hundirse, pareció adormecerse en el terrible más allá: "Juana, hijos míos, hasta que nos veamos allá arriba"...

Yo no había visto nunca morir de tal manera a ninguno de nuestros supraintenlectuales, ni tampoco llorar a nadie muerte de otro como lloraban la mujer y los hijos del obrero: y eso que había visto morir sabios, magnates, príncipes, a quienes no lloraba nadie; porque el mundo en que viven ha suprimido todos los dolores del alma, menos los producidos por heridas en el egoísmo... Pero, perdona, creo estar abusando de...

—No, no; me interesa cuanto dices: sigue, sigue.

—Salí de esta habitación al mismo tiempo que Hobbson, a quien aún no conocía; y deseoso de satisfacer mi curiosidad, le pregunté, con la escasa ceremonia usada por la raza superior con estos parias: ¿Qué vida y qué felicidad son esas de que hablabas ahí dentro? ¿Es que vosotros creéis, supersticiosamente, que al morir reencarnáis en nuestros cuerpos, para gozar las dichas que los superpensantes disfrutamos allá arriba?

—No; vuestra vida, que es goce, mas no es dicha, no la queremos los parias.

—¡Qué disparate!—contesté—. ¡Qué más quisierais!

—No; vuestra vida nos avergonzaría. No os envidiamos; os compadecemos.

—Insolente... Da gracias a que no tomo en cuenta tus palabras, por comprender que tu ignorancia te hace irresponsable.

—Irresponsable, no... No veas jactancia en mí al decirte que me llamo Kraig Hobbson, sino deseo de que para ti tengan algún peso estas palabras: "La felicidad que prometía a ese moribundo es más verdad y más pura que la vuestra; el mundo en que se goza no es el vuestro, está mucho más alto."

Por el efecto que te produjo a ti ver convertido en paria al eminente sabio, comprenderás mi impresión al oír el nombre del respetado anciano. Subí con una multitud de ideas contradictorias, con un mundo de imprecisos sentimientos, y rebosante el juicio de perplejidades; mas todas estas nubes de mi espíritu no bastaban a velar algo que sin cesar veía claro: la imagen de la hermosa huérfana.

Tres días pasé defendiéndome del deseo de bajar, hasta que al cabo de ellos me presenté de nuevo aquí, con el mentido pretexto de faltarme aún unos papeles que debían haberse quedado en la alacena... Claro que no los encontramos; pero vi a María, la miré, la miré, hablé con ella; y al marcharme encargué a aquellas buenas gentes que buscaran, pues volvería por los papeles; y cuando al otro día me dijeron que en vano habían registrado en todos los rincones, me pregunté qué nuevos pretextos idearía para continuar viendo a aquella mujer.

Acogiéndome a los más pueriles e increíbles, bajé otras cuatro o cinco veces, mas las dos últimas no hallé en casa a María, lo cual me dolió más, porque sus inocentes ojos ya me habían revelado la complacencia con que me veían.

—Naturalmente: para una infeliz paria sería muy halagüeño tu deseo; mas no comprendo cómo tardabas tanto: cuanto más pronto lo hubieras satisfecho, antes la habrías olvidado.

—No; la posesión lo habría aumentado.

—¡Qué disparate!... Todo habría sido cuestión, si no de días, de semanas... de un mes.

El tono vacilante con que Marcial decía esto contrastaba con lo categórico de los conceptos. Cartoya respondió:

—Te equivocas: en mi experiencia de supergozante así lo creía yo, hasta enterarme, con gran sorpresa mía, de que mi deseo era pasar la vida entera en compañía de aquella mujer; aun pareciéndome esto tan absurdo entonces como a ti pueda parecerte al escucharlo.

—Sí, sí... me parece absurdo, muy absurdo—contestó Marcial, más como si quisiera convencerse a sí mismo que hablar para su amigo.

—He aquí cómo me enteré de ello. Convencido de que su familia me la ocultaba, indagué, espié, me ingenié, hasta que una tarde, al salir ella del taller de bordado en donde trabajaba, y ver el júbilo con que sus ojos me miraban, creí, por un momento, estar ya a punto de logar mis deseos. Pero en cuanto le dije que estaba enamorado de ella, me contestó con ingenua confianza: "Yo también lo quiero mucho a usted, señor, y tengo mucha pena de que no pueda ser."

—¿No pueda ser? ¿El qué no puede ser?—le pregunté.

—Que nos queramos... Es decir, querernos sí; pero siempre lejos.

—¡Lejos! ¿Por qué?

—Porque es usted de arriba y yo de abajo.

Protesté de que aquello pudiera ser obstáculo; pues queriéndonos, no teníamos sino amigarnos, como otros cualesquiera en nuestro caso; y, en consecuencia, la invité a venirse a mi casa.

—No me ofendo, señor, pues ya sé que los "amos" ignoráis que "Dios no quiere que hombres y mujeres se junten y se aparten como los animales"; pero no puede ser. Váyase, déjeme, no hurgue en mi pena... Allá arriba se olvidará usted pronto de la pobre paria.

—Tú, tú eres quien quiere olvidarse de mí.

—Nunca, señor: lo quiero mucho, mucho; para siempre, para siempre—me contestó, rompiendo en llanto—: no como usted a mí, con cariño de unos días, que no vale para pagar el mío... Ya sé que los de arriba no pueden dar ustedes más; pero, por eso mismo nunca, nunca.

Dicho esto, echó a correr, dejándome tan cierto de que con toda su alma me quería, como de la inutilidad de seguirla y pretenderla como a cualquiera de nuestras señoras supergozantes.

—Pero, ¿qué quería? ¿Qué más podía pedir que lo que la ofrecías?

—El alma para la vida entera: lo que ella me había dado ya antes de pedírselo yo.

—¡Qué atrocidad!... ¿En qué cabeza puede caber que un amor dure toda la vida?

—Tienes razón, el amor de por vida no cabe en la cabeza, cabe en los corazones.

—Ramón, hace una hora que no dices sino insensateces. Y es lo peor que, oyéndote, no son menos descabelladas mis ideas que las tuyas.

—No, Marcial, no: esas que llamas descabelladas ideas tuyas, no son todavía ideas, sino sentimientos.

—Puede ser... Te veo tan impresionado que me contagias—contestó Rucandio, defendiéndose del asalto de amargos recuerdos propios, en los que, más que en el contagio a que aludía, radicaba la causa de su emoción.

—Por tus asombros juzgarás de los míos al escuchar a la pobre paria, que, a despecho de ellos y de su humilde condición y traje, me parecía más hermosa, más buena y más digna de las más seductoras bellezas de nuestro mundo.

Me volví, decidido a olvidar lo que no creí pasara de contrariedad de un capricho frustrado; mas presto conocí que la absurda exageración de aquel amor a mí, de que Maía me habló, como capaz de llenar su existencia, ya no me parecía tan absurda desde que con su negativa me había quitado la esperanza de aquietar los impulsos del mío con la satisfacción de él en la habitual y transitoria forma que únicamente conocen los supergozantes: en esto idénticos, como dijo bien ella, a los irracionales.

—¡Ramón!

—Te desafío a que me señales alguna diferencia entre el vuestro y el de ellos.

—Ya hablaremos de eso. Ahora continúa tu historia.

—Según pasaban días sin verla, iba convenciéndome de que también sentía yo aquel robusto e inacabable sentimiento de que había hablado ella.

No intentes explicártelo: no lo comprenderás, pues tal amor es uno de los nobles y hermosísimos goces que entre el placer se han dejado perdidos las civilizaciones, sólo preocupadas con placeres materiales; y como potentados y gozantes se lo dejaron tan lejos e olvidado como la caridad, la abnegación y el patriotismo, no es extraño que tales sentimientos y virtudes hayan caído en manos de los bárbaros, y que sólo ellos los entiendan.

Convertida mi vida en un tormento, por la inutilidad de mis diarios esfuerzos para ver a María, una mañana me dijeron que en mi despacho me aguardaba un paria con una cruz roja, sobre el traje, en el pecho.

Era Hobbson que, rebuscando para encontrar alguna noble aspiración en el alma de quien tenía cuanto hace agradable la vida, acabó suplicándome que dejara de atizar los dolores de una desdichada que, no pudiendo sino pisar abrojos en la suya, sentiría más cruelmente las punzadas de ellos, en tanto continuara persiguiéndola el hombre a quien, sin esperanza, amaba.

Renuncio a detallarte la larga conferencia llena de protestas y súplicas mías, de alternativas reproches y consuelos de Hobbson, quien, al oírme que yo también tenía anhelo de unirme a María de por vida, me contestó que, a no ser tal deseo engañosa vehemencia de un instante, él me marcaba el único camino de conseguir la inacabable unión ansiada.

A continuación de esto, explicó Cartoya a Marcial cómo le había a él impuesto Hobbson en los deberes de los esposos y los padres en el indisoluble matrimonio cristiano—explicación aquí omitida por no ser necesaria a los lectores, como lo era a Marcial—y cómo le exigió, cual garantía de la solidez de su resolución de contraerlo en tales condiciones, que antes de ello estuviera dos meses sin ver a María.

Pasado dicho plazo—continuó el narrador—el mismo Hobbson bendijo nuestra boda, sin exigirme la previa conversión al cristianismo, mas sí solemne compromiso aceptando la indisolubilidad del matrimonio y los deberes consiguientes a ella con mi esposa y con nuestros venideros hijos.

Subió María de su cueva a mi casa. Vivíamos al principio el uno para el otro, y después aquella criatura a quien ya era deudor de la gloria de su amor purísimo, me dió una nueva gloria en el amor de nuestro hijo.

—¡Ah! Tuvisteis un hijo.

—Y cuando yo, que siempre había visto criar los niños por procedimientos químicos, vi a mi mujer alimentar con sangre de sus venas al hijo de mi sangre; cuando vi, por la primera vez, lo que es una *verdadera* madre, sentí lo que no explico por estar cierto de que quien nunca lo ha sentido no lo entiende... Ven, mira el hermoso ángel que me dió aquella criatura.

Se levantó Cartoya, y alzando la manta que cubría el jergón, mostró un pequeñín blanco y rubio que dormía con la paz hermosa de la infancia, y dijo:

—Míralo, tan hermoso como el amor de que ha nacido... Quiénes perdéis los hijos antes de conocerlos no gozaréis jamás la dicha que ahora gozo besándolo y diciendo: mío, mío.

Sintió Marcial un enternecimiento tan insólito como la escena para él inusitada que lo producía, y visiblemente conmovido, asintió, contestando a Cartoya:

—Sí, debe ser muy dulce besar a una criatura como esa... Esos besos deben ser otra cosa que los de la pasión, deben...

—Gracias a Dios, ya empiezas a ver claro en mis palabras...

—No en todas las que te he oído. Hasta ahora sólo veo claro en esto; y creo que no eres tú, sino ese niño dormido el que me convence—. Y para sí pensó: —Ese... u otro...

—Mejor, mejor...

—¡Mejor!... ¿Por qué?

Pensó Cartoya: "Porque Dios no se demuestra con teoremas, sino que se le ve en la evidencia de sus obras", mas sólo dijo:

—Porque eso prueba que tu corazón vale más que el de la gente con quien andas... Pero sigo mi historia.

Era muy grande mi felicidad para ser de este mundo. Llevábamos año y medio casados, daba los últimos retoques a las obras del Palacio Mundial, cuando una tarde subió la madre de María diciendo a ésta, con toda sencillez, cual cosa baladí, que "le había llegado su semana de asistencia"...

Entonces supe que, para cuidar a los parias enfermos sin familia, llevan turno todos sus hermanos. A mi mujer, que había cumplido el suyo hacía dos años, le llegaba de nuevo. La enfermedad que entonces hacía estragos en los parias era *el cólera*.

Aterrado, me opuse a que bajara, contestándome ella que aquel era uno de los deberes de su religión, los cuales había yo prometido respetar; que su Dios dijo a los hombres: *Amaos los unos a los otros,* con amor definido en el mandato de *amar al prójimo como a sí mismo;* y que tal es el modo como se aman los parias.

El tranquilo heroísmo de María, la sencillez con que su madre lo hallaba natural, y el ver a sus hermanos de religión dispuestos siempre a todo sacrificio para prestarse mutua ayuda, me inspiró hondo respeto, y me retrajo de intentar apartar a mi esposa de la obediencia al soberano poder moral de quien tal triunfa de egoísmos y pasiones de la Humanidad, en la que solamen-

te los superpensantes, minúscula fracción de
ella, sois los desobedientes: exigua minoría,
de día en día más pequeña, cuya desobediencia no obsta al triunfo; pues si vosotros sois
los amos del mundo material, nosotros, que
no vemos nuestro reino en él, somos reyes de
las almas.

—Pero si eso es verdad, ¿cómo los amos
ignoramos vuestra fuerza y aun la existencia de ese otro mundo vuestro?

—Porque jamás pensáis sino en el
cuerpo.

—¿En qué hemos de pensar?... Así, pensando en él, no cometemos, como estos ignorantes, el higiénico crimen de ocultar a las
autoridades la existencia de focos de con-
tagios, impidiéndoles que corten las epide-
demias, matando a los enfermos incurables
como hacen las gentes civilizadas para evitar la infección de los sanos. Pero dejemos
eso: estoy curioso de saber si María bajó
por fin a asistir a los coléricos.

—Bajó; y a los tres días moría diciéndome: "Allá arriba, allá arriba, Ramón: bús-
came arriba, arriba."

—Otra vez. ¿Qué absurdo mundo es ese
adonde van los muertos?

—Un mundo de almas siempre vivas.

—Pero tú, ¿creías en él?

—Cuando ella murió, todavía no; pero
lo sentía ya. En año y medio de oírla ha-
blarme con su dulce bondad de cosas para
mí tan incomprensibles como hermosas, había comenzado a entrever insospechadas in-
mensidades, a vislumbrar una Omnipotencia que hace cuanto acaece en el universo,
y nosotros no sabemos hacer; a presentir
una Bondad capaz de hacer latir los corazones de las víctimas, por vosotros sumidas en abyección y desventura, con goces
que desconocéis, con puras dichas que ni siquiera sospecháis: el amor de mi santa esposa me había ido ensanchando el corazón
para que en él cupiera otro más abnegado:
el amor a los hombres; y al ver cómo ella
inmolaba a él vida y dicha, vibró mi corazón con amor a mis hermanos, y en pos de
éste con otro más grande aún, como origen
de aquél: amor al Padre de todo lo creado;
y al oírla decirme que arriba la buscara,
creí, creí que el hombre es algo más que pas-
to de gusanos, creí que allí la encontraría.

—Sí; emoción, sentimentalismo.

—Entonces, sí; después, convencimiento,
profunda fe, mas reflexiva. No hemos de
discutir, pues los axiomas que impone la
evidencia nunca han podido demostrarse:
tus ciencias y las mías están llenas de axiomas, en que los sabios creen por necesarios:

sin ellos no habría ciencias, como sin Dios
no habría mundos...

La primera madre que a mano estaba
cerca de mi esposa enferma amamantó a mi
hijo como suyo. Al día siguiente de morir
María me preguntó Hobbson qué pensaba
hacer de mi hijo. "Un hermano de los hermanos de su madre", le contesté, y en seguida solicité de él que a fondo me explicara
lo que de su religión me había hecho presentir María.

Un mes después le pedí ser ungido sacerdote. Impuso a mis deseos medio año de espera; pero aquel mismo día me administró
el bautismo de cristiano.

—¿Qué es eso? ¿Qué significa?

Después de la explicación a estas preguntas, innecesaria aquí, agregó Cartoya:

—Desde entonces soy paria; y aun cuando aquí he sufrido, y sufro mucho, gozo también lo que jamás gocé en mi mundo; y me
hallo feliz; y *valgo más que allí valía.*

Transcurridos, hace tres años, los seis meses de prueba, fui ordenado sacerdote.

—¿Y crees? ¿Crees de verdad todas esas
cosas extraordinarias de tan extraña religión?

—Todas, todas: con fe tan honda que, más
clara que tú ves la del Sol, veo yo la luz
de Dios, al que le pido os la haga ver a
cuantos estáis tan ciegos como lo estuve yo.

Pero es la una, y ya estoy abusando de
tu amistoso interés.

—No, no... Aunque, efectivamente, es tarde, y preciso será dejar para otro día lo que
pensaba decirte...

—Marcial, para eso será siempre tarde:
estoy aquí *para siempre.*

—Pero...

—Es inútil. Dame un abrazo; y si alguna
vez vuelves a acordarte de que aquí...

—Sí, sí, me acordaré...

Se abrazaron ambos amigos. Cuando Cartoya se dirigía a la puerta, con ánimo de
acompañar a Rucandio hasta dejarlo en el
ascensor, lo detuvo éste, diciendo un poco
confuso:

—Ramón, ¿podría ver otra vez a tu hijo
antes de marcharme?

—¡No has de poder!... Con mil amores—
contestó Cartoya, rebosándole la alegría en
la voz y en los ojos...—Ven, ven; y gracias,
gracias.

Se acercó Marcial al jergón y fijó en el
niño una mirada intensa y larga, larga.

—¡Qué hermoso es!—pensaba—. He aquí
el embrión de alma por modelar de que hablaba Inés; el embrión que este padre no
quiere abandonar como nosotros...— Y de
pronto, cual respondiendo a otras ideas, pre-

guntó: —Ramón, ¿qué edad tiene este niño?

—Cuatro años—respondió Cartoya, que no apartaba de su amigo los ansiosos ojos, comprendiendo que algo para él incompersible, pero grande y bueno ocurría en su corazón.

—Cuatro años, cuatro años... ¡Qué casualidad, qué triste casualidad!—murmuró por lo bajo Marcial muy impresionado, sin que Cartoya entendiera sus palabras; y volviéndose a éste continuó en voz alta: —¿Me dejas darle un beso?

—Dáselo, dáselo... Y no te extrañen estas lágrimas que se me escapan al conceder lo que me pides, porque son dulces, dulces... Pero qué, ¿estás también llorando?

—No, no, yo no—replicó vivamente Marcial, pasándose las manos por los párpados,

al erguirse después de haber besado al angelito.

—Marcial, no olvides lo que voy a decirte: como tú y yo acabamos de mirar a mi hijo, nunca ha sido mirado, jamás será mirado niño ninguno en los educatorios.

—Tienes razón: ninguno... ninguno...

Al decir esto, y cual si huyera de una mala idea que allí se quisiera dejar, salió bruscamente Rucandio de la covacha, sin dar tiempo a Cartoya de acompañarle, y gritando, ya desde la puerta:

—Adiós, hasta otro día.

....

....

La idea de que quería huir Marcial se fue con él; pues al entrar en su casa todavía iba repitiendo: Ninguno, ninguno.

XV

CORAZONES MUERTOS Y CORAZON VIVO

A las diez de la mañana siguiente fueron Inés y Juan llevados por Rucandio al laboratorio donde a sus órdenes iban a trabajar: o mejor dicho, a los laboratorios, pues en una misma galería del museo, y entre sí comunicantes, vieron uno de química, otro de electricidad y otro biológico, amén de los dedicados a diversas ciencias relacionadas con el invento Mob.

—Amigos míos—dijo Marcial—, aquí trabajaremos juntos en la tarea que nuestro sabio maestro nos ha cortado: tan seductora, y aun acaso gloriosa, como larga y difícil: tanto, que antes de que su química de usted, querido García, y su electricidad, mi buena amiga, puedan modernizarse en la medida necesaria para ayudarme, ha de pasar una temporadita, en la cual habrán de ser ustedes, más que mis ayudantes, mis discípulos.

—Lo que yo no me explico es cómo al doctor Mob se le ha ocurrido dar a usted ayudantes tan anticuados como mi muj... mi amigada y yo.

—Ni yo, don Marcial... Teniendo, cual tendrán ustedes, muchas personas más al tanto que nosotros del progreso científico de este siglo no lo comprendo.

—Supongo, y no lo afirmo, pues Mob no

deja traslucir los motivos de sus actos, supongo, digo, que por estar su invento, aunque ultimado, pendiente todavía de desenvolvimientos en los que vamos a trabajar, no ha de agradarle descubrir sus secretos a otros hombres de ciencia: con la sola excepción de mi persona, cuya lealtad le consta.

—Ya... Vea usted por dónde le han venido a ser útiles al gran sabio esta electricista y este químico en conserva.

—Además, como vamos a resolver problemas de dos ciencias completamente nuevas, la *Electro-cupidia* y la *Psico-histología*, creadas por el ilustre biólogo, cualquier superpensante, aun siendo culto, tropezaría en las mismas dificultades, poco más o menos, que ustedes... Y entremos ya en materia, comenzando por la Psico-histología, cuyo origen ha sido el descubrimiento hecho por Mob, en el muscular corazón humano, de algo que no se halla en los corazones de los irracionales.

Ese algo es el *corazón anímico*, capaz de experimentar, no sensaciones físicas, sino sentimientos inmateriales.

—¿Ha descubierto eso ese hombre?

—Sí, amiga mía. Vengan y vean. Mirando por cualquiera de estos doce microscopios binoculares, verán ustedes, con el ojo derecho, pedazos de corazón humano en todos ellos, y con el izquierdo trozos de corazones de animales de diversas especies, diferentes de unos a otros microscopios. Miren, y fíjense en las diferencias que mi explicación irá señalando.

Como rasgo común a todos, advertirán ustedes multitud de celdillas, que constituyen la muscular contextura del corazón anatómico encargado de las funciones puramente físicas.

—Sí, sí—dijo Inés—: infinidad de vasos con estructura semejante a la de un panal de cera.

—Precisamente: eso es lo que se encuentra en todo corazón meramente animal, sin más función que dar paso a la sangre: eso, y no más. Pero en el humano corazón, que podemos llamar hogar del amor, hay más. Miren, miren ahora a la derecha. ¿No ven ustedes algo que en la izquierda falta?

—Sí, es verdad: a mí me parece ver como si entre los intersticios de la vascular contextura hubiera un líquido—dijo Inés—. ¿Y tú, Juan, lo ves?

—Sí... Y además, como un s puntitos grisáceos, de donde salen varias hebras en constante movimiento. Fíjate, Inés.

—Sí, sí; yo también las veo.

—Pues como ya no han de ver ustedes más, pueden dejar los microscopios, cerciorándose antes, si les place, de que por mucho que miren en los corazones de la izquierda, que son los de animales, nada verán en ellos semejante a lo visto en los de la especie humana.

—¿Y eso qué es, don Marcial?

—Esos son los elementos depositarios de las capacidades psíquicas, donde nacen los sentimientos, amor, odio, etc., etc.

—Pero, ¿cómo?

—Ni lo sé, ni me importa: tampoco sabemos cómo la electricidad nace, y sin embargo la utilizamos sin rasgar el arcano de su causa esencial: del mismo modo que mi maestro ha llegado a explotar la fuerza del amor sin entrar en lo hondo de su origen. Quedándome, por tanto, en lo que sé y conozco, diré a ustedes que ese líquido es el *plasma amoroso*, en donde flotan esos puntitos o núcleos invisibles para los antiguos microscopios; que las hebras vistas por García son tentáculos o fibrillas que de los núcleos salen, siendo de naturaleza eminentemente eláctica y contráctil, o *sensible*, y que, efectivamente, ondulan sin cesar en el *plasma*.

—¿Y eso es?...

—La *célula anímica*, donde el amor se incuba.

Ella va a ser primer objeto de nuestros experimentos, porque los núcleos vienen a ser como los elementos cobre y zinc de una pila eléctrica, y el plasma como el líquido conductor donde aquéllos se sumergen.

—¿Cómo?

—Ni más ni menos, salvo la diferencia, un tanto borrosa, entre electricidad y amor. Química y eléctricamente, y ya aquí ven ustedes la tarea que a cada uno le espera, hemos de analizar el plasma, los núcleos y las fibrillas.

—Bien, don Marcial; pero esto es tan extraordinario, que, francamente, se me hace muy difícil comprender cómo ahí nace un sentimiento inmaterial. Por eso, si quisiera usted la bondad de comenzar por explicarnos...

—Amiga mía, con mucho gusto lo haría inmediatamente, si un quehacer urgentísimo no me obligara a salir sin demora, y si no fuera porque lo que usted desea saber se halla mucho mejor explicado de como yo podría explicárselo en estos párrafos de esta memoria, todavía inédita, del señor Mob.

Marcial, que durante toda la anterior conversación había estado distraído, como si algo diferente de las explicaciones de ella le preocupara, dió a Inés un cuaderno diciendo:

—Toda la memoria han de estudiarla ustedes a conciencia; mas, por lo pronto, en esta página tienen lo que me preguntaba usted y más la interesa de momento.

* * *

Mientras marido y mujer se quedaban leyendo la memoria de Mob, donde había materia para hondo y largo estudio, pues las aplicaciones industriales del amor son tan complejas que no pueden explicarse en un dos por tres, se fué Marcial a su tocador, y se vistió, como quien se dispone a hacer una visita de cumplido, que debía ser para él interesante, y hasta trascendental, a juzgar por lo meditabundo y cejijunto de su semblante; y porque, pensando en tal visita, habíasele ido entera la pasada noche, de su bajada a los subterráneos, sin conseguir pegar los ojos.

Una vez vestido, bajó al auto que lo esperaba a la puerta del museo. Diez minutos después llegaba al palacio de la hermosa Clara Snow, subía a un suntuoso salón, donde no tuvo que aguardar más de cinco minutos hasta que un *autom*, guiado por ella desde su tocador, se presentó para conducirle a aquel íntimo santuario, donde, dándole prueba de cordial confianza, e interrumpiendo la interesante operación de su tocado, lo iba a recibir, acogiéndole con evidente y hasta insinuante afecto.

Pero antes de referir la conversación en seguida entablada, preciso es dar ciertos antecedentes sobre quienes la sostuvieron.

La señora Snow era una de tantas multimillonarias, y este tantas equivale a todas, como en el siglo cien campaban por el mundo cual moro sin señor: no ya sueltas, sueltísimas, más aún, desenfrenadas, haciendo cosas que habrían ruborizado a las más descocadas cortesanas de la vigésima centuria, y en Mundiópolis eran, no ya corrientes, sino del mejor tono.

¿Inmoralidad?... No: para ser inmoral es preciso infringir las leyes de una ética, y como siglos antes habían ya prescindido los supergozantes de toda moral, en el cien no son estas señoras inmorales, sino amorales: con la mayor tranquilidad, sin el menor rubor, con inconsciencia plena, exhibiendo los vicios de sus vidas con igual impudicia, cuando no igual orgullo que ostentan sus bellezas.

Años atrás, andando Clara por los veintisiete años y Marcial por los treinta, habíanse encontrado y amádose ¡casi un año!, como se aman los supergozantes. Fué un episodio agradable para ella; para él más que agradable; pues a tener idea de lo que en estos tiempos nuestros significa estar enamorado, habría conocido que, salvas radicales diferencias nacidas de su época y costumbres, estaba enamorado.

Cuando ella advirtió que, aun agradable y todo, era ya largo y se ponía serio, e iba apretando ya cual lazo lo que sólo quería fuera juego, puso punto final al amigamiento: muy cordialmente, sí, pero con energía, contra la cual no pretendió luchar Marcial, no por falta de deseo, sino por conocer que toda lucha sería inútil y le pondría en ridículo.

El no tuvo el acerbo dolor de un desengañado de estos tiempos; no dijo, ni aun pensó, que no podía vivir sin Clara; pero experimentó contrariedad muy grande y duradera, cuan parecida a pena, o por lo menos a melancolía, era posible en un hombre de mundo, bien impuesto de lo que obliga el ser superpensante.

Ella le conoció el disgusto, lo agradeció por lisonjearla, y agradeció más todavía la discreción con que Marcial lo recataba, sin molestarla con súplicas de prolongar lo que ya era razón se terminara; pues había durado casi un año, cuando ni uno solo de sus

otros amigados consiguió encadenarla más de cinco meses en ninguno de sus trece amigamientos serios, sin contar vuelos sueltos.

Después se habían visto de tanto en tanto, en sociedad, y héchose recíprocas visitas de atención, menos frecuentes de día en día.

—Dichosos los ojos que te ven—dijo Clara saliendo al encuentro de Marcial, al entrar éste en el tocador—. Después de tenerme olvidada tanto tiempo, no te merece este abrazo tan apretado, y menos este beso.

—Que si tal piensas agradezco más. Pero estás equivocada: no fué olvido la causa...

—No mientas... Y aunque lo fuera, razón de más para avivarte la memoria, que es una caprichosa incomprensible: buena prueba lo que me pasa a mí al cabo de... de... a punto fijo no me acuerdo cuántos años; pero es igual, el ayer da lo mismo; lo que ahora importa es hoy. Siéntate. Tenía una gana loca de verte y de charlar contigo... No, ahí no... No te vas poco lejos.. ¿Te asusto?

—Bien sabes que no.

—Como te veo tan serio...

—Es que vengo a hablar de cosas serias.

—Me alegro, pues me has adivinado el pensamiento.

—¿Cómo?

—Sí, Marcial: hay extrañísimas casualidades; porque si tú no hubieras venido hoy, cualquiera de estos días habría yo ido a tu casa... y también a cosas serias.

—¿A mi casa, después de tanto tiempo? ¿A qué?

—A hacerte el amor. ¿Te parece poco serio?

—Clara, no bromees. Me harías mucho daño.

—Veo que no era vanidad mi ilusión de que no me darías calabazas.

—Pero, ¿es verdad, Clara?

—Tanto, que ayer hice arreglar las habitaciones tuyas: prefiero que te vengas tú aquí a irme yo a tu casa. Mi visita iba a ser a preguntarte si no echas, como yo, de menos los gratos días de nuestro amigamiento; si no querrías reverdecerlos.

—Ya lo creo que querría. Pero...

—Tu venida me economiza el paseo, y el rapto, pues te advierto que, a ser preciso, iba decidida a traerte, aunque fuera a la fuerza. Pero puesto que estás ya aquí, te quedas...

—Bien, Clara, sí. Harto debes saber... Pero dime... Te voy a hacer una pregunta muy rara, pero muy interesante para mí.

—Tú dirás.

—Este nuevo amigamiento ¿acabará, como el otro, por cansancio tuyo?

—Vaya usted a saber... Puede que seas tú quien primero se canse: en lo porvenir nadie lee.

—Yo leo que jamás me cansaré de ti.

—¡Jamás! ¡Qué atrocidad!... Mil gracias, mil gracias; pero aun agradeciendo tu galantería, puedes estar tranquilo, que no cometeré la felonía de cogerte, ni de recordarte la palabra; pues ni creo en imposibles ni se los pido a nadie... ¡Qué exagerado eres! Ni que estuvieras hecho de otro barro que todos los demás hombres.

—Y tú eres del mismo barro que todas las ...nuestras mujeres... ¿no es verdad?

—Naturalmente. No me tengo por fenómeno.

—Entonces, claro está que esto acabará por ti, como aquello.

—Hombre, aun cuando no sea creíble que nunca te canses de mí, tanto podrías tardar...

—Entonces Clara, agradeciéndote en el alma la distinción, que no olvidaré nunca, es imposible reanudar nuestro amigamiento.

—¡Cómo! ¿Pero no te gusto ya?

—Más que nunca... Precisamente porque me atraes con fuerza de la que no tienes idea, no quiero renovar dolores que ahora serían todavía más crueles al verme nuevamente abandonado.

—¡Qué tontería...! ¿Y porqué has de sufrir? No seas niño... Dices unas cosas que a nadie se le ocurren.

—Lo peor, Clara, es que las siento; por eso no quiero adormecerme en dulce sueño, del que ha de despertarme el desengaño.

—¡Qué palabras tan raras!

—No, no: prefiero no soñar.

—Pues lo siento de veras, créelo: me contraría muchísimo renunciar a la ilusión de pasar otra temporada contigo. ¡Habría sido tan grata! Mas ¡qué le hemos de hacer! Pides cosas tan extrañas...

—No, no las pido, pues sé que son imposibles.

—Tonto... En fin, ya que no podamos ser amigados nos contentaremos con ser amigos muy sinceros... Te aseguro que me fastidia atrozmente tener ahora que buscar otro, y, puedes creerme, quienquiera que sea, te voy a echar mucho de menos.

—Mil gracias, Clara —contestó Marcial entre amargo e irónico, esforzándose en recatar sentimientos risibles en el mundo de los supergozantes—. Pero, con todo esto, no te he dicho el objeto de mi venida.

—Verdad es que no venías a lo que yo pensaba... Y no te pongas demasiado presumido con este suspiro que se me escapa al recordarlo... Tú dirás.

—Creo estar seguro de que nuestro amigamiento tuvo consecuencias naturales.

—¿Consecuencias?

—Cuando nos separamos tú estabas encinta.

—¡Ah, sí¡ Un mes después di a luz... ¿Y qué?

—Que desearía saber la fecha exacta, y si fué niño o niña.

—Pues, hijo, debió ser...: sí, hacia enero o febrero; hará tres, o cuatro años, creo que deben ser cuatro, pero de la fecha precisa no me acuerdo. El sexo no lo he sabido nunca: no se me ocurrió preguntar. ¿Pero a ti qué te importa y a qué vienen ahora estas indagaciones?

En la punta de la lengua tuvo Marcial el contestar: "Porque quiero conocer y abrazar a mi hijo"; pero el mismo miedo al ridículo, que antes le había contenido, le hizo dar respuesta muy distinta, ya preparada desde la víspera, cuando después de haber mirado al hijo de Cartoya decidió preguntar a Clara los datos que ésta no sabía darle. Por ello contestó:

—Estoy haciendo unos estudios sobre la transmisión a la prole de particularidades físicas y morales de los padres, y he pensado que conociéndome a mí mismo mejor que a nadie, en un hijo mío será donde mis observaciones resulten más fructíferas.

—Ya: se trata de un interés científico...

—Claro... ¿Y no habrá medio...?

—Como el tocólogo que se hizo cargo de la criatura no se quedara con nota... Creo que la ley los hace responsables de los niños, y los obliga a llevar unos índices.

—¡Ah, es verdad! Por ahí tal vez podré... ¿Quién fué, quién fué?

Averiguado el nombre de quién había llevado su hijo al educatorio, se despidieron los ex amigados cordialísimamente, como si nada hubiera pasado entre ellos, y sin que la fracasada tentativa de aquel reflorecido amigamiento proyectara la menor sombra sobre la sincera amistad de Clara, que al marcharse Marcial se quedaba pensando: "Es un fastidio; ya me había consentido... Pero más vale así, porque este chico fué siempre raro, pero ahora está loco perdido: por menos hay algunos en los manicomios".

El, por su parte, iba diciendo al salir a la calle: "Dicen bien Ramón e Inés: no hay diferencia con una yegua ni con una gallina. Digo, sí la hay: una amamanta y otra cuida a sus crías.

XVI

HUERFANO DE HIJO

El doctor, a cuya casa fué Rucandio la misma tarde del día de su visita a Clara, tenía el archivo muy en regla, según demostró su libreta de entregas correspondiente al año 9996, donde aquél pudo leer: "19 de enero. Varón nacido de doña Clara Snow: normal; 4.713 gramos." Debajo, la firma del médico, una nota, de diferente letra, certificando la recepción en el Educatorio Internacional, una firma ilegible y el sello del establecimiento.

Pero aquí se acabó la pista, pues en el educatorio, adonde en seguida fué Marcial, lo enteraron, después de torearlo dos o tres horas largas, de que el 19 de enero habían tenido entrada tres niñas y cinco niños, y de haber ya, a la fecha, fallecido tres de estos últimos.

En cuanto a saber cuál fué el entregado por el Doctor N, que había traído el suyo, era imposible; pues los estatutos del establecimiento vedan tales pesquisas, ya que por sabia prescripción de la ley, ésta no reconoce a los educandos otros padres que la Sociedad y el Educatorio.

De regreso en su casa, en el estado de ánimo de quien acaba de perder una esperanza, comenzó a repasar sus impresiones de aquel día.

Primera: el resurgimiento, a la vista de Clara, y al oír su tentadora oferta, del antiguo amor a ella, que ahora, después de haber oído la víspera a Cartoya cosas para su inteligencia completamente nuevas, veía claro que, aun contaminado del ambiente donde tal amor había nacido y del modo meramente físico de entenderlo la que se lo inspiraba, había sido para él algo distinto del conocido por los supergozantes, teniendo cierta semejanza al de Cartoya a su mujer: En seguida, su temor a que la dicha de un nuevo amigamiento hiciera más dolorosa la segura separación: Después, la impresión que en él hizo la fría indiferencia de ella ante la negativa de él; y, sobre todo, el absoluto olvido de aquel hijo que, cual Ramón e Inés decían, ya miraba Marcial como prolongación de él y de Clara: carne de sus carnes y sangre de sus sangres, y alma nacida de sus almas, aun cuando lo negara

el sapientísimo Mob, por no creer en el alma.

Aquello le había curado del amor a Clara: de repente, como cura un cauterio, o como si le hubieran arrancado brutalmente y de un solo tirón la espina añeja que aquel día había vuelto a pincharle, al renacer sus muertas esperanzas, sólo para morir definitivamente. Ya no le punzaría más porque estaba extirpada; pero en lugar de ella quedaba otra, y ésta imposible de arrancar: la espina del infructuoso afán de besar a su hijo, despertado al besar al de Cartoya, de abrazar a aquel hijo, *abandonado*, según frase de Inés; y, lo que era más grave, según acusación ya formulada por su propia conciencia.

Mirando en derredor, pensando en lo que en aquel mundo hacían todos sus contemporáneos, buscaba justificación a su proceder en la general conducta, queriendo combatir el despertar de su conciencia a fuerza de argumentos que su juicio hallaba en abundancia en usos, leyes, y hasta en la misma despiadada filosofía del egoísmo; mas cuando ya se veía seguro el triunfo de sus sesudos raciocinios, eran éstos arrollados por un dolor mucho más fuerte que todos los argumentos: por la pena de serle, *por su culpa*, imposible satisfacer aquel deseo, en su impotencia torturante, de besar a su hijo; por la estéril lamentación del sentimiento de su paternidad, tardíamente despertado.

—Pero será posible que los parias sean quienes tengan razón?—exclamó levantándose agitado—. ¡Qué desatino...! Esto son locuras... El mundo entero, el que vale, el que discurre y pesa, el de los inteligentes y los sabios, no puede equivocarse; forzosamente ha de tener razón... Los degradados parias, el desequilibrado Cartoya, esos dos bárbaros, venidos de siglos ignorantes, no pueden prevalecer contra la inteligencia y la sabiduría de los míos, contra mi propio juicio y mi sentir... ¿Mi sentir? Qué me importa el sentir, cuando él precisamente es responsable de la fascinación que en mí están ejerciendo las insensateces oídas a esas gentes... No se burlaría poco Mob al enterarse de que tolero a mi corazón subirseme a la cabeza a discutir con el cerebro.

Así me luce el pelo: primero, la estupidez de desdeñar a Clara, pretendiendo amores imposibles para gentes de juicio, y después, la imbecilidad de torturarme con este otro imposible, que no atormenta a ningún padre que no tenga perdido por completo el seso.

Hay que desimpresionarse y reponerse de esta vergonzosa crisis de sentimentalismo, causada por la vista de esa mujer. Esto se pasará cual pasó lo de antaño; y al niño lo olvidaré..., o, por lo menos, me acostumbraré a su pérdida como me habitué a la de su madre: no con mayor facilidad, puesto que nunca he disfrutado de su compañía, cual disfruté la de ella...

A trabajar, a trabajar; el trabajo me distraerá, sujetándome el pensamiento a cosas serias. Y se puso a trabajar.

Pero después de una hora de inútiles esfuerzos para concentrar en su tarea la rebelde imaginación, que se escapaba a cada paso, tan pronto recordando los sucesos del día como queriendo analizar el perturbado estado de su ánimo, comprendió que nada de provecho haría aquella noche, y decidió acostarse; mas cuando, preocupado con la idea de aquel hijo perdido irremisiblemente, entraba en la alcoba, dió de improviso media vuelta, cerró la puerta de ella, y media hora después abría la de la cueva de Cartoya, que al verlo tan inopinadamente, exclamó:

—¡Tú! ¡Otra vez hoy...!

—Perdona, Ramón... Es muy tarde, casi media noche, e irías ya a acostarte.

—No te preocupe. Te esperaba, sí, pero no tan pronto. Mejor, mejor.

—Oye, Ramón: la primera vez que bajaste aquí, los ojos de María fueron para ti imán, que te hizo volver al día siguiente... Me ha pasado lo mismo.

—No te entiendo, Marcial.

—Anoche no he pegado los ojos, y como tampoco los pegaría hoy si antes no satisfago mi deseo de mirar a tu hijo, vengo a verlo.

—¡A mi hijo...! ¿Pero cómo es posible que a tal extremo te trastorne un niño al que sólo un momento has visto? Y para eso, dormido.

—Porque hasta ayer no había pensado en que hace cuatro años perdí el mío; porque, de pronto, se me hincha hoy el corazón absurdamente con el cariño a un imposible; porque anoche entreví que esa criatura es para ti lo que nunca podrá ser para mí mi abandonado hijo; porque tengo envidia de

la dicha que gozas contemplando y acariciando al tuyo; porque...: porque me odio a mí mismo...

—Serénate, Marcial, serénate.

—Me odio o me desprecio... Yo mismo le dije ayer a Inés, condenándome con mis propias palabras, me acuerdo bien de ellas: "Quien abandona sus obras es indigno de crear nada". Y yo he abandonado la más grande, la más noble de mis obras...

—No, Marcial, no; no eres indigno: lo eras ayer; pero al sentir ese dolor por el mal que hiciste, hoy ya no lo eres.

—Es un torturador remordimiento.

—No es solamente eso; es algo más, y tiene nombre mucho menos terrible: es arrepentimiento, que al doler cual te duele, está borrando tu indignidad pasada.

—Imposible, imposible.

—No hay imposibles para la Omnipotencia. Mi Dios te dice por mi voz que ese dolor ha comenzado ya a lavar la mancha que tanto te atormenta. Sufre, Marcial, sufre: el sufrimiento que redime y ennoblece es bueno.

—No me hables de cosas incomprensibles...

....

—¿Pero tu Dios dice de verdad eso...? ¿Lo crees tú realmente...? No puede ser, no puede ser... No me hables de cosas que no entiendo.

—No te hablaré... El tiempo es suyo; El te hablará eligiendo su hora. Ahora sólo quiero decirte que si no te parece indiscreción la simpatía de un corazón amigo y hallas alivio en abrirle el tuyo, puedes hablar; que calles si te repugna hablar; que mires a mi hijo, puesto que a eso has venido y en ello crees hallar consuelo. Estate cuanto quieras y vete cuando te plazca...

Marcial se acercó al pobre lecho donde dormía el niño con la rubia cabellera esparcida en la almohada y los desnudos bracitos por cima de la manta; lo miró largo rato y murmuró:

—¿Será aquél tan hermoso...? Ahora estará durmiendo como éste... ¡Qué feliz es Cartoya...! ¡Y qué feliz también este niño! Lo recibió, al nacer, el cariño de sus padres; al mío, no; lo llevará su padre por la vida, lo consolará si llora; el mío irá solo por el mundo, y solo llorará, porque no tiene padre.

—El tuyo tiene un Padre que vela y puede más que tú y que yo: El Padre de todo lo existente, que no le faltará: el mismo Padre tuyo, que, cuando menos podías esperarlo, ve tu aflicción y te trae aquí para darte el consuelo de oírme que tu hijo no está en el mundo abandonado, pues vela sobre él un poder mucho mayor que el tuyo, mucho mayor que el mío; para hacerte saber que una misma mirada de amor cae de lo alto en este instante sobre esos dos niños, pues los dos son sus hijos.

—¡Qué cosas tan increíbles dices...! Pero son dulces, muy dulces; parece que mitigan la crudeza del dolor que siento... Y en medio de mi pena me consuela mirar a tu hijo, pensar que una misma inocencia dará a éste y al mío la misma paz de ese plácido sueño; me consuela pensar que, por lo menos hoy, no le toca a él este dolor que siento.

....

....

Antes de irme quiero empaparme bien en la pureza y la dulzura de ese sueño, para que ellas puedan defenderme de mis negras ideas cuando me vuelva arriba solo.

—¿Y porqué has de irte...? Pues tenemos la suerte de que, por misterio tan incomprensible como todos los del corazón humano, te consuela la cercanía de mi hijo; siéntate cerca de él y estate cuanto quieras.

—Pero, tú... Es ya muy tarde... No puedo, no debo...

—¿En qué mejor ni más a gusto pasar la noche que en aliviar una desdicha?

—Gracias, Ramón, gracias; eres bueno... Me sentaré junto a él un rato..., un ratito...

Al ver a su amigo sentarse sonrió Cartoya bondadosamente y le imitó, sin perderlo de vista, cual queriendo penetrar a través de su semblante en el cúmulo de sentimientos nuevos que en su alma combatían.

Así transcurrió un rato largo, muy largo; el expresivo rostro de Marcial reflejaba la lucha en su interior librada por contrapuestos propósitos, hasta que al fin, como quien, en pos de largas vacilaciones, toma una resolución, dijo para sí:

—Sí, es lo mejor; por cada confianza que le he hecho me ha devuelto un consuelo.

Y volviéndose a Cartoya, continuó en alta voz:

—Ramón, necesito contártelo todo.

—Si eso te alivia, estoy a tus órdenes.

—Pero va a ser largo, pues necesito enseñarte hasta lo hondo de mi corazón; y como es muy tarde y tienes que descansar, mejor será aplazarlo hasta mañana.

—Si lo aplazáramos no descansaría, pensando que tú no descansabas.

Cerca ya de las tres de la noche comenzó Rucandio la historia de sus amores con Clara y de su aspiración de hallar en ellos lo que ella era incapaz de darle. Relató luego las impresiones nuevas despertadas en él por la comunicación con Inés, Juan y el mismo Cartoya; su resolución de la víspera de buscar a su hijo; la visita a Clara, las pesquisas inútiles para encontrar al niño; y como ciego, a tientas en un desconocido mundo, para andar por el cual Cartoya le servía de lazarillo, fué después exponiendo sus insólitas impresiones de aquellos días, determinantes de la crisis moral por que su espíritu pasaba.

Fué larga, larguísima, la conferencia, muy parecida a confesión, en que, olvidados ambos de todo menos de la tragedia de aquel alma, y faltos, en los subterráneos, de la luz del amanecer, no se enteraron de que la noche había pasado; y cuando hablando continuaban todavía a las siete de la mañana, despertó el pequeñuelo.

Abrió los ojos, se frotó los párpados con sus manecitas gordezuelas y rosadas, se sentó en la cama y en seguida, con la rapidez característica en los niños, para adquirir el pleno uso de los sentidos cuando espontáneamente se despiertan, dijo:

—Papá, papá... Ven a vitime... ¿Quen es ete señó?

Volvió rápidamente la cabeza Marcial, como si oyera algo muy extraordinario; y lo era en efecto para él; pues como en el siglo cien solamente los empleados de los educatorios andan entre niños, aquélla era la primera vez que su oído era acariciado por la fresca voz de una criaturita, produciéndole impresión tan nueva en el corazón como en el oído.

Cartoya corrió al lecho, cogió en brazos a su hijo, volvió con él junto a Marcial, y sentándose al niño, en camiseja, descalcito y en pernetas sobre las rodillas, dijo a éste:

—Este es un pobrecito señor que tenía un niño como tú, y se le ha perdido.

—¡Pobe señó...! Habá lorado mucho. Mira, señó, yo tamén tini un pipí, y se fo; y loré mucho. ¿Te s'ecapó tu nené como pipí? Pipí, malo; nené, malo... Yo no m'ecapo, yo no dejo solo a papá.

Marcial, que al ver el tierno corpezuelo no tenía ojos ni admiración bastantes para extasiarse en aquella para él ignota maravilla de la naturaleza, sintió emoción hondísima al oír la inocente charla del pequeño.

Pero al oírle "yo no dejo solo a papá" y acordarse de que él había dejado solo a su hijo, prorrumpió en llanto amarguísimo.

—No lores, señó. Papá me tajo oto pipí; tu papá te taerá oto nené.

Marcial continuaba llorando, con la cara escondida entre las manos, y cada vez con mayor desconsuelo, porque la vista de aquel ángel en brazos de su padre le hacía comprender con amarga evidencia lo que había perdido abandonando a su hijo.

Con los hermosos ojazos muy abiertos miraba el pequeñín muy asombrado aquella pena. Cartoya le dijo a media voz unas palabras al oído y lo acercó a Marcial, hasta que con sus manecitas pudo agarrar los dedos de éste y tirar de ellos para apartarle de la cara las manos, con que se la cubría, diciendo al mismo tiempo:

—No lores más, señó... No queró que lores... Papá dise que me queres mucho; yo

tamén te queriré y jugaré contigo... **Pero** si loras no te queriré.

Imposible describir de modo que de ella dé fiel idea la sorpresa de Marcial al sentir los tirones de aquellas manecitas ni la dulzura del consuelo que le procuraron las cariñosas e inocentes palabras que los acompañaban; pero mayor fué aún la tibia suavidad que alivió su alma cuando, diciendo a su hijo "bésalo, bésalo", puso Cartoya al niño en las rodillas de su amigo y sintió éste que los brazos de la criaturita se ceñían a su cuello repitiendo:

—Yo jugaré contigo, pero no se lora.

XVII

LOS RESUCITADOS VEN LA DICHA Y EL DOLOR EN LO HONDO DE LOS CORAZONES

—Tarda hoy Rucandio.

—Sí; y lo siento: deseo hacerle unas cuantas preguntas... Con esto del amor Mob me ocurre lo que de niña con los cuentos de miedo: a pesar del que me infundían eran los que más me interesaban.

—No me extraña: esos descubrimientos relativos al corazón tienen aspecto de cosa casi satánica; pero indudablemente son fascinadores.

—Yo no he podido entender del todo lo que llevamos leído de la memoria, ni acabo de convencerme de la posibilidad de todo ello. Además, como el cuaderno que nos dejó don Marcial no explica sino una parte de la invención, tengo presentimiento, muy parecido a terror, de que en lo restante hemos de encontrar algo espantosamente horrible: diabólico, como decías antes. Y tengo miedo, Juan, mucho miedo.

Tal hablaban en el laboratorio los españoles de la vigésima centuria mientras aguardaban a Marcial, que no llegaría aquella mañana, porque el cansancio físico de dos noches en vela, unido al rendimiento ocasionado por la crisis moral que atravesaba, habían agotado su resistencia corporal; y la necesidad de descanso aprovechó, para imponerse a la tensión del espíritu, el plácido oasis que en los dolores de éste abrió la escena con el hijo de Cartoya. Así, cuando ya corridas las ocho de la ma-

ñana, subió Rucandio a su habitación, se tendió en la cama, quedándose casi instantáneamente dormido como un leño, sin que hasta pasadas las tres de la tarde diera cuenta de su persona.

Cerca de las doce, cuando marido y mujer, pensando ya que su inmediato jefe no iría al laboratorio aquella mañana, se disponían a marcharse a su alojamiento, se abrió la puerta de aquél, presentándose en ella el excelso Mob, que venía a darse una vuelta por allí, con objeto de conocer las impresiones de Marcial sobre el fruto obtenido de sus primeras lecciones a *los bárbaros* y sobre posibilidad de que llegaran a servir para algo.

Al enterarse de que Rucandio no había ido se le ocurrió tantearlos él; y haciéndoles algunas preguntas, le satisfizo verlos ya enterados de las fibrillas y del plasma amoroso, y le agradaron sus curiosidades sobre el modo de engendrarse en ellas afectos y odios.

Esto, y la vanidad de Mob, que se complacía siempre en hablar de su invento, le decidió a echar la mañana a perros, dando él por excepción la conferencia de aquel día a los bárbaros, y utilizando en ella un aparato muy curioso, externamente similar a un cinematógrafo, e ideado por él para convencer a la gente de la realidad de sus descubrimientos, sin descubrir detalles de ellos: bien por que quisiera mantenerlos ocultos, bien, y todo puede ser, porque él mismo no conociera sino sus efectos.

Por eso cuando Inés le preguntó, como lo había la víspera preguntado a Marcial, de qué manera nace el amor en las fibras y en el plasma, contestó:

—El movimiento se demuestra andando, y, por lo tanto, mejor que daros explicaciones, acaso incomprensibles para vosotros, prefiero haceros ver los mismos corazones funcionando, hacer nacer ante vuestros ojos el amor en ellos.

—Ya ayer nos enseñó don Marcial en los microscopios...

—No es eso; ayer no visteis sino pedacitos de corazones cortados con micrótomos, mientras hoy vais a ver corazones enteros, vivos, latiendo en el interior de criaturas; hoy vais a ver el amor, la dicha y el dolor en movimiento (1).

Al oír esto se estremeció ella de terror, y tentada estuvo de decir que no quería ver nada; mas su curiosidad se sobrepuso al miedo, y preguntó:

—¿Pero corazones vivos...? ¿Dentro de criaturas también vivas...? ¿Es posible?

—Sí, pequeña, sí.

—¿Entonces esas criaturas tendrán los pechos desgarrados?

—Por el dolor, algunas; pero enteros, sin una cortadura de bisturí. Con anterioridad al descubrimiento de los rayos ómicron ese habría sido el procedimiento necesariamente empleado. Como en la antigüedad se perforaban los estómagos de los perros vivos para estudiar la digestión, así abríamos nosotros a los parias, manteniéndolos vivos también, para hacer el estudio de diversos órganos; pues es mucho más útil experimentar en personas que en perros, gatos o conejos. Pero así como los rayos X, ya conocidos en vuestra época, permitían ciertas exploraciones internas por la diversa transparencia a dichos rayos de las carnes y los huesos, los rayos ómicron, desconocidos de vosotros, han proporcionado una variadísima escala de radiaciones, a las cuales son transparentes los huesos, y unas u otras clases de orgánicos tejidos. Según se aplicarlas, se gradúe la intensidad de ellas,

penetran más o menos en el cuerpo humano, haciendo *invisibles* las partes de él que no se quieran observar y *visibles* las que importe examinar.

Así, cual si fueran vulgares placas fotográficas, he obtenido las *omicrografías* de corazones vivos que voy a mostraros, proyectándolas con un cinematógrafo que amplía extraordinariamente el tamaño de los que vamos a examinar en la lección de hoy.

Venid, el aparato está en otra habitación.
....
....

Instalados los esposos frente a dos pantallas cinematográficas gemelas, vieron aparecer en la de la izquierda un hombre y una mujer en tamaños naturales, y en la de la derecha dos enormes corazones, cada uno de más de tres metros, tan transparentes como si fueran de cristal. Al propio tiempo, un fonógrafo comenzó a recitar la declaración de apasionado amor hecha por el caballero a la dama, mientras el cinematógrafo reproducía el rostro de él animado con entusiasta afecto que lo movía, y el de ella, helado por la absoluta indiferencia con que oía la expresión del amor que inspiraba; más categóricamente manifestada, al fin, en la negativa de correspondencia expresada en palabras que el fonógrafo repitió (1).

—Fijaos bien—dijo Mob al comenzar la

_____

(1) El micrótomo es un aparato maravilla de la mecánica moderna con el que el histólogo corta los tejidos animales que, previamente teñidos, desea estudiar al microscopio, dejándolos reducidos a un inverosímil espesor de diminutas fracciones de milímetros (milésimas de milímetro), con lo cual pueden estudiarse por transparencia. Los botánicos usan igualmente mucho este aparato para el estudio de las plantas.

_____

(1) Es de suponer que el procedimiento empleado para fotografiar los corazones cinematográficamente vistos por los redivivos bárbaros del siglo xx, fuera semejante, aunque, naturalmente, perfeccionado, pues tiempo dan ochenta siglos para perfeccionar cualquier invento, de uno novísimo—novísimo en 1921—del Doctor Jules H. Stein, llamado FLUIDO X: *X-ray-fluid* lo llama él en inglés, y nosotros abreviamos la traducción.

Es sabido que los rayos X, a los que acude el tal doctor para dar nombre a su invención, pasan a través de las carnes, transparentes a ellos, *como lo es el carbón, no siéndolo, en cambio, el cristal,* que los intercepta como los huesos y el plomo.

Tal es la causa, también lo sabe casi todo el mundo, de que la utilidad principal de esos extraordinarios rayos en diagnósticos médicos se manifieste al formular los referentes a padecimientos óseos, siendo muy limitada en los reconocimientos de vísceras como el hígado, el corazón, etcétera, que con dichos rayos se ven sumamente confusos.

El fluido del Doctor Stein no es el fin del camino, pero bien puede ser el comienzo del que hay que recorrer hasta llegar a ver con claridad completa todos los órganos internos del cuerpo humano; pues dicho invento tiende, y en tal propósito parece haber obtenido ya muy atinados resultados, a hacer transparentes, en el grado en cada caso conveniente, las partes del organismo proyección de los corazones en la otra pantalla—. El de la mujer es el de la derecha; el líquido plasma amoroso contenido en sus celdillas está perfectamente transparente y las fibrillas amatorias flotantes en él completamente quietas: *esa quietud es indiferencia.* En el otro corazón, el del enamorado, esas mismas fibrillas se agitan con incesante movimiento, oscilan temblorosas, vibrando con impulsos de amor··· ¿Apreciáis las diferencias que os señalo?

—Sí, sí, señor.

—Son perfectamente perceptibles.

—Pues ahora, sin preocuparnos del desdeñado, quiero mostraros el corazón de la misma desdeñosa, a la que, como veis, mantengo en la pantalla, cuando lo impresiona la vista de ese otro caballero que ahora aparece, en la proyección, en el lugar donde el otro estaba antes.

El cinematógrafo y el fonógrafo representaban una escena de amor correspondido: dulces miradas, extáticas contemplaciones, amorosas frases, mutuas caricias...

—Mirad, mirad los corazones, que son lo interesante, y veréis cómo las gratas impresiones de esos felices novios dilatan núcleos y fibrillas aumentando sus volúmenes hasta llenar con ellos todo el espacio en situación de indiferencia reservado al plasma. Miradlos, ya ocupando por entero los huecos del corazón físico y produciendo en él la impresión de henchimiento y plenitud, la exuberancia de vida que las criaturas experimentan al sentirse felices.

—Sí, sí, es verdad—dijo Inés—: eso, eso se siente cuando se es dichoso.

Mirad, transparentados en los rostros de los amantes de una pantalla los efectos de lo que veis en sus corazones en la otra... Eso es la dicha, que acelera el latir de su sangre, colorea sus semblantes, brilla en sus miradas. Vedlos, vedlos.

—Sí, sí, es verdad, señor Mob, en esas caras resplandece la felicidad; tiene usted razón: el henchimiento que nos ha hecho ver en los corazones, es el amor, que inunda las almas de esas dos criaturas.

—¿Almas? ¡Qué cosas dices, hombre...! ¡Qué terminacho...! Esas son antiguallas... El amor no es sino lo que acabáis de ver: una dilatación física, ni más ni menos, como la del mercurio en el termómetro cuando sube la temperatura: una hinchazón o una hipertrofia: hay pruebas concluyentes.

—Sin embargo, señor Mob.

—Mira, chiquita, no pierdas el tiempo; a mí no se me hacen observaciones.

—No, no, señor, de ningún modo; no era esa mi intención, sino que desearíamos saber lo que pasa en...

—¿En eso que vosotros llamáis alma...? No lo puedo decir. Mi ciencia sólo ha visto fenómenos tangibles, no se cuida de otros; ni el análisis, ni el microscopio ni el escalpelo penetran más allá de la carne. Para saberlo sería preciso preguntarlo a las ignorantes criaturas que todavía aman como en edades atrasadas se entendía el amor; a los seres inferiores, que son en nuestras manos instrumentos de trabajo; a jornaleros, a ideólogos y poetas... Mas no, no preguntemos: contestarían en un lenguaje arcaico e incomprensible, con vocablos e ideas que nuestra ciencia desconoce; hablarían de sentimientos, y sólo conocemos sensaciones; de sacrificio, abnegación y de una multitud de platonismos que en nuestros oídos sonarían a hueco.

Pero dejemos ya estas vaciedades, y volvamos a lo práctico y positivo, para lo cual voy a mostraros ahora lo que pasa en los co-

que no se quieran examinar, y estorben para ver otras que deseen reconocerse, dejándolas menos translúcidas u opacas.

En una revista norteamericana de este mismo año acaba de publicar el doctor citado vistas fotográficas de la mano de un feto, de un feto entero y de un murciélago, tomadas después de aplicarles su invento, y tales vistas muestran con estimables detalles no solamente los huesos, sino tejidos internos situados detrás de otros, que en nada entorpecen la vista de los primeros, por resultar la transparencia de los segundos absoluta.

El problema físico-químico que el inventor se propuso resolver para llegar a los resultados perseguidos, resulta puntualizado por palabras de aquél, que fielmente traduzco:

"La acción del fluido X se basa en las leyes de la refracción. El fluido se compone de cierto número de líquidos químicos—que naturalmente calla cuáles sean—, los cuales rodean y penetran objetos o tejidos, haciéndolos, a voluntad, transparentes o semitransparentes. Puede afirmarse que diferentes tejidos tienen diferentes índices de refracción; que la ley bien conocida que rige para los índices de refracción de los cuerpos inorgánicos puede hasta cierto punto aplicarse a los cuerpos orgánicos en estos términos: si un vegetal o el cuerpo de un animal se sumerge hasta saturarse en un líquido cuyo índice de refracción sea próximamente la mitad del de dicho cuerpo, el resultado es una menor reflexión de la luz y una aproximada transparencia."

Además de los resultados que el Doctor Stein consigna en la noticia de su descubrimiento haber obtenido en la inspección de organismos animales, entre los cuales habla del examen de sistemas vasculares, es sumamente curioso y sumamente expresivo el siguiente, que se refiere a estudios vegetales:

Una tabla de madera de media pulgada de grueso sometida al tratamiento del fluido X, deja ver no solamente todos los detalles de su fibrosa estructura interna, sino que, a través de ella, permite leer un impreso colocado al otro lado.

Tal es la forma en que el inventor se expresa en una revista de Nueva York.

Mirad reflejados en los rostros de los amantes de una pantalla los efectos de lo
que veis en sus corazones en la otra...

razones atenazados por el dolor. Pero en esto podemos ir ya más de prisa. Mirad: esos que uno en pos de otro hago desfilar por la pantalla de la izquierda son gentes afligidas por amor contrariado, desdenes, celos o pérdidas de queridos seres: dolor este último sólo padecido ya, en el mundo, por los estúpidos parias, que se obstinan en vivir aferrados a una vetusta institución que llaman familia. Las muecas de las caras que vais viendo revelan los tormentos que el dolor hace padecer a esas criaturas.

En la pantalla surgían, para pasar y desaparecer según hablaba el sabio, sucesivos semblantes contraídos por pesar, temor, cólera; una lúgubre procesión de ojos llorosos y adoloridas caras contristando hondamente a los conmovidos espectadores de aquella extraordinaria sesión cinematográfica: con tristeza todavía mayor al ver desfilar por la otra pantalla un rosario de torturados corazones, correspondientes a aquellos desdichados, y oír a Mob explicar de este modo los fenómenos que aparecían bien visibles en la pantalla.

—A la inversa de lo que en aquellos dos amantes dichosos de antes habéis visto, mirad cómo en estos infelices se contrae la célula amorosa en términos de hacerla imperceptible a los más poderosos microscopios del *psico-histólogo*; se retraen las fibrillas cual si fueran absorbidas por los núcleos, encogiéndose—vedlo, vedlo—con doloroso y convulso temblor; el plasma pierde su habitual transparencia y fluidez; se enturbia al espesarse, y como consecuencia de estas disminuciones de volumen, las partes carnosas del corazón material experimentan sensación de vacuidad, haciendo decaer el ritmo con que se marca el fluir de la vida: la sangre pierde calor, corre en las venas dolorosamente, y la desdicha obscurece el semblante con livor cadavério.

—¿Qué te pasa, pequeña?

—Que estoy conmovidísima. ¡Pobres criaturas... pobres criaturas!... ¡Cuánto debe usted haber padecido teniendo, para hacer su descubrimiento, que ver y remover tantos dolores!

—Tú estás loca, criatura... ¡Padecer! ¡Qué desatino! ¿No comprendes que cada uno de esos latidos de dolor que mi ciencia descubría, analizándolo, espiando su desarrollo, inquiriendo su causa, empleándolo después en cosas útiles, era un triunfo de mi genio?... ¡Qué cosas más raras se les ocurren a estos fósiles resucitados!

—Sí; ya comprenderá usted que gentes tan atrasadas como nosotros han de maravillarse de todo esto—dijo García al ver a Inés

tan anonada por la inhumana contestación del sabio, o tan indignada de ella, que de dar respuesta, era de temer fuera muy desagradable para Mob. Y luego prosiguió: —¿Y no ha hecho usted estudios para inmunizar contra el dolor los corazones, o siquiera para atenuar sus padecimientos? Habría sido un precioso problema que únicamente un genio como el de usted sería capaz de resolver.

—Aciertas en esto: en el mundo sólo yo soy capaz de resolverlo; pero no lo resolveré, porque yo no hago nunca tonterías, y sería imbecilidad privar a las industrias con que los superpensantes nos beneficiamos de las poderosas fuerzas desarrolladas por los padecimientos de los parias... ¿No comprendes que la idea de amenguar dolores a esa ralea sería tan absurda como la de anestesiar a los bueyes al uncirlos a la carreta para que no sintieran los pinchazos del aguijón que los hace andar?

—Juan, yo me pongo mala.

—Calla, calla, mujer. Sí, sí, señor; tiene usted mil razones—contestó Juan con voz ahogada por el espanto que le inspiraba la fría inmoralidad del hombre en cuyo poder estaban Inés y él—. Sí, sí, señor; mi pregunta era desatinada; ya comprendo el lógico interés de los superpensantes en aumentar dolores que benefician al progreso.

Inés no tenía fuerzas para hablar: únicamente en sus ojos, clavados en Mob con expresión de terror, podían conocerse sus impresiones. Felizmente, no la miraba aquél, y tal vez atribuía aquel mutismo a estupefacción de ella ante su talento y su ciencia. Por ello prosiguió:

—Ya que habéis comprendido cuán estúpido sería en los superpensantes perder las ventajas obtenidas de dolores que a nosotros no han de dolernos, voy a completar lo dicho con dos palabras que os preparen para entender fácilmente en sucesivas explicaciones cómo transformo el amor en energías industriales: el amor y el dolor; pues precisamente los dolores del amor encierran muchísima más fuerza que las dichas de él nacidas.

Como a vosotros no se os habrá de alcanzar, os diré que si por su exquisita sensibilidad, por lo incoercible de sus retracciones y por su constitución ignorada, escapan células y fibrillas a la manipulación industrial, siendo para la vida práctica en absoluto inútiles, no ocurre lo mismo con el plasma, que aun veleidoso en su composición y accidentes externos, tiene existencia menos variable, y más perceptible realidad. De estudio metódico y de repetidos experimentos resulta que el tal líquido no viene a ser

6

sino un intermediario, o, hablando con mayor propiedad, un transformador de fenómenos anímicos en sensaciones fisiológicas propulsoras del trabajo material efectivo del corazón, la sangre, etc., etc.

De esto a la aplicación mecánica no hay sino un paso, fácilmente salvado tan pronto se reflexiona en la flagrante semejanza del plasma amoroso al agua acidulada de una pila eléctrica; pues aun siendo la composición química de ese misterioso líquido un secreto que todavía se resiste al análisis, mis experimentos me permiten afirmar que físicamente no es sino un *mero conductor del fluído psicoeléctrico*: ni más ni menos, un conductor análogo a los alambres de dinamos y motores: al *ozo-voltio*, o al *eteridio* (1); que del mismo modo que éstos dan paso a ondulaciones electromagnéticas, lo ofrece éste a las reacciones *electroamatorias* entre él y los núcleos y fibrillas. Y con esto doy fin a esta conferencia, que habéis tenido la suerte de escucharme, y que espero habrá hecho dar un buen avance a vuestra instrucción.

—Sí, sí, señor: muy grande. Mil gracias, mil gracias—se apresuró a contestar García, dando un codazo a su mujer, a quien dijo por lo bajo en español: "di algo, di algo".

—Muchas gracias, muchas gracias—murmuró ella con voz desfallecida.

—Cuando venga Rucandio enteradle de lo que os he explicado, para que no pierda tiempo en repetíroslo. Y adiós, pequeños.

Cuando el matrimonio se quedó solo, exclamó Juan:

—Buen susto me has dado: a cada paso creía que ibas a hacer algún comentario indignado, o que en la cara te iba a conocer Mob los pensamientos. Ahora resulta que eres tú quien olvida la prudencia que a cada paso me predicabas estos días pasados.

—Es que estoy mala; que ese hombre me ha puesto enferma; que si hubiera durado más el horrible espectáculo de la tortura de esos pobres corazones, no lo habría podido resistir, y habría echado a correr, y gritado y dicho... No sé qué, pero de cierto algo que no habrían sido elogios, porque solamente la vista de ese infame me pone enferma de aborrecimiento... Perverso, perverso.

—Infame, sí, y perverso: tienes razón... Y más temible cuanto más perverso, porque nos tiene en su poder... Pero a despecho de ello, ¡qué ciencia y qué talento los suyos!

—Sí, colosales, pero malditos... Él es la prueba de a lo que puede conducir la bienhechora ciencia cuando marcha sola, huérfana de toda idea de moralidad.

XVIII

NIÑERIAS

Difícil es saber si, a tener Mob noticia del amor naciente en el corazón de su ayudante, habría considerado que valiera la pena de beneficiarlo industrialmente; mas sí se sabe que a Marcial le hacía un gran beneficio.

Magnífica ocasión sería esta de filosofar un poco; pero por ser las realidades más convincentes que todas las filosofías y todas

(1) En días posteriores explicó Marcial a los esposos qué son el *ozo-voltio* y el *eteridio*, desconocidos de ambos como descubiertos, estudiados y utilizados mientras dormían. El *ozo-voltio* es el gas inteligente que en la atmósfera ofrece cauce a la palabra humana transmitida por el telégrafo sin hilos; el *eteridio*, en los espacios siderales da paso a las ideas que de unos a otros mundos transmite la telegrafía interplanetaria del siglo cien.—Nota de Juan García.

las reflexiones, dejamos al lector que filosofe, si le place, por su cuenta, limitándonos a consignar el hecho de que Marcial sentía alivio a los dolores morales nacidos de las perplejidades de su espíritu entre ideas y costumbres arraigadas, guías indiscutidos hasta entonces de su vida, y los sentimientos despertados en él por Cartoya y los nuevos amigos del siglo viejo: sentimientos absurdos para su inteligencia, pero simpáticos al corazón.

Lo más extraordinario era que el alivio llegaba, no traído por consejos de sabio, ni por consuelos de mujer amada, sino por la vulgarísima charla de un niño; por las caricias, los enfados inocentes y los caprichosos despotismos de una criaturita de cuatro años: *Pinín*, el hijo de Cartoya, a quien a diario bajaba a ver Marcial, cual si fuera su novia, invirtiendo en tal visita el tiempo antes dedicado al paseo de la tarde.

Acaso diga alguien que éstas son inverosimilitudes y puerilidades. No lo niego; pero en el corazón humano, cuyos misterios más hondos no había rasgado Mob, aunque así lo creyera, cabe toda inverosimilitud, siendo una de ellas que las infantiles puerilidades de Pinín hicieran conllevar a Marcial las tribulaciones y remordimientos; pues imposibilitado de derramar sus afectos sobre el hijo propio, consolábase derramándolos en el de Cartoya, y le sabían los besos de Pinín a perdón enviado por el abandonado en el educatorio. He ahí el porqué de la estrecha amistad del arrapiezo con el sabio.

Era frecuente que al bajar Rucandio a ver a su amiguito no encontrara a Ramón en casa, pues por la tarde salía a menudo, solicitado por atenciones de su ministerio.

En tales ocasiones llamaba Marcial en la cueva inmediata, donde al cuidado de una pobre vieja viuda quedaba el niño en ausencias del padre.

Pinín veía llegar con gozo a su nuevo amigo, que solía traer los bolsillos llenos de golosinas; saltaba en sus rodillas, y con él charlaba contando o preguntando una porción de niñerías, no transcritas aquí para evitar acusaciones de insistencia en las puerilidades, que acaso han sido ya a estas horas criticadas; pero que quienes sepan cómo habla un niño de cuatro años e imaginación despierta, llena de curiosidades, podrán de sobra imaginar: cosa de que Marcial era incapaz, por ser aquel el primer niño con quien se rozaba, y que, por tanto, tenía para él encanto y novedad extraordinarios.

Pero aunque no se llenen páginas con las conversaciones en que la sabiduría de Marcial hacía el descubrimiento del mundo, para él desconocido, de la Infancia, no estará demás dar idea de alguna, por la influencia que las candideces del niño ejercían en el sabio.

Un día habló éste del Sol, y como el chico no dejaba pasar sin la pregunta consiguiente palabra alguna que le fuera desconocida, quiso saber qué es el Sol. La dolorosa idea de que a la edad de cuatro años corridos no hubiera aquel angelito visto todavía el Sol, dejó a Marcial mudo y reflexivo, hasta que, repuesto de la triste sorpresa, y empujado por la impaciencia de la criatura, dió una explicación cuan adecuada como pudo de lo preguntado.

—Té bonito será... ¿Po té no me lleva papá al sol?—preguntó Pinín.

—Porque no puede—repuso muy conmovido Rucandio, pensando en que aquel niño estaba sentenciado, por ser paria, a no ver el Sol: nunca, si al llegar a hombre lo destinaban a trabajos subterráneos, o en el caso contrario, a no verlo sino durante las horas de penoso trabajo al aire libre, para volver, en el instante de finar la jornada, a su enterrado destierro (1).

—¿Y po té no pere? Yo quiriba ir al sol.

—Porque no le dejan.

_____

(1) Acaso parezca exagerada la pintura de situación tan horrible como la de los parias; y, sin embargo, la historia de las iniquidades de los hombres prueba que no hay crimen, por hórrendo que sea, que las sociedades no cometan, cuando no tienen una moral que las enfrene.

Lo que la esclavitud ha sido como institución social, sus horrores, están descritos en multitud de libros; lo que con los cristianos hicieron Roma y otros pueblos, por el delito no más de serlo, es harto sabido; pero en relación con la vida de los parias del siglo cien, inhumanamente recluídos en las catacumbas, tiene oportunidad el transcribir unos párrafos de un documento histórico: el informe sobre el trabajo de las minas de carbón de la Gran Bretaña, emitido por la comisión inspectora al efecto nombrada, después de años y años de campañas denunciando crímenes sin cuento cometidos en la infame explotación del hombre por el hombre: crímenes de los *supergozantes del siglo* XIX, no contra raza considerada inferior, sino contra criaturas de la propia, en países llamados cristianos y hasta liberales y demócratas.

La inspección fué decretada en Londres en 1842, y de su informe son los siguientes párrafos:

"La Comisión ha hallado mujeres trabajando bajo tierra como bestias de carga (*beasts of burden*), rodeadas por un asqueroso ambiente de decaimiento físico, degradación y corrupción moral, del cual no puede dar idea ni siquiera la vida entre salvajes. Niños de seis, cinco y hasta de cuatro años, entontecidos, encanijados, medio hambrientos, son obligados a arrastrar a cuatro patas (*on all fours*) en las galerías bajas de techo de los pozos de carbón carretones cargados, a los que se les unce con cadenas que rodean sus cinturas y que pasan por entre sus piernas... En muchas minas las galerías rezuman agua. No se presta la menor atención a la ventilación ni a los drenajes... Así, las pobres mujeres viven chorreando y semiasfixiadas por falta de aire.

Es frecuente ver mozuelos enclenques trabajando con las vagonetas en galerías no más altas de 22 pulgadas—55 centímetros—, con los cuerpos horas y horas encorvados en actitudes que al crecer producían definitivas deformidades en muchos de aquellos infelices. Las mujeres tienen que recorrer, arrastrando sus cargas, quince kilómetros diarios. En una ocasión una muchacha trabajó de un tirón veinticuatro horas, descansó dos y comenzó otra tarea de doce. Basta: eso fué lo que vió la comisión, que nombrada públicamente, es probable no viera todo lo que en las minas pasara, pues los propietarios ya tomarían precauciones para ocultarles algo.

—¿Quen no le desa?

"Nosotros", fué la respuesta que acudió a los labios de Rucandio; pero después de vacilar un rato buscando otra, dijo:

—Los de arriba.

—¡Té malos! No los quero, no los quero... Tú no eres de ariba. ¿Verá? Tú eres beno, Masial.

—No, hijo mío, no: no soy de arriba—contestó el pobre sabio, asustado de que Pinín no lo quisiera, si sabía que era malo.

....

....

Aquel día se lo pasó Marcial pensando en la civilización que negaba el sol al hijo de Cartoya, por tener padre, y que al suyo no se lo concedía sino a costa de dejarlo sin padre.

Otra vez bajó con ropitas de niño, para su amiguito, pues le apenaba ver cuán míseras eran las que usaba. Pero habiéndole sido aquel día imposible bajar por la tarde, lo efectuó por la noche, cuando ya estaba el niño dormido, habiendo, por lo tanto, de contentarse con darle el trajecito al padre, y quedándose asombrado cuando, después de expresar éste efusivamente su agradecimiento, se excusó de admitir el regalo, rogándole volviera a llevarse el vestidito. Pero si la negativa le asombró, el asombro llegó a estupefacción al oír dar por causa de ella "que los otros niños parias, amiguitos de su hijo, y aun acaso los padres, podrían sentir envidia al verlo mejor vestido que ellos, y Pinín orgullo".

—¿Y qué?... ¿Cómo es posible que a ti te sea indiferente verlo bien o mal vestido?... Estaría tan guapo con ese traje...

—Más que el traje del cuerpo, me preocupa el adorno de su alma.

—El alma, el alma. Siempre el alma... Vosotros sacrificáis siempre a eso el cuerpo.

—Lo contrario que vosotros.

—Es una crueldad.

—Veremos si piensas de igual modo cuando tu cuerpo muera y perdure tu alma... Somos más lógicos, más previsores que vosotros sacrificando lo perecedero a lo eterno.

La discusión que siguió a esto no hay por qué transcribirla, y tanto menos cuanto Cartoya procuraba no prolongar las discusiones de tal índole, pues para hacer ver a Marcial la luz de la verdad, fiaba más en el resplandor de ella que en el efecto de las controversias.

Mas viendo la contrariedad de Rucandio al recoger el paquete, le dijo que, para probarle que no se oponía a que, si lo deseaba, obsequiara a su hijo, podía traerle juguetes... *siempre que fueran más de uno.*

Con cuatro preciosísimos bajó Rucandio a la tarde siguiente, gozando de antemano en el camino con la perspectiva, no defraudada a la llegada, de la grande y ruidosa alegría de su amiguito cuando viera el obsequio.

La felicidad del rapazuelo fué demasiado grande para satisfacerse con el disfrute solitario de aquel inopinado tesoro, cuya grandeza era excesiva para él solo; así que, cuando acabó de hacerse cargo de la inmensa cuantía de sus riquezas y de recompensar con abrazos y besos la generosidad de su amigo, se le escapó de pronto de los brazos, y se salió corriendo, sin dar a Marcial tiempo de detenerle, gritando como loco:

—Ahora veno, ahora velvo... Voy por Patito y por...

....

A los pocos minutos volvía Pinín, acompañado de Paquito y Mauricio, dos arrapiezos poco más o menos de su misma fecha, a quienes había ido a buscar a las vecinas cuevas, donde vivían, para convidarlos a jugar, compartiendo con él la felicidad que se le había entrado por las puertas.

—Toro, toro, lo ha taíro Masial pa mí... Es este señó beno pote no es de ariba—tal fué la frase con que la feliz criatura hizo a sus amiguitos la presentación de los juguetes y del donante de ellos.

Una vez pasada la admiración de los recién llegados ante aquellas preciosidades que, por recelo de verlas desvanecerse, no se atrevían al principio a tocar, les perdieron el respeto al decir Pinín:

—Vamos a jubar. Masial, ven a jubar con nosotros.

—¿Cómo se juga con eto?

—¿Y eto qué es, señó?—preguntó Paquito, tomando confianza con el señor.

El sabio ayudante del excelso Mob no se desdeñó de oficiar de guía de aquellos pequeñines en el bello y para ellos ignoto paraíso en donde penetraban; y dió cuerda a un automóvil, que salió corriendo entre las piernas de los rapazuelos, e hizo dar volteretas a un payaso de circo, e hizo mover cabeza, ojos y cola a un rugiente león minúsculo; y sobre una tabla colocó casas, árboles y bardas de los corrales de una explotación ganadera, y metió las reses de ella en los corrales: todo entre la algazara y el bullicio de palmoteos, gritos y risas de los tres chiquillos, locos de júbilo, que lo asaeteaban a preguntas, y le tiraban, quién de un brazo, quién de otro, sin darle tiempo de contestar, ni aun de atender a tanto.

Aquella felicidad, que era su obra, le hacía mucho bien, a la par manifestado en la tierna emoción, que acariciaba su alma, y en las alegres risas en que le hacían prorrumpir las cosas dichas, hechas o preguntadas por aquellos inocentes.

En esto estaban cuando, acaso por no impensado evento, regresó Cartoya más temprano de lo acostumbrado; pues aunque afirmarlo no se pueda, es de sospechar lo hiciera a intento, pensando provocar la escena sobrevenida al terminar el juego de los niños, que se prolongó después de su llegada, y durante el cual dió gracias a Rucandio, conversando después con él mientras jugaban los pequeños.

En esto se presentó en la puerta una jovencita, hermana mayor de Paquito y Mauricio, a quienes venía a buscar, por ser ya hora de cenar y acostarse: no en opinión de Mauricio ni de Paquito, que replicaron al unísono: "es tempano, no queremos, no nos vamos, vete, vete", porque de buena fe les parecía imposible que tan rápidamente hubieran transcurrido las tres horas que llevaban de juego.

Fué precisa la intervención de Cartoya para restablecer la desacatada autoridad de la hermana mayor, y reducir a la obediencia a los amotinados, que al fin se resignaron, a la fuerza, a marcharse; mas poniendo unas caras muy tristes al soltar los juguetes que tenían en las manos: tan tristes, que a los ojos asomaron las lágrimas.

Al verlo, dijo Cartoya:

—Pinín, Mauricio y Paquito van a llorar. ¿Sabes por qué?

—No, papá.

—Yo quiría el león.

—Yo, las cabitas—Mauricio llamaba cabras a los toros.

—Ya lo oyes, Pinín.

Entonces llegó el turno a Pinín, no de llorar aún, mas sí de emsombrecérsele la cara, haciendo exclamar a Marcial:

—Pero ¿qué vas a hacer, Ramón?

—Déjame, Marcial.

—Hijo mío, ¿no has oído lo que dicen Mauricio y Paquito? Los pobrecitos no tienen juguetes como tú.

—Mira, Mariso, manana velves, y yo te pestaré las cabitas.

—Quero el lión, quero el lión—berreó Paquito rompiendo a llorar a lágrima viva.

—Tamén te lo pestaré manana.

—Aguarda, Petra; no te lleves todavía los niños—dijo Cartoya a la muchacha; y acercándose a su hijo, le habló en voz baja, acariciándolo, pero en tono enérgico.

—Si yo se los pestaré manana—contestó el niño defendiéndose de la argumentación de su padre—.Te velvan, te velvan manana.

—Y hasta mañana estarán llorando porque ellos no tienen juguetes y tú sí... Y yo no quiero que se los prestes, sino que se los des... ¿Quieres tú hacer llorar a los pobrecitos? ¿Quieres ser un niño malo?

—No, no. Toma, Mariso; toma, Patito.

Marcial, el superpensante, educado en el culto al egoísmo, vió admirado que Pinín, con los ojos llenos de agua por la terrible pena de separarse del león y las cabras, daba uno y otras a sus amigos; y volviéndose a Cartoya, dijo:

—Es cruel, Ramón, es cruel eso que haces con el pobre niño.

—Es que vuelvo a pensar en su alma... Y dime: ¿no sería crueldad ver correr indiferentemente las lágrimas de los otros? Míralos a los tres: ya no llora ninguno. Querías hacer feliz a uno. ¿Te pesa que sean tres los dichosos?

—Pero él es tu hijo.

—Arriba basáis la educación en el egoísmo; nosotros la asentamos en la caridad.

Marcial calló y se quedó reflexionando...

Los vecinitos se marchaban locos de alegría. Cuando estuvieron fuera llamó Ramón a su hijo y le preguntó si sentía lo que había hecho, contestando el niño que no, porque "si Pinín no da juguetes a los pobesitos te no tenen, Pinín malo no lo tere Yos".

Su padre se lo comía a besos y lloraba de gozo; Marcial hacía esfuerzos para no imitarle, sentía multitud de sensaciones completamente nuevas, repetía para sí "egoísmo, caridad", y, sobre todo, le asombraba la alegría del niño después del sacrificio recién hecho, produciéndole sorpresa oír en sus labios el nombre de Dios; mas sin chocarle en ellos como le había extrañado en los de Hobbs y Cartoya.

Dió Ramón a su hijo la frugal cena, lo desnudó, y en cuanto esto estuvo hecho vió Marcial que el niño, en camisilla, se arrodillaba en el lecho para hacer su diaria oración. Pero en el momento de hacer padre e hijo la señal de la cruz, dijo el último:

—Masial, ¿po te no te pesinas?

—¿Yo...? Porque... no sé.

—¿No sabes pesinate? ¿No te ha enseñado tu papá?

....

—¿No te ha enseñado tu papá?—repitió Pinín.

Marcial no sabía dar respuesta, que por él dió Ramón, acudiendo en su auxilio y contestando:

—Hijo mío, Marcial no ha tenido papá como tú.

—¡Pobesito Masial! Papá, enséñale tú a pesinase.

—No, yo no... Tú, enséñale tú.

Cartoya, que acaso había preparado la escena de los juguetes, mas sin pensar en la que estaba desarrollándose, tuvo miedo de que Marcial pudiera ver en ella un lazo, y volviéndose a él dijo:

—Es decir, yo no sé si debo... Si quieres irte, vete, Marcial.

No tuvo tiempo éste de contestar a su amigo, pues la impaciencia del inocente déspota, al que no se atrevía a desobedecer, gritó en tono autoritario:

—Ven, Masial, ven; yo te enseñaré.

Y Marcial se acercó.

—Arorríliate aquí... Tae la manita... Mira, así... Po la señal...

Cartoya se apartó, y conmovido hasta lo más profundo de su corazón, murmuró muy bajo:

—Dios ha comenzado a escoger sus horas.

XIX

LOS SUBAYUDANTES Y SU INMEDIATO JEFE

Al cabo de un mes largo que, ya despiertos, llevaban en Mundiópolis Juan e Inés, y a despecho de su admiración de los maravillosos progresos del siglo cien, deploraban vivamente no haber vuelto en sí a los pocos días o meses del accidente de la fábrica, para continuar viviendo en su tierra y su tiempo.

Causa principal de este disgusto era el maldito invento Mob y el recelo a la colaboración personal que habrían de prestar a los manipuleos de él; pues yendo su instrucción ya bastante avanzada, y aun cuando todavía no habían sido llevados a las catacumbas a ver funcionar el aparato que a las yuntas de amantes les *robaba su amor*—frase de Inés—, suponían ya cercano el momento de que se les exigiera tal colaboración: que, aun sin necesidad del citado espectáculo los tenía desazonados; pues por ciertos indicios de lo estudiado, temían fuera el prestarla incompatible con los dictados de su conciencia.

Por ejemplo, los alambres *psicoeléctricos* usados en el aparato Mob necesitaban ser conductores a la vez de la electricidad y del amor (de aquí su nombre compuesto), lo cual se conseguía agregando al cobre de los ordinarios, al tiempo de fundirlos, cenizas de nervios humanos: cosa que aun repugnando a Inés, y hasta al mismo Juan, no era lo peor, por no ser a la postre nervios de vivientes, sino de cadáveres; mientras que en el *interruptor psicoeléctrico* (el célebre aparato) se usaban trocitos de dichos alambres con sus puntas bañadas con unas gotas de plasma amoroso, para aumentar su conductibilidad psíquica.

Acerca de este extremo decía la memoria de Mob: "Conviene que este plasma esté en "estado transparente de placidez amorosa, "que sea de mujer, por más sensible, y ex-"traerlo en momentos de gran efusión: por "ejemplo, cuando una madre está lactando "a su hijo."

Por si tal extracción, ya sacrílega para, nuestros vizcaínos, fuera poco, todavía los tenían más alarmados unas pantallas del aparato sobre las cuales se extendía otra gota del mismo plasma, pero éste "entur-"biado por desengaños, pérdida de personas "amadas, etc., etc.": asustándolos principalmente en esto la idea de que uno y otro plasma habían de extraerse de personas vivas, empleando para ello una bomba aspirante, ya estudiada por los esposos, y semejante a las usadas en cirugía para sacar la sinovia de las articulaciones enfermas.

Los adelantos que permitían operar con ella en los corazones de los pacientes, y hasta no hacerles daño, *según decía Mob* y no era artículo de fe para los esposos, no bastaban a aminorar su horror a la operación: tan grande, que estaban firmemente decididos a rehusarse a practicarla, caso de serles encomendada, tranquilizándolos únicamente saber que por lo pronto no sería necesaria, pues sólo era precisa cuando se fabricaban aparatos, de los cuales existía número suficiente para las necesidades de momento, según Marcial les había dicho.

Aun cuando, por imperativos del deber,

estaban resueltos nuestros vizcaínos a afrontar las consecuencias de una desobediencia a Mob, no por eso dejaba de preocuparles hasta dónde pudieran llegar aquéllas; y pensando en esto creyó Juan conveniente enterarse de cuál era la situación de su mujer y él en la sociedad donde habían caído, cuáles sus individuales derechos, cuál la autoridad legal, si es que alguna tenía, de Mob sobre ellos, y de si podría efectivamente echarlos a las catacumbas, si le viniera en gana, según les dijo en su primera entrevista.

En consecuencia, decidió tantear a Marcial, con quien el matrimonio ganaba confianza muy de prisa y a quien ya profesaban verdadero afecto, al parecer correspondido; pues aparte sus personales atenciones con ellos, en él iban notando de día en día, no solamente menores durezas y desprecio al hablar de los pobres parias, sino que ya no se escandalizaba como antes de las críticas y aun censuras de ellos a la sociedad y la conducta de los supergozantes.

La misma noche del día en que tomó tal decisión pudo ponerla Juan por obra, pues Marcial, a quien ya no llamaba señor Rucandio, sino por su nombre propio, y sin don que él le había apeado, fué a charlar un rato con sus amigos, según solía de cuando en cuando por darle lástima el aislamiento de la desvalida pareja en aquel mundo, y aun por haber vislumbrado alguna vez en la cara de Inés y en ciertas frases de ella y de su marido recelos graves sobre lo que lo porvenir pudiera reservarles.

—Viene usted a tiempo, querido mentor: tenemos que hacerle una pregunta que nos interesa.

—¿Qué es ello, Juan?

—Queríamos saber cuál es la diferencia de condiciones legales por las cuales se determina, en esta sociedad, que un hombre sea admitido en la categoría de supergozante o relegado entre los parias.

—La posesión o la carencia de fortuna.

—No es muy caritativo ni siquiera filantrópico, pero con la moral del siglo cien no me extraña —exclamó Inés, que cada vez se permitía mayores atrevimientos con su inmediato jefe, como llamaba Mob a Marcial.

—Déjate de comentarios y vamos a lo que ahora importa. Según eso, resulta que, no teniendo nosotros fortuna, sólo por la magnanimidad del excelso Don Roberto hemos escapado de ir a parar a las catacumbas; ¿no es así?

—No tanto, Juan —dijo Rucandio no queriendo alarmar a sus amigos, mas vacilando un tanto en su respuesta—. Además, no todos los parias están en las catacumbas.

—Sí, ya sabemos: aquí arriba están los domésticos servidores de los supergozantes. La verdad es que para vivir equiparada a una cocinera no valía la pena de hacer ocho mil años de antesala a la puerta del siglo cien.

—¡Qué cosas dice usted, Inés!... Ustedes no son aquí criados: tienen en el laboratorio una posición científica.

—Sí, por la comida y el alojamiento: no se ha corrido con nosotros el excelso.

—Sin duda no hizo alto en ello; pero yo le diré que los servicios de ustedes son útiles y en seguida se les señalará sueldo.

—Aun cuando eso tenga su importancia, nos preocupa más saber si ante las leyes de esta sociedad somos personas dueñas de sí mismas.

—Se hará usted cargo, amigo García, de que el extraordinario caso de ustedes no puede estar previsto en las leyes.

—Sí, ya lo comprendemos; pero por eso mismo nos interesa más puntualizar lo que...

—Déjate ya de circunloquios, Juan. Oiga, Marcial: lo tenemos a usted por un buen amigo, confiamos en su afecto, y usted es la única persona de quien, en caso necesario, esperamos recibir ayuda.

—Creen ustedes bien: no se equivocan.

—Pues entonces díganos con lealtad: ¿somos o no somos esclavos de Mob?

—¡Esclavos...! ¡Qué atrocidad!

—Asombrarse no es responder, Marcial... ¿Hasta dónde llega la autoridad sobre nosotros de su maestro de usted?

—Amigos míos, si he de ser sincero, no me es fácil contestar de momento, mas consultaré inmediatamente con quien pueda asesorarme. Pero ¿a qué obedece en concreto esa pregunta de hoy? No hay motivo para la alarma que en ustedes veo. ¿Es que temen algún peligro inmediato?

—El de tener que resistirnos a obedecer órdenes de Mob o de usted en su nombre —contestó el marido.

—Pero ¿por qué?

—Porque nosotros —dijo la mujer— tenemos algo que no tienen ustedes los superpensantes que acaso nos obligue a rehusar nuestra cooperación a la obra de ese hombre.

—¿Y qué es, Inés? ¿Qué es eso que nosotros no tenemos?

—Conciencia, idea de deberes, respeto y

amor a nuestros semejantes, convencimiento de que los parias son y valen tanto como nosotros.

—Tal vez no sean ustedes solos quienes...

—¡Usted, usted!... Ya, ya lo sospechábamos.

—Usted no es como los otros; ya lo sabíamos.

—No, amigos míos, no vayan ustedes tan de prisa.

—Sí, sí, Marcial; usted es bueno.

—Yo no sé ya qué soy, y, por tanto, es muy difícil que lo sepan ustedes. Por ahora sólo puedo decirles que no están solos ni abandonados en el mundo.

—Gracias, gracias.

—Marcial, Marcial, no es probable que nunca podamos pagar la protección que nos ofrece, mas de seguro se la pagará a usted Dios.

—Pero ¿es que no he de oír hablar a todas horas de otra cosa?

—¿De qué?

—De nada, de nada... Pero, dígame, tengo curiosidad de saber cómo ese Dios de que hablan podrá pagarme lo que ustedes no puedan... ¿Cómo lo pagará?

—Podrá porque lo puede todo — dijo Juan.

—Le devolverá a usted—dijo Inés—el bien que nos haga en paz de la conciencia, en dicha interna, que los demás supergozantes no conocen y usted merece disfrutar; en íntima satisfacción de sí propio, muy diferente de la vanidosa soberbia de su maestro; en el placer que sentirá usted, que está usted ya sintiendo, de hacer bien a sus semejantes.

—Sí, sí, es verdad: en eso tiene usted razón: efectivamente, efectivamente. Pero es extraño, es extraño.

—¿El qué, Marcial?

—La coincidencia entre esas palabras y otras... Díganme ustedes, pero sin engañarme: ¿han hablado con Cartoya en estos días?... La verdad.

—Cartoya es el arquitecto, el sacerdote parin, ¿no es eso?

—Sí.

—No, no lo hemos visto desde que usted lo trajo.

—Sólo ese día hemos hablado con él.

—Es verdad: es imposible: no lo habrían dejado salir de las catacumbas. Y, sin embargo, vosotros, él, y hasta su hijo, habláis siempre de las mismas cosas: alma, amor a los demás hombres, vida eterna, otro mundo, Dios... ¿Cómo es posible que sin estar de acuerdo para perturbarme hablen lo mismo gentes nacidas a ocho mil años de distancia?

—Porque para ese Dios de que Cartoya y nosotros hablamos son un instante esos millares de años; porque sus verdades no se mudan con el tiempo; porque al despertarnos después de ochenta siglos todo lo hallamos cambiado en este mundo: ciencias, costumbres, leyes; siendo lo único que perdura inmutable la Ley de Dios: idéntica en los labios de Cartoya y en los de nuestras madres que nos la enseñaron.

—¿De veras? ¿De veras? Pero ¿puede haber algo invariable a través de ochenta siglos?

—La conformidad, que le sorprende a usted, de nuestro sentir y el de Cartoya es buena prueba de ello.

—Verdad, verdad... Pero vuestro Dios... ¿cómo demostráis su existencia? Porque yo no puedo creer sino en los seres que veo, en las verdades demostrables, en las cosas cuya esencia conozco.

—¿Está usted seguro?

—Y tanto.

—Entonces, usted, que es matemático, podrá demostrar que dos cosas iguales a una tercera son iguales entre sí, que dos paralelas no pueden encontrarse o que sólo se tocan en el infinito.

—Eso son axiomas, y, como tales, indemostrables.

—Pero ¿cree usted en la verdad de ellos?

—Naturalmente: si no creyera no podría tener fe en la Ciencia.

—Pues conste, amigo Marcial — le interrumpió Inés—, que cree usted en esas y otras muchas verdades que no son materialmente demostrables.

—La misma idea de Cartoya; la misma.

—Como cree usted—agregó García—en todas las fuerzas de la naturaleza, cuya *esencia desconocen* en absoluto todos los sabios, y en tanta y tanta cosa como transforman sin crearlas; porque los hombres *nada crean*, siendo solamente capaces de utilizar lo que, ya creado, pone en sus manos un Creador.

....

....

Al finalizar la conversación cuyo principio se ha transcrito, la cual se prolongó durante largo rato, procuró Marcial tranquilizar a sus amigos, diciéndoles que, de llegar para ellos el temido momento de creerse obligados a negar cumplimiento a las órdenes de Mob, era de esperar fuera al comunicárselas el mismo Marcial; pero que si, contra lo probable, procedieran del mismo D. Roberto en persona, no demostraran nunca a éste la menor repugnancia en obedecerlas; pues ya él, Marcial, se ingeniaría luego para no exigirles nada contra su conciencia. Así los dejó sosegados de momento y muy agradecidos, al despedirse de ellos.

A la mañana siguiente celebró larga consulta con un jurisconsulto reputado; desde allí se fué a la oficina del Registro civil de Mundiópolis, donde se cercioró de que ni Juan ni Inés habían sido hechos inscribir por Mob en el padrón municipal, resultando de ello que *no tenían existencia ni personalidad oficial.*

De vuelta al museo, eligió la hora en que sabía estaba Mob muy enfrascado en un problema interesante, para ir a su despacho a exponerle la urgencia de empadronar a los resucitados; pues el museo se hallaba en descubierto con la ley por ocultación de personas. Y al informarle de los trámites oficinescos requeridos por la tramitación del asunto, detalló con intencionada machaconería los formulismos y dificultades: todo muy bien exagerado e insistiendo en la premura de que Don Roberto, no demorara tales diligencias.

El resultado fué el previsto por Marcial: malhumorada protesta del sabio de que él hubiere de descender a tales menudencias teniendo cosas de más fuste entre manos, y orden a aquél de que, sin volver a molestarle, hiciera cuanto preciso fuere; y ante la manifestación de éste de imposibilidad oficial de que tales gestiones fueran hechas sino por la persona que asumiera el carácter de *patrono* o *amo* de Juan e Inés, que, por no tener fortuna, habían de ser empadronados como *parias domésticos,* contestó enfurecido Don Roberto que lo dejara en paz; que no quería perder más tiempo con aquellos salvajes, y que él lo hiciera todo por su cuenta sin aburrirlo con consultas ni engorros.

—Pero eso—insistió Marcial astutamente—es imposible, como no sea presentándome yo, en vez de usted, como amo de los bárbaros.

—¿Y qué más da? No es un honor tan grande que me preocupe perderlo.

—Entonces todo podrá arreglarse sin molestia de usted.

—Eso quiero. Y ahora, con su permiso voy a continuar mi trabajo.

....

....

Al día siguiente decía Marcial a sus amigos:

—Ya tienen ustedes existencia oficial en el registro de la población. En este momento vengo de dejarlo todo ultimado. No es muy brillante la posición con que han sido inscritos, pero creo que no hemos escapado del todo mal.

—Gracias, Marcial, gracias.

—Bueno. ¿Y en qué concepto?

—La interpretación dada a las leyes comunes por los abogados oficiales, al conocer el raro caso de ustedes no ha permitido empadronarlos sino como *parias domésticos.*

—Ya ve usted cómo tenía yo razón al decir que éramos esclavos.

—¿Y a eso lo llama usted no haber escapado mal? No es usted difícil de contentar.

—Para eso prefiero que de una vez nos echen ustedes a las catacumbas.

—Tiene razón Inés: si al fin y al cabo hemos de parar en eso, más valiera quitarnos de una vez quebraderos de cabeza.

—Allí siquiera estaríamos con gentes a quienes podríamos llamar hermanos nuestros y no tendríamos por amo al odioso Mob.

—Es que no es Mob el amo; perdonen, quiero decir el patrono de ustedes: es que no pudiendo lograr que los clasificaran de otra manera, me he arreglado de modo que el patrono no sea Mob, sino yo: por eso he dicho que no escapábamos mal.

—¡Ah! ¿Usted?

—Ante la ley soy el patrono, pero para ustedes seré siempre lo que hasta ahora: el amigo.

—Marcial, Marcial, perdone nuestras inconveniencias.

—Gracias, gracias... Ha hecho usted por nosotros lo que más ansiábamos: sacarnos de las garras de ese hombre odioso, de esa fiera.

—¡Qué exageración!... Pobre Mob—contestó Rucandio a Inés, creyéndose todavía en el deber de salir por su maestro, aunque no a la verdad con calor excesivo.

—Pero tengan en cuenta que como de esto no he de hablar, por ahora, a don Roberto, ni las escasas relaciones de ustedes con él han de sufrir variación, no conviene le dejen traslucir que están ustedes enterados de haber salido de su dependencia. Y, por lo pronto, no teman nada de lo que recelaban, pues en nuestras inmediatas tareas nada tendrán que hacer que pueda repugnarles.

—¿Cuáles son esas tareas?

—Preparar un *acumulador de amor* para las experiencias demostrativas de una conferencia que, sobre su invento, desea dar Mob a los representantes de todas las naciones, aprovechando la venida de éstos al Consistorio de enero. Pero eso sí, prepárense a sujetar sus nervios; pues ya es preciso que uno de estos días bajen conmigo a ver el funcionamiento del interruptor.

—Lo cual quiere decir a ver el suplicio de los infelices a quienes...

—Ve usted, lo que yo temía: en lugar de prepararse a domar esos pícaros nervios, usted misma comienza desde ahora a exci-

társelos... Es preciso ser fuerte, amiga Inés. Además, eso del suplicio es una exageración... Si yo pudiera le evitaría a usted el espectáculo, pero...

—No, no: si por mí misma quiero ver el extremo a que llega la perversidad de los supergozantes. Seré fuerte, esté usted seguro: ya no me voy asustando de nada: su maestro de usted me curó de espanto en una sesión cinematográfica, donde aprendí que el dolor de nuestros semejantes es cosa sumamente útil para sus verdugos.

XX

UNA INFIDELIDAD FRUSTRADA DE RUCANDIO

El temido día de la bajada de Inés y Juan a ver trabajar *una yunta en el psicointerruptor* fué la ocasión de avistarse por segunda vez con el sacerdote que había bendecido su matrimonio, pues Cartoya tenía manifestado a Marcial deseo de conocer el aparato y su funcionamiento. Pero antes de llevarlos, a ellos y al lector, a contemplar el impresionante espectáculo, conviénenos saber el porqué de aquel deseo.

Marcial continuaba bajando casi todas las tardes a charlar y *jubar* con su amigo Pinín, personaje cuya importancia iba creciendo, en opinión del sabio; pues no solamente lo amaba en agradecimiento a los consuelos hallados por su alma en aquella extraña y peregrina amistad, sino que ya lo *respetaba* por su inteligencia: afirmación que, tratándose de un sabio y un rapazuelo, es demasiado atrevida para dejada sin la explicación de ser el tal respeto cosa muy diferente del que a Rucandio le inspiraba el talentazo de don Roberto.

Diferente, pero tal vez más trascendental; pues a dicho respeto fué debido que en la conciencia del ayudante de Mob se abriera paso esta verdad: "Los parias no son subcriaturas inferiores, sino esencialmente iguales a los superpensantes". Con lo cual daba razón a Cartoya, Inés y Juan, en contra de sí propio, que muchas veces, en discusión con ellos, había negado tal identidad, y hasta ofendídole en su orgullo oírsela sostener a los otros.

¿Cómo había llegado a deponer su ante-

rior convencimiento? No ciertamente por sentimentalismo; pues si bien éste era la causa originaria de la evolución moral e intelectual de Rucandio, un hombre de sus años y su cultura no podía rendirse a sólo eso; y así todas sus crisis emotivas terminaban en reacción del juicio, donde la inteligencia del superpensante, ayudada por los egoísmos del supergozante, batía en brecha los impulsos del corazón que, según frase suya, pretendía invalidarle el seso; y así, en cuanto de vuelta de las visitas a su amiguito, pasaba un rato a solas, libre de la influencia del chiquillo, comenzaba el cerebro a burlarse de la ridícula puerilidad de la amistad del sabio con el monigote, peleándose con el recuerdo de éste: tan agarrado al corazón que, imponiendo silencio al cerebro, u obligando a Rucandio a hacerse el sordo a sus protestas, se lo llevaba al día siguiente a la habitual visita.

En una de tales discusiones díjole el corazón: "No sólo es una preciosidad y un encanto, sino una criatura inteligentísima; y eso que no lo han criado con leche fosforada", replicando el juicio que seguramente tendrían mucho más talento que Pinín los chicos de los educatorios, alimentados sabiamente. Entre dos proposiciones tan radicalmente antagónicas, el camino no podía ser duoso para un sabio: la experimentación comparada, por lo cual se fué Rucandio al Educatorio Internacional, donde, con pretexto de los consabidos estudios sobre la inteligencia de los niños, que ya le habían sacado de un aprieto en su conversación con Clara Snow, obtuvo un permiso del director para andar cuanto quisiera entre los pequeñuelos de cuatro a cinco años.

Seis u ocho visitas hizo al establecimiento, intentando trabar, con unos cuantos chicos que a primera vista le fueron simpáticos, amistad por el estilo de la mantenida con Pinín; pero infructuosamente, pues no obstante su propósito de ser infiel al hijo de Cartoya, no logró conseguirlo, porque en cuanto los desagradecidos del educatorio se le comían los caramelos de los bolsillos, echaban a correr sin volverle a hacer caso.

Besos y abrazos como los de su amigo, ni por pienso; aquellos niños, a quienes nunca había besado ni abrazado nadie, no los daban y resistían recibirlos: siendo lo más triste para el pobre sabio, perturbado por emociones absurdas en un supergozante, que cada vez que un niño le negaba una caricia le ocurría la idea torturadora de que acaso era su hijo aquel que no quería besarlo.

Un día que, a intento, no llevó caramelos, no logró retener medio minuto a su lado a ninguno, y recordó otra tarde en que, no por habérsele olvidado los de Pinín le había Pinín negado sus caricias habituales: mas todavía cuando llegó su padre y supo, por Marcial, que aquella tarde no había habido golosinas, dijo el pequeño, como para disculpar a su amigo: "El pobe Masial no pere dar toros los días".

En sus expediciones al educatorio hizo ensayos para aquilatar la inteligencia de varios educandos de edad análoga a la de su amiguito, y aun con algunos mayores que él, hallándolos a todos torpes, comparados con éste: con gran regocijo del corazón, que cantó el trágala al cerebro, enviándolo a la porra cuando éste volvió a hablar de alimentación fosforada.

Marcial, que se había enterado, y hasta se había reído, del régimen alimenticio, de postres y entremeses, por Inés establecido en sus comidas y en las de Juan, con ambicioso propósito de supraintelectualizarse (perdónese la palabreja), preguntó aquella misma noche a una y otro qué resultado habían obtenido de tal régimen, contestándole ellos que al cabo de cuarenta días de no comer sino cosas leves y excitantes, habían desistido del tratamiento, porque sus facultades intelectuales no adelantaban ni un paso. La categórica Inés resumió su opinión así: "Nada, amigo Marcial, que la célebre alimentación suprofosforada es un camelo"; y Juan, menos cáustico, pero no menos concluyente, dijo que después de un atracón de mermeladas matemáticas había invertido en resolver un problema de cálculo doble tiempo que otros análogos le llevaban en Bilbao.

Mas la causa definitivamente determinante de la cesación de las visitas de Rucandio al educador fué ver los malos sentimientos de los chiquillos, que sin que nadie les fuera a la mano, sino para azotarlos cuando se hacían molestos o tenían mal humor los celadores, se peleaban como fierecillas por los juguetes, o para imponer su voluntad, en los juegos saliendo de estas luchas con las manecitas llenas de mechones de los contendientes, y las caras surcadas con las huellas de uñas adversarias.

¡Qué diferencia de Pinín, dando el lión y las cabitas a Patito y Marisol!

Aquel día salió Marcial del magnífico colegio para no volver más, diciendo:

—Es más guapo, más listo y muchísimo más bueno—la bondad, cosa nunca tomada en cuenta por los superpensantes, iba teniendo ya valor para Marcial—que todos estos egoístas tigrecillos. Inés tenía razón la tarde que la traje aquí; y voy temiendo que al cabo resultemos, mi siglo y yo, en todo equivocados.

Claro es que esto lo decía el corazón, pero sin que el cerebro se atreviera a rechistar.

*　*　*

Los chicos todo lo trastornan: cuando íbamos a decir por qué Cartoya deseaba asistir a la visita de los resucitados a la Central Electro-Amatoria, se nos atravesó Pinín primero, y en pos de él los muñecos del educatorio, y entre uno y otros nos han llevado a cien leguas del asunto.

En los ratos que el hijo, que era lo principal, lo dejaba tranquilo, conversaba Rucandio con el padre, gustosamente resignado éste con su descenso al segundo lugar en el afecto del antiguo amigo.

En estas frecuentes pláticas se enteraba Marcial de particularidades de la triste vida de los parias, de su resignación, del abnegado amor que entre sí se tenían, de que en sus corazones no había odio a los supergozantes. Y la palabra hermano, que al oírsela a Hobbson le sonó un día cual desacato a los superpensantes, le iba ya pareciendo admirable caridad hacia ellos de los parias; y hasta llegó a pensar, aun cuando fugazmente y a despecho del juicio, reacio a concederlo, que el pensamiento y las aspiraciones de aquellas pobres gentes volaban remontándose a más altas y más nobles regiones que los de los superpensantes: no, no era tan absurda como al oírla por primera vez le pareció la frase de Cartoya, cuando al ver el asombro de Marcial de hallarlo entre los parias y de que ya no fuera superpensante, le contestó: "Aquí soy más superpensante que allá arriba".

Los dos españoles—bueno, iberiolos—hablaban a menudo de sus otros compatriotas los descongelados del siglo xx, por quienes Cartoya se interesaba mucho: no solamente por simpatía a ellos, sino porque aprovechaba el afecto que Marcial les profesaba para despertar en la conciencia de éste condenación de la moral y las leyes de una sociedad que colocaba a criaturas tan evidentemente iguales a él en injusta y odiosa condición de inferioridad: de lo cual, a deducir la propia consecuencia no a favor de Juan e Inés, sino de los parias, había sólo un paso, máxime estando entre ésos Cartoya, Hobbson, Alvar, y otros que, cuando no tan salios, tenían razón igual a la de los de arriba; y sobre todo, y por cima de todos, Pinín, sentenciado a ser por siempre paria: sentencia que a Marcial le parecía, no sólo absurda, sino infame.

Pero tal paso quería Ramón que lo diera su amigo solo, sin sentirse empujado.

Cuando por éste conoció el sacerdote el invento Mob, del cual recibía entonces la primera noticia, tuvo para él frases de indignada condenación, fulminándola en nombre del respeto a la personalidad humana, hollada impíamente por el sabio inventor.

Entonces se explicó porqué en los dos o tres últimos años habían ocurrido en los parias de propiedad del Omnimuseo repetidos casos de extraños fallecimientos dobles de marido y mujer en matrimonios jóvenes, o de prometida y prometido, en novios próximos a casarse: desaparecidos unos y otros con anterioridad de sus domicilios durante largas temporadas, sin que de ellos se volviera a tener noticia hasta saber la del fallecimiento; entonces se explicó el porqué, después de ausencias igualmente misteriosas, vagaban no pocos desgraciados dementes por los corredores de las catacumbas; y su indignación al conocer la causa, le hizo exclamar:

—¿De modo que esos infelices no son víctimas de accidentes desgraciados, sino de nueva y premeditada infamia, de otro execrable crimen de esa perversa sociedad? ¡Y tú, tú, colaboras en esa perversidad!

—Yo... Ramón, yo no veo... digo, con arreglo a las ideas que mi mundo tiene sobre los parias, no veo, no veía nada reprobable en... Ahora, no sé; y aun todavía dudo sea censurable utilizar en provecho de la socie-

dad la fuerza del amor; porque todas las naciones han sacrificado siempre el individuo a la colectividad, y en las antiguas guerras morían los hombres por millares y millones, sin que en ello viera nadie...

—Entonces, si mañana te ordena Mob que, para robarles el hermoso amor que se tienen, mates poco a poco, o prives de razón a esos pobres muchachos que han caído en vuestras garras...

—Es diferente: no son parias...

—Acabas de decirme que son parias domésticos, que *son tuyos*.

—Sí; pero no es lo mismo: no han nacido parias.

—Pero son idénticos a ellos. Mas no discutamos eso, pues si aun estando convencido, como lo estás ya, de que los parias somos, no ya iguales a nuestros compatriotas, sino iguales a ti, continúa pareciendo legítimo aplicar tal tormento a los nacidos parias, también te lo parecerá que cuando mi hijo, paria desde su nacimiento, llegue a la edad de amar, sea para él el amor no manantial de dichas, sino sentencia de muerte o de demencia.

—No, no: Pinín, no.

—¿Porqué los otros sí y Pinín no, si aquí somos todos hermanos?

Marcial, sin saber qué decir, callaba confundido.

—Contéstame, contéstame. Y ahora no es a tus sentimientos ni a tu corazón, sino a tu inteligencia, a tu razón, a las que pido la respuesta.

¿Qué justicia, ni qué equidad son las tuyas, que por que amas a mi hijo quieres medirlo por distinto rasero que a sus hermanos, hijos de Dios como él?

—Es verdad, es verdad... La Humanidad no es mía, yo no tengo derecho a repartir a gusto mío el dolor entre sus hijos; sí, lo que dices es lógico y es justo... No conozco ninguna ley donde esté escrito, pero debe haberla.

—La hay; está escrita en los corazones parias, y dice: "Amarás a tu prójimo como a ti mismo".

—Pero, ¿quién la ha dictado?

—Dios. El Creador de todo lo existente.

—¡Dios, otra vez Dios! Otra vez el poder subrenatural, propio para ofuscar a los ignorantes.

—Oye, Marcial: ¿qué pensarías de quien dijera que el pensamiento y la voluntad del que hizo la primera caldera de vapor eran cosas increíbles por sobrenaturales?

—No es lo mismo.

—Tú has inventado máquinas, escrito libros; yo he levantado monumentos... **Esas**

son obras nuestras, *nosotros sus autores...*
¿Verdad:

—Naturalmente.

—¿Qué te parecería si alguien sostuviera que ni tú, que inventaste la máquina, ni yo, que con arcilla, cemento y hierro, levanté el Palacio Mundial, existimos; que ni Rucandio ni Cartoya son seres reales, sino fantasmas para ofuscar incautos; si alguno pretendiera que por ser el hierro, el cobre, el cemento, lo único real, digo mal, material en nuestras obras, hierro, cobre y cemento son los autores de ellas?

—El supuesto es absurdo: toda obra con plan, orden y finalidad tiene forzosamente un artífice, un creador.

—Con la sola excepción del Universo y de la Humanidad, que para los vanidosos incapaces de crear uno ni otra, son lo único que no tiene creador.

—Eso es obra de las fuerzas naturales.

—No negarás que el Universo y la Humanidad tienen bastante más que hacer que una locomotora o el Palacio Mundial... Pues bien, encarga a esas fuerzas naturales que por sí solas, sin una inteligencia y una voluntad superiores que las guíen, hagan la locomotora o el palacio.

—¡Qué disparate!

—¿Y no te lo parece que sin inteligencia ni voluntad que las gobiernen hagan solas un sol, o que hagan un Pinín?

—No, eso no; tu hijo es obra tuya y de su madre:

—Como la estatua es obra del molde en que se cuaja y del bronce de ella. Pero, ¿y el escultor?... Padre y madre son molde y bronce, inconscientes de cómo será su hijo, impotentes para crearlo voluntariamente, incapaces de modelarlo; instrumentos pasivos del escultor supremo.

—Eso es verdad.

—Y además de verdad, es luz que ha de alumbrarte otras verdades. Al fin acabarás por conocerlas todas.

—De que yo asienta en un punto concreto no debes deducir que en todo me convences.

—Marcial, no me supongas la ambiciosa pretensión de hacerte conocer a Dios.

—Entonces, ¿a qué lo que me dices?

—Para hacerte notar que ya él te ha puesto en el recto camino que ha de llevarte a conocerle.

—No, no; vas demasiado de prisa... Pero, ¿cuál es ese camino?

—El del Amor que ha hecho vibrar en tu corazón, hasta ahora poco seco... Pero dejemos esto. El tiene tiempo, y a mí me falta para conocer detalles de esa inhumana invención y del modo cómo de ella son víctimas mis pobres parias.

Seguidamente, y sin detalles científicos, que eran los menos interesantes para el sacerdote, explicó a éste Rucandio que las parejas a quienes había de substraérseles su amor eran separadas en celdas individuales, donde, corporalmente, eran bien atendidas. El objeto de tal separación era hacerles padecer dolor de ausencia, a fin de que el deseo de verse intensificara la fuerza de su amor cuando fueran llevadas al interruptor. Después de cada sesión, en la que no les era consentido mirarse sino a distancia, se las volvía a sus celdas, hasta otra.

Toda persona de medianos sentimientos puede imaginarse el horror sentido por Cartoya, y expresado con tan cálida energía que logró sacudir el acorchado corazón de supergozante de Marcial, a quien en aquel momento le pareció oír en lo interior de su conciencia la pregunta si no era deber suyo negarse a continuar prestando su colaboración en tan nefando crimen; y sorprendiéndole que al dejar entrever estas dudas a su amigo calificara éste de prematura toda determinación radical de tal naturaleza, que equivaliera a un rompimiento con Mob.

En vez de esto, le aconsejó aguardase hasta que después de ver Cartoya por sus propios ojos las pobres yuntas en el aparato, formara opinión acerca de si el hecho de continuar Marcial interviniendo como jefe de las manipulaciones *electro-psíquicas*, permitiría idear medio de aliviar en algo la suerte de los infelices sometidos al procedimiento. Pues, de caer en otras manos, se perdería toda esperanza de hallar manera de atenuar sus males, sobre la cual ya le ocurría al sacerdote idea que recogió Marcial para estudiarla.

Al separarse aquella tarde, ambos amigos quedaron citados para la mañana siguiente, junto a la salida inferior del ascensor del Omnimuseo, donde se juntaría Cartoya con Marcial, Juan e Inés, para ir todos juntos a ver funcionar el *psico-interruptor*.

XXI

EL INTERRUPTOR ELECTRO-AMOROSO

Mob tenía montados y en funciones tres *psicointerruptores*, cada uno en un salón de diez metros de largo por siete de ancho. Idénticos entre sí, basta describir uno para conocerlos todos. Dos sólidos sillones fronteros atornillados al piso constituyen el potro del suplicio de los amadores, bestialmente llamados *yuntas* por el inventor, o hablando con científica serenidad los polos masculino y femenino del par bisexual formado por cada amante pareja.

Paralelamente a la dirección determinada por los dos sillones pende del techo, encima de ellos, un gran carrete, al exterior igual a los usados en electrodinámica, pero diferente de éstos en que el alambre arrollado en él no es un vulgar flexible eléctrico, sino psicoeléctrico, o sea nervosizado del modo que se recordará indignó a nuestros amigos del siglo xx. Las dos puntas sueltas de este alambre, extrasensibilizadas con plasma transparente y plácido, entran en los extremos de un largo tubo de cristal, cerrado, paralelo al carrete y casi de su misma longitud (más de cinco metros), quedando una de las puntas encerradas en dicho tubo sobre la cabeza de la mujer y otra sobre la del hombre sentados en el interruptor.

El tubo, en cuyo interior se ha hecho el vacío, no es igual, pero sí equiparable, salvo dimensiones y particularidades demasiado técnicas para puntualizadas aquí, a los tubos de CROOKES. Dentro de él, entre las puntas del alambre psicoeléctrico, estallan descargas intermitentes de amor, como entre los polos de los CROOKES saltan los rayos catódicos engendradores de los X, amén de otras, diversas radiaciones (1).

En torno de cada sillón, y a la altura de los ojos de los amantes, giran sendas pantallas bañadas en el plasma enturbiado por dolores morales de que ya se ha hablado. Siendo aquéllas movidas por un aparato de relojería, a razón de una vuelta por segundo, cada una oculta fugazmente un amador al otro sesenta veces por minuto; y como el movimiento de una va retrasado medio segundo con respecto al de la otra el resultado es que los amantes se miran y dejan de verse ciento veinte veces por minuto. Este es el número de las que en dicho tiempo sienten nacer y morir la fuerza atractiva que no logra acercarlos por dos causas: una tener cinturas y tobillos aprisionados por correas y grilletes, otra, de apariencia menos violenta, pero más cruel en realidad, porque al pasar las pantallas impregnadas de plasma doloroso a pocos centímetros de los corazones experimentan éstos depresión paralizante del impulso amoroso.

Pero al siguiente instante de nuevo dejan las pantallas expedito camino a las miradas, la vista del ser amado hace reaccionar enérgicamente ambos corazones con resurgientes impulsos afectivos; otra vez muertos y otra vez renacidos, nuevamente extintos y de nuevo excitados, por efecto del movimiento de relojería, a razón de las citadas ciento veinte veces por minuto.

En sus analogías eléctricas es todo esto vulgarísimo, pues el interruptor psíquico

---

(1) En un tubo de donde se ha extraído el aire hasta dejarlo en estado de tenuidad muy próximo al vacío absoluto, y en cuyos extremos van montados los de dos alambres, puestos en comunicación con los polos de un generador de electricidad, salta de una a otra punta metálica la corriente (que no pasa cuando el tubo está lleno de aire) en forma de luminosidad de diferente color y diversos caracteres, según sea mayor o menor el enrarecimiento del aire. Esta descarga lleva del alambre negativo al positivo elec-

trones, es decir, *cargas eléctricas* no unidas a substancia material alguna, constituyendo los *rayos catódicos* capaces de atravesar delgadas pincas de aluminio, y semejantes cuando no iguales a las *radiaciones beta* emitidas por el radio.

A la par corren en sentido inverso, de la punta positiva a la negativa, otros rayos llamados *anódicos* formados por *iones positivos*, o sea partículas infinitesimales de materia cargada de electricidad positiva, análogas a los *rayos alfa del radio*.

Por último, los rayos catódicos dan lugar, al chocar con los vidrios de los tubos de Crookes, a los rayos X o de Roetgen, asimilables a los *gama* del radio.

Como de todo esto se ha hablado ya en otros libros de esta biblioteca, pónese aquí fin a esta nota.

viene a ser en esencia un plagio de los electromagnéticos, usados en el mundo muchísimo antes de la congelación de Juan e Inés; pero lo maravilloso del invento Mob es su parte anímica, sólo posible merced al descubrimiento del corazón psíquico: pues así como en todo el espacio o ambiente alrededor de un alambre conductor, por el que circula una corriente eléctrica, crea esta corriente lo que los electricistas del siglo xx llamaban campo *electro-magnético;* y así como cada interrupción o cada cambio de intensidad de la corriente determina correlativa variación de dicho campo, tan real y efectiva como invisible y misteriosa, de igual manera en torno de los que aman flotan también sutilísimas y etéreas, pero colosales fuerzas latentes en un CAMPO ELECTRO-AMATORIO. El vuelo de la atracción amorosa de un amante a otro crea este campo, que se extingue tan pronto cesa dicha atracción (1).

Es sabido que las rápidas interrupciones de una corriente eléctrica son causa de que al crearse el campo de este nombre, con la iniciación de ella, o al desaparecer tal campo, cuando es interrumpida, las fuerzas en el mismo existentes actúen a su vez sobre todo alambre que forme cerrado circuito dentro del alcance de tales fuerzas, las cuales hacen nacer, en dichos alambres, instantáneas corrientes de *inducción,* cuyo descubrimiento por Faraday fué base de la electro-dinámica industrial y de las aplicaciones más fructíferas, útiles y portentosas de la electricidad (2).

Un fenómeno análogo, pero electro-anímico, es el utilizado en el interruptor psíquico.

Cuando sentemos en las butacas una pareja, las primeras miradas que los amantes se lancen crearán en torno de ellos un campo amatorio; las fuerzas en este palpitantes, que en un principio no serán sino amor,

actuarán sobre el carrete del techo, en cuyo alambre, *susceptible de transportar conjuntamente amor y electricidad,* fluirá una corriente mixta ya, es decir psico-eléctrica, que en el tubo de cristal estallará en cascada de violadas chispas, de punta a punta del conductor sensibilizado con plasma amoroso: cascada muy análoga a la de electrones de los tubos de Crookes.

Interponiéndose las pantallas entre los amantes cortarán la corriente amatoria. Con ésta desaparecerá el campo de igual nombre que, al cesar, engendrará en el carrete otra corriente inducida de sentido opuesto a la primera, tan instantánea como ella y que en dirección inversa saltará en descarga entre las puntas encerradas en el tubo, y así sucesivamente.

Esto veremos tan pronto entre en actividad el aparato, pero ello no es sino la primera parte del invento.

* * *

Al salir Rucandio y sus ayudantes, o discípulos, del ascensor a las catacumbas hallaron a Cartoya que tuvo gran placer en volver a encontrar al matrimonio, complacidísimo a su vez al ver de nuevo al sacerdote.

Llegados a la Central Psico-Eléctrica, hizo Rucandio a sus acompañantes una explicación por el estilo de la anterior, pero mucho más prolija y científica, terminándola con las siguientes palabras:

—Así como del campo amatorio nacen las descargas del tubo de vacío, que son ya *electro-amor,* la parte eléctrica de dichas descargas crea, a su vez, otro campo, pero ya *exclusivamente electro-magnético,* el cual utilizamos, en la forma usual, para excitar corrientes ordinarias en aquel otro gran carrete del conocido tipo Rumkford.

El conjunto de interruptor cronométrico, tubo irradiante, y los dos carretes for-

---

(1) Puede verse lo dicho en la nota de la página 36 de este libro lo dicho en ella sobre los campos electro-magnéticos.

(2) Los interruptores usados en numerosas aplicaciones de la electro-dinámica son, cual su nombre lo indica, aparatos destinados a cortar automáticamente una corriente para dejarla fluir al instante siguiente y cortarla de nuevo, y así sucesivamente, llegando la rapidez de estas interrupciones a medirse por algunos a millares de veces por segundo.

Entre otras aplicaciones de los interruptores son muy interesantes las terapéuticas que merced a la instantaneidad de las sucesivas corrientes a que dejan paso, se hacen beneficiosas para el organismo humano corrientes de brutales tensiones

que, de ser más duraderas, matarían a los pacientes.

La finalidad común y general de los interruptores es poner en acción las fuerzas de los campos magnéticos latentes e inactivas en ellos mientras las corrientes de que nacen circulan sin cambio de intensidad, pero que quedan libres y son aprovechables en diversos trabajos, cada vez que se corta la corriente. Si ésta se corta cien veces en un segundo, cien veces trabajará el campo; si dos mil, dos mil veces podrán utilizarse por segundo tales fuerzas, lo cual, prácticamente, equivale a utilizarlas constantemente, según se ha dicho en una nota de este mismo libro, relativa a las extracorrientes de ruptura o de cierre.

man un verdadero *convertidor electroamoroso*.

El amor, ya transformado en electricidad circulante en el Rumkford, recorre después un circuito semejante a los de la telegrafía sin hilos, que por una antena de lo alto de la torre del Omnimuseo, lanza la ondulación eléctrica al espacio, de donde es recogida por otras antenas receptoras: bien de aparatos de telefonía, de las estufas de calefacción, y de los motores de bombas, aeroplanos o trenes impulsados por dicha ondulación.

Mientras duraba la técnica explicación, hecha sobre el aparato en vacío, lo prodigioso del invento tenía suspensos y maravillados a sus oyentes; pero al ordenar Marcial al maquinista prepararlo todo para ponerlo en actividad cuando llegara la pareja impulsora, la idea de que se acercaba el momento de la demostración práctica hizo palidecer a Inés, Juan y Cartoya; y al oír la primera dar cuerda a la máquina de relojería, tan lúgubremente le sonó aquel ruido, y tal repercutió en su corazón el chirriar de hierros destinados a torturar dos corazones, a intervalos fría y matemáticamente medidos, que no pudo contenerse, y exclamó:

—Marcial, yo creo que Juan y yo estamos ya perfectamente enterados del aparato, y que para comprender su funcionamiento no es absolutamente indispensable verlo funcionar... ¿No te parece Juan?

—Me parece lo mismo—contestó éste con voz velada por la emoción sentida al pensar en el espectáculo que los amenazaba.

—Sin embargo, amigos míos, para el estudio del rendimiento en fuerza no es lo mismo ver el convertidor parado o en marcha.

—Marcial, en cuanto yo vea ahí amarrados a dos infelices ni podré estudiar nada, ni siquiera leer voltímetros, ni amperímetros; pues me será imposible contener las lágrimas.

—Mi mujer tiene razón, y de mí estoy pensando que preferiría quedarme aquí, ya para siempre entre los parias, a presenciar cómo, a dos semejantes míos, se les roba el santo amor encendido por Dios en sus corazones.

—Dice usted bien García—dijo el sacerdote—; eso es impío, inhumano, sacrílego... ¡Desdichados, desdichados hermanos míos!

—Marcial se había contagiado de la emoción de sus amigos: él, a quien vimos al principio de esta historia haciendo relevar con toda frialdad yuntas accidentadas en el interruptor; que, impávido, había vigilado innumerables veces el trabajo de las parejas en el aparato, cuando no veía en los parias sino bestias o cosas, temía que la escena cuyo comienzo estaba diferido por la súplica de Inés y los comentarios de su marido y Cartoya, le produjera muy otro efecto que cuando sus antiguas ideas de superpensante no se bamboleaban todavía como entonces al extremo de estar ya a punto de renegar de ellas; y vacilaba entre el deseo de evitar a sus amigos el temido espectáculo y el hábito de obedecer a su maestro que le había ordenado enterar perfectamente a los discípulos del funcionamiento del aparato. Por ello, luchando todavía consigo mismo, dijo:

—Bien quisiera, amigos míos, evitar a ustedes el penoso espectáculo que tanto les repugna, pero...

—Oye, Marcial—le interrumpió Cartoya—; si el aparato no echa a andar ahora, delante de nosotros, no por eso dejará de funcionar hoy: ¿no es así?

—Desde luego, si no funcionara, avisarían las centrales de los servicios que no podían trabajar, por no llegar fuerza a sus antenas; don Roberto indagaría el porqué y daría orden de echar a andar el interruptor.

—Señora, ya vé usted—dijo Cartoya dirigiéndose a Inés—que aun poniendo a Marcial en el trance de desobedecer a su jefe, no lograremos librar de los dolores de hoy a esas pobres criaturas, y acaso provocáramos un rompimiento de él con su maestro: más dañino, en definitiva, para nuestros hermanos que el daño transitorio solamente diferido, pero no evitado.

Además, he venido hoy aquí no por gusto de ver ese horrible espectáculo, sino con esperanza de que viéndolo, y sabiendo cómo y de qué modo padecen esos desgraciados, tal vez halle manera de hacer algo en su alivio... Para combatir un mal es preciso conocerlo. En cuanto a ustedes, acaso puedan, como auxiliares de Marcial y de Mob, ayudarme a hallar camino para esa buena obra. Por eso pienso que el propósito de amenguar los males de mañana debe darnos las fuerza de contemplar los males de hoy.

—Como usted mande, padre—dijo Inés.

—Si usted no se siente con fuerzas, que no se quede sino su marido.

—Me quedo; seré fuerte: quiero ver por mis ojos hasta dónde llega la inhumana perversidad de este siglo maldito.

—Sí—exclamó Juan—. Para maldecir a los infames autores de ella; para pedir a

Dios castigo a la medida de sus infamias.

Viendo Marcial ofensa personal en las anteriores frases, airadamente se levantó, gritando:

—Señor García, antes de llamar infames...

—Calla, Marcial; aguarda un instante no más. Juan, no pida usted a Dios cosas contrarias a su bondad, a su amor, del que no excluye a sus enemigos, opuestas a su voluntad; pídale luz que alumbre las conciencias ciegas de nuestros verdugos; pídale que le perdone a usted ese mal sentimiento, esas maldiciones: y para ello perdone usted, como desde ahora perdono yo cuanto daño nos hacen y nos hagan los superpensantes.

—Pues perdóneme, padre—dijo García a Cartoya—porque ya he perdonado. Perdóneme, Marcial, la ofensa que haya visto en mis palabras.

No creyendo a sus oídos, volvióse Marcial hacia Ramón, preguntando asombrado:

—¿Qué poder tienes tú sobre este hombre a quien hoy hablas por la segunda vez?

—Yo, ninguno. Pregúntaselo a él, y te dirá que no es a mí a quien obedece, sino a la autoridad que a mis palabras da el Dios en quien no crees.

—Perdóneme, Marcial—insistió Juan.

—Perdonado, perdonado.

Abrazando Cartoya uno en pos de otro a Juan y a Marcial, dijo a éste al tiempo de abrazarle:

—Todavía no crees, mas obedeces ya el mandato de quien te ordena perdonar a tus deudores; ya pedirás que te sean tus deudas perdonadas: lo pedirás, estoy seguro; y acuérdate de que hoy te prometo el perdón para ti, en pago del perdón que has concedido.

—No te entiendo.

—Ya entenderás. Ahora atendamos a lo que aquí nos ha traído, y acabemos cuanto antes de pasar el mal rato.

—Pues... que traigan la yunta de turno—ordenó Marcial al maquinista, con voz no muy segura.

Después de dar tal orden, fué sucesivamente revisando llaves de paso, empalmes y reóforos de todo el aparato, mas sin tener realmente la cabeza en lo que estaba haciendo, sino en la balumba de ideas en ella amontonadas, cual consecuencia de las insólitas impresiones recientemente recibidas.

Conducido por el primer maquinista, entró un hombre, con los ojos vendados, a quien aquél sentó en uno de los sillones, calzándole los grillos y ciñéndole el cinturón de seguridad. Simultáneamente, y por otra puerta, trajo el segundo maquinista una mujer joven, también con una venda sobre los ojos, instalándola en el otro sillón, del mismo modo que a su marido, pues eran matrimonio: dos muchachos apasionados, que, encerrados cada uno en su celda a los pocos días de casarse, se veían desde entonces a diario, pero únicamente en el aparato, sin poder darse un beso ni un abrazo, ni siquiera estrecharse las manos.

Los resucitados y el sacerdote hacían esfuerzos para dominar su emoción; Marcial pensaba en lo que él habría experimentado si a Clara Snow y a él los hubieran sentado en aquellos sillones cuando todavía ella no había matado el amor que la tenía.

Una vez instaladas las dos víctimas, dió orden Marcial de poner en marcha el mecanismo de relojería, y en cuanto se oyó el tictac de su péndola, comenzaron a girar las dos pantallas en torno del hombre y de la mujer, a quienes los maquinistas les quitaron las vendas que les impedían mirarse.

XXII

¡MALDITO SIGLO! ¡MALDITA CASTA!

En el instante en que los infelices esposos aherrojados en los sillones se vieron, lució en sus ojos con deslumbrante brillo el ansia de mirarse, y exclamaron con apasionado acento: "Alma de mi vi..." él, y "Eduardo, Eduar..." ella, mas sin poder acabar uno ni otro estas frases; porque, además de interceptarles las miradas, las pantallas lanzaban sobre los corazones sus radiaciones dolorosas, paralizando de repente sus impulsos de amor.

El rápido y violento cambio de expresión, delator en los rostros del tránsito del amor pujante al amor violentamente sofocado,

7

produjo a los espectadores de la tremenda escena impresión poco menos dolorosa que a las víctimas de ella.

—Juan, Juan de mi alma, esto es horrible, horrible—gimió Inés, estrechando la mano de su marido, que contestó:

—No los mires, no los mires.

....

Nadie quería mirarlos; y, sin embargo, nadie podía apartar los ojos de ellos...

En marcha normal del aparato, las parejas fuertes y las que llevaban poco tiempo sometidas al inicuo tratamiento, solían insistir en sus frases cariñosas y lamentosas quejas, cada vez que las pantallas abrían libre paso a sus miradas, pero en tono más bajo y con energía decreciente conforme la sesión se prolongaba. Las más débiles, y las atormentadas desde larga fecha en el interruptor, enmudecían a poco de comenzada la jornada; y a medida que en uno y otro caso iba la actividad afectiva refugiándose únicamente en las miradas, el amor, y por tanto *la electricidad producida decaían rápidamente.*

Esta irregularidad en el rendimiento industrial era grave preocupación de Mob.

Pero lo dicho se refiere al funcionamiento normal, no alcanzado en la sesión de que estamos hablando, porque el estado de preocupación de Marcial al revisar el interruptor había sido causa de que, en vez de dar media vuelta al conmutador del carrete Rumkford meramente eléctrico, le diera vuelta entera, dejando tan abierto su circuito como estaba antes; y no pudiendo, por tanto, nacer en él corrientes, *no había transformación.*

En el tubo fulguraban las descargas de amor, que el alternativo juego de las pantallas hacía nacer del establecimiento y de la cesación del campo pasional; pero al no poder convertirse en electricidad las fuerzas de aquellos pasionales efluvios, reaccionaban sobre los amantes, elevando más y más sus tensiones y reforzando sus impulsos afectivos: por lo cual ni un instante cesaban las frases cariñosas, ni las quejas que la imposibilidad de acercarse arrancaba a los infelices (1).

_____

(1) Eran víctimas de lo que no puede tener otro nombre que el de una *autoinducción amorosa* en todo semejante a la eléctrica, que, como es sabido, eleva extraordinaria y hasta peligrosamente la extracorriente de ruptura, que al interrumpir un circuito refuerza la que ya circulaba po él, aumentando la intensidad de la chispa que todo el mundo puede ver en los enchufes de las líneas domésticas del alumbrado. Chispa más fuerte al sacar el enchufe que al meterlo.

Con sólo esto sobraba para hacer intolerable el espectáculo del padecer de aquellas pobres gentes a quienes presenciaban su martirio; pero a tal causa natural de conmiseración se agregaba otra que no cabe llamar sino sobrenatural, procedente de la inadvertencia de Rucandio; pues el campo amoroso, que no se transformaba en campo eléctrico, ni podía ser totalmente reabsorbido por los amantes, crecía y crecía en *voltaje psíquico* (1), sobreexcitando, por influencia, la sensibilidad afectiva de quienes dentro de él se hallaban: con lo cual, amores, dolores, simpatía y compasión eran sentidos por los sometidos a aquel influjo misterioso con pujanza creciente a cada nueva descarga del tubo de vacío: a tal extremo, que la lástima a los desdichados presos en el interruptor les dolía a quienes los miraban con dolor de propio tormento insoportable.

El primero en rebelarse airadamente contra él fué García, que gritando: "No, no, no más; esto es horrible, no lo soporto más", se abalanzó, una en pos de otra, a las dos pantallas, que arrancó de cuajo de las varillas donde estaban montadas. Ya podía seguir andando el maldito aparato de relojería, sin que por ello dejaran de mirarse los pobres parias.

Pero tal acción no precedió sino escasos segundos a la de arrojarse Marcial al conmutador del circuito amatorio, abriéndolo para detener su funcionamiento, a la par que Cartoya, el maquinista y su ayudante, gritando: "Pobrecitos, infelices", abrían apresuradamente los grillos y deshebillaban los cinturones de los desventurados esposos, que al sentirse libres se precipitaron uno en brazos del otro, ebrios de dicha, sólo comparable al pasado penar.

Inés nada hizo, porque al lanzarse Juan a romper las pantallas, cayó desvanecida.

—Idos, idos—gritó Marcial a los pobres libertados—, idos a vuestra casa; escapad, sed felices, amaos.

Ellos no se lo hicieron repetir. Los maquinistas se apresuraron a enseñarles el camino para salir de la central, mientras García, Cartoya y Marcial procuraban reanimar a Inés, que a poco volvió en sí, serenándose al ver desocupado el interruptor y saber que la yunta ya no era tal, sino fe-

_____

(1) Aun cuando similares los campos eléctrico y amatorio, este último no tiene la rapidez autoconductora del primero, y, por lo tant, no se descarga tan brutalmente como aquél. Observación tomada de una de las múltiples memorias de Mob sobre su invento.

liz pareja en libertad de amarse en su hogar, donde estaría por entonces llegando.

Pasado un rato, y ya atenuada la sobreexcitación de la sensibilidad de los actores del pasado suceso, se acordó Marcial de Mob y de la necesidad de informarlo del *accidente*, cayendo entonces en la cuenta de que debía de haber obedecido a causa diferente de la compasión natural, pues si lo hecho por Juan y Cartoya podía atribuirse a su delicada sensibilidad habitual, no era posible explicar de igual manera el arrebato de Marcial, ni menos el proceder de los maquinistas, avezados a ver a diario con indiferencia los sufrimientos de las víctimas del interruptor.

Pensando en esto, recordando que la lástima por él experimentada había ido aumentando ja sacudidas rítmicas, como si concordaran con los golpes del reloj, y coincidiendo con esta observación el haber dirigido una casual mirada al *totalizador de la electricidad* engendrada en cada jornada, que le hizo ver la aguja de él en cero, se hizo cargo de pronto de que alguna avería del aparato había impedido la transformación en *colombios eléctricos* de los *cupidios* producidos por la pareja; y comprendió además que el responsable de aquella general sobreexcitación de sensibilidades era él, pues al revisar el aparato en busca de la avería y no hallar ninguna, vió abierto el conmutador del carrete exclusivamente eléctrico.

Aquello le tranquilizó, porque al dar cuenta a Mob, ya no aparecería el hecho como intencionado y penable, sino como uno de tantos accidentes propios de todas las centrales: felizmente para García, quien, de otro modo, habría pagado caro el desacato de romper el interruptor del excelso Don Roberto.

* * *

Mientras se desarrollaba en la Central la escena recién descripta, otra, llamada a tener graves consecuencias, ocurría en casa de la viuda a cuyo cuidado quedaba Pinín en ausencias de su padre.

A los pocos minutos de salir Cartoya en busca de sus amigos, llamaron a su puerta dos médicos del Educatorio Internacional, encargados de girar visita a los niños parias que, a consecuencia de anterior reconocimiento anual, habían sido empadronados como aptos, por constitución física y por intelectualidad, para completar el número mínimo de pensionistas de aquel establecimiento, donde de año en año crecía el de plazas inocupadas, por escasez de hijos

de supergozantes, más lerdos cada día en procrear; y que sopena de extinción venidera de la sublime casta de los superpensantes, era preciso fueran ocupadas, *ascendiendo* para ello a criaturas parias.

La ley prevenía que estos ascendidos se escogieran entre lo más hermoso y avispado de la población infantil comprendida entre cuatro y cinco años. En junio se hacía un reconocimiento, base del padrón de candidatos; entre junio y diciembre, el personal médico del educatorio estudiaba los datos del padrón, designando, en vista de ellos, los niños que en primero de diciembre habían de ingresar en el establecimiento, si entre dichas dos épocas no hubieren decaído.

Para ver si Pinín había padecido dicha decadencia, se presentaban en su casa los dos médicos, pues al hijo de Cartoya le había sido dispensado el alto honor de escogerlo como buena semilla de superpensante.

A los golpes dados en la puerta, salió la vieja de la casa de al lado, y al enterarse los doctores de que el chiquillo estaba a su cuidado, les tuvo sin ninguno la ausencia del padre, a quien no habían menester para reconocer rápidamente al hijo; efectuado lo cual, pusieron en las listas que llevaban una D y una A (definitivamente admitido), y dieron a la viuda, para que la entregara a Cartoya, una papeleta concebida en los siguientes términos:

'Entréguese a los celadores del Educatorio Internacional el niño Juan Cartoya. 1.° de diciembre de 10000.—P. O. del Supremo Manager.—El Director del Educatorio Internacional de Mundiópolis, R. Ademar."

—Vendrán por él dentro de cuatro horas—dijeron los doctores al marcharse—; para entonces ha de estar listo el niño.

Ya habían pasado tres, cuando al volver a casa se enteró Ramón de que los mismos que robaban el amor a los esposos iban a robarle su hijo, sin posible apelación; y tras el anonadamiento del primer instante al recibir el golpe, se sublevó, pensando en no acatar la orden...

Pero, ¿cómo? ¿Qué podía él contra la sociedad omnipotente en la cual no era sino un mísero esclavo?...

De pronto exclamó:

—Marcial, Marcial—. Y echando a correr volvió a la Central Psico-Eléctrica, donde aprovechando haber sido allí visto una hora antes en compañía de su amigo, y diciendo tener precisión de hablarle de un asunto que interesaba mucho al Sr. Rucandio, consiguió lo pusieran en comunicación telefónica con éste.

—¿Qué ocurre?—preguntó desde arriba

Marcial al acudir al aparato—. ¿Quién es?

—Soy yo, Ramón. Una desgracia horrible; me quitan a Pinín.

—No puede ser... ¿Quién?

—Sí, se lo llevan los del educatorio.

—Imposible, imposible.

—Dentro de media hora vendrán a buscarlo los celadores. Aun cuando me resista me lo llevarán a viva fuerza... ¿No me oyes?... No contesta... Marcial, Marcial... Nada... No me oye..., o no me hace caso.

Dejó el teléfono, y regresó a su casa consternado.

Al llegar allá cogió a su hijo, lo sentó en sus rodillas, lo abrazó y lo besó ansiosa y repetidamente, con el ansia insaciable nacida de la terrible idea de ser aquellos besos los besos de una eterna despedida; y lloraba, lloraba sin consuelo la desgracia que lo hería: mucho peor que la muerte del niño, porque era la perversión de su inocente y angelical corazón, la ruina de la bondad de su Pinín, en la cual se deleitaba, por ser lo más amable en la hermosa criatura, más hermosa aún de alma que de cuerpo.

¡Y de su puro corazón de ángel iban a hacer un corazón inmundo de supergozante!... ¡Y aquel hijo no volvería a dormirse en los brazos de su padre!...

—¿Dónde, dónde podría yo esconderlo? ¿Adónde huir con él?... ¡Qué estúpida ilusión!... De nuestros subterráneos no sale ningún paria sin un pase de la autoridad o bajo la garantía de un supergozante.

Cuando en esto andaba Cartoya de sus amargos sentimientos, y el niño lo miraba confuso y asustado, diciéndole: "¿Qué te dole, papá?... No lores, yo seré mi beno"; se presentó Rucandio en la puerta, diciendo:

—¿Qué pasa?

Al oírlo entró la esperanza en el alma del desgraciado padre, que poniéndose en pie y dejando en el suelo a Pinín, corrió a su amigo, diciendo al mismo tiempo padre e hijo las siguientes palabras:

—Ven, ven, Masial. Papá lora mucho, y yo no he siro malo. Dile que no lore.

—¡Ah! Al fin vienes... Gracias, gracias.

—¿Lo dudabas?

—No, no—repuso Cartoya, queriendo ocultar a su amigo su reciente desconfianza.

—No quero que lore papá.

—No, hijo mío, no llorará más.

—... pero como no oíste mis últimas palabras del teléfono...

—Te dejé con la palabra en la boca, para no perder tiempo en bajar.

—No he siro malo, no he siro malo.

—No, angel mío, no: no has sido malo; pero quieren que lo seas.

—Pero, ¿cómo ha sido eso?... ¿Dices que van a venir en seguida?... ¿Quién te lo ha dicho? ¿Cómo lo sabes?

—Sí, ya deben llegar de un momento a otro: mira, mira el aviso. Me lo roban, me lo roban. Otra infamia, otra infamia como la de esta mañana.

—¡Ah!—dijo Marcial al leer el aviso—; viene la orden en nombre del Manager.

—Y no puedes hacer nada... ¿No es eso?... Me lo robarán, me lo robarán.

—Para dejar que nos lo roben no habría yo bajado.

—Dios te lo pague... Pero, ¿podrás? ¿Es que crees posible evitarlo? ¿Cómo?

—Qué sé yo. Pero se me figura que cuando esa canalla venga por el niño y se encuentre aquí, en vez de un paria, con el Subdirector del Omnimuseo... Pero, ¿qué les diré? ¿Cómo justificar la negativa?... Necesitábamos una artimaña de leguleyo a que agarrarnos, y a mí no se me ocurre nada: sé tan poco de eso... ¡Por vida de!... ¡Que no haya tiempo de consultar a un abogado!

—No lo hay, Marcial. Dentro de poco... No, ya están ahí. Oye, oye. Por desgracia, conozco bien ese vocerío: es el de todos los años por esta época.

Referíase Cartoya a las imprecaciones de los padres y a los lamentos de las madres, cuyos hijos se llevaban los celadores del educatorio, que ya tenían casi completa la redada; pues Pinín era uno de los últimos que habían de recoger.

Gran golpe de gente avanzaba apiñándose en el estrecho corredor subterráneo. En cabeza, dos celadores, un jefe de policía y cuatro guardias; detrás, treinta y tantas criaturas de ambos sexos; en pos de ellas, una fuerte sección de policía con las armas preparadas para meter en cintura a quienes se opusieran a la requisa, y para mantener a raya y a distancia a los pobres padres que, en montón y acompañados de otros muchos parias, seguían detrás, colmando de improperios a los ejecutores del inhumano secuestro en masa; pero sin decidirse a oponerse por la violencia a él; pues todavía estaba fresco el recuerdo de una hecatombe en la que a centenares habían perecido los desarmados parias y no pocos de los niños por ellos rescatados en el primer empuje de la desesperación que les hizo olvidarse de que inermes manos pueden muy poco contra buenos rifles.

Los insultos más menudeantes eran los de "malditos, renegados"; pues efectivamente, parias renegados eran los celadores y los guardias, que contestaban de cuando en cuando a los denuestos, llamando estúpidos a quienes los proferían, y desagradecidos, además, al favor dispensado a sus hijos al convertirlos de esclavos en señores.

—Eso que oyes, Marcial,son los lamentos de los desdichados en mi mismo caso, a quienes ya les han arrebatado sus hijos.

Rucandio, en quien la escena de la mañana había producido dolorosísima y persistente impresión; que desde el término de aquélla, hasta ser llamado por Cartoya al teléfono, había estado sumido en honda meditación, de la cual le sacó la noticia del peligro que amenazaba a Pinín, recibió nuevo asalto a su sensibilidad exacerbada al oír los dolorosos lamentos de las madres que, fundidos en un solo alarido de dolor, llegaban por la angosta galería seguida por el triste cortejo. Fué aquello decisivo empuje que en un instante convirtió en certezas todas sus dudas y vacilaciones de dos meses; certezas nuevas ante las cuales se derrumbaron de una vez toda las certezas pasadas, con derrumbamiento de cuya intensidad fué síntesis el fallo del corazón y el pensamiento, que de ambos se escapó en esta exclamación:

—¡Maldito siglo, maldita sociedad, maldita casta de verdugos infames!

XXIII

MARCIAL, REBELDE Y DIPLOMÁTICO

—Ramón Cartoya—dijo uno de los celadores al entrar ambos en la cueva.

—Yo soy.

—¿Es ese chico tu hijo?

—Sí; pero...

—Habrás recibido una orden para entregárnoslo.

—Sí; pero estaba fuera de casa cuando la trajeron—contestó el pobre padre, pensando que, si lograra demorar la entrega, siquiera fuera poco tiempo, facilitaría a Marcial el hallar medio de eludirla—, y como no he dispuesto de las cuatro horas que el aviso me concede, no he podido prepararlo, ni utilizarlas para despedirme de él, tengo derecho a que no me lo quiten hasta dentro de esas cuatro horas.

—Ni más ni menos: como que vamos a hacer otro viaje por tu linda cara...

—No hay nada que preparar para darnos el chico, porque en el educatorio han de tirar todo lo que lleva encima; y para despedirte de él, te bastan dos minutos: conque despacha, que es tarde, y tenemos que llevárnoslo en seguida.

—No quiero irme con ese hombre malo; no quiero, no quiero—gritó el niño abrazándose a un muslo de su padre y apretando contra él la cabecita—. Teno miero, teno miero.

—No seas tonto—dijo el celador que parecía menos bruto de los dos—; te pondremos un traje muy bonito.

—No voy, no voy, no quero taje, quero papá.

—Miren el mocoso—dijo el celador que acababa de hablar, mientras el otro se adelantaba para coger la mano de Pinín, diciendo:

—Se acabó; se hace tarde; venga el chico.

Al ver tal ademán, se escondió el niño detrás de su padre; y echándose Marcial sobre aquel bruto, y dándole un violento empellón que le hizo retroceder tambaleándose dos o tres pasos, gritó:

—Quieto, y cuidado con tocar al niño.

—Teno miero, Masial; teno miero.

—¿A usted quién le mete aquí?—preguntó el celador, no con mucha energía, por pensar que un chispazo de franca resistencia podría exacerbar peligrosamente a la multitud vociferante, determinando rebelión, que aun cuando luego fuera castigada, podía, por lo pronto, salirle cara a él; y en seguida, comprendiendo la necesidad de no perder minutos en cortar el incidente, se volvió hacia la puerta, gritando:

—Auxilio, Señor Inspector.

Al oírlo, Marcial empujó a Ramón y al niño al fondo de la habitación, y avanzó hacia la puerta por donde, seguido de dos guardias armados, entraba el inspector, sumamente sorprendido de ver que aquella desobediencia a la autoridad partía de un superpensante; pues en el porte, traje y altivas maneras de Rucandio, conocieron aquél y los celadores que éste lo era. Y sabiendo que siéndolo no podían tratarlo como a un paria, le dijo cortésmente:

—Caballero, supongo que al oponerse a que nos llevemos ese niño ignora usted que lo hacemos por orden terminante, que, en último extremo, procede del Manager.

Meditando con gran intensidad en la manera de impedir el secuestro de Pinín, sin caer él en desacato que empeorara el asunto, mas sin hallar en tal premura modo hábil de oponerse francamente a él, respondió Rucandio, para salir del paso ganando tiempo y sin parecer un rebelde:

—Yo no me he opuesto al cumplimiento de órdenes de la autoridad, sino impedido un brutal atropello de ese hombre.

—Y usted ¿quién es? ¿Con qué derecho?

—El Subdirector del Omnimuseo Internacional.

—Yo no sabía... Perdone Vuecencia.

—Echalo, Masial; echa fera al hombe malo.

—Espero, Señor Director—dijo el jefe de los policías—, que, reconocida por el celador su ignorancia, la perdonará Vuecencia y no podrá obstáculo a que él y nosotros cumplamos nuestro deber.

—De ningún modo; puede continuar la requisa, porque el asunto de este niño lo arreglaré personalmente con los superiores de ustedes.

—No me ha entendido Vuecencia, Señor Director; el asunto podrá Vuecencia arreglarlo en el educatorio después que esté allí el niño; pero como nuestras órdenes son terminantes, tenemos que llevarnos todos los incluídos en la lista que se nos ha dado.

—Y éste, precisamente, es el que primero designó la comisión electora.

—¿Y qué más tiene él que otros?

—Porque dicen que es el más fuerte y el más inteligente.

Esta contestación fué para Marcial luz que le mostró pretexto a qué acogerse, contestando:

—Pues por igual razón no puedo interrumpir los experimentos biológico-mentales que con él estoy realizando y son base de interesantísimos trabajos del Omnimuseo.

—Estoy seguro que en cuanto lo sepa el gerente del educatorio dará al Señor Director toda clase de facilidades. Con mucho gusto me ofrezco a enterarle de ello esta noche al entregar el niño. Vuecencia mismo puede ir esta noche, y seguramente...

—Lo que yo he de hacer ya lo sé, señor inspector. He bajado a buscar el niño por tener preparados experimentos que no pienso demorar por un capricho sin finalidad; pues no habiendo de quedarse en definitiva en el educatorio, es tonto llevárselo hoy para que de él salga mañana; y además perturba el régimen de los trabajos preparados en el museo para hoy y mañana.

—Yo lo deploro, Señor Director, pero la orden que tenemos que cumplir es llevarnos esa criatura.

—Pues para llevársela tendrá usted que quitármela, no a un paria, sino a mí en persona.

—Requiero a usted en nombre de la ley a que...

—Y yo a usted a que no sea insolente con quien es más que usted.

—No es insolencia; respeto a V. E., pero cumplo mi deber. Por última vez le requiero.

—He dicho que no entrego el niño. Basta.

—Lo siento mucho, pero Vuecencia me obliga a ello. Muchachos, adentro—dijo el inspector—. Espero que Vuecencia no me pondrá en el caso de hacer uso de la fuerza.

—Al ver que los dos guardias, que todavía estaban afuera, aparecían en la puerta, detrás de sus compañeros, sacó Marcial una pistola y dijo:

—A quien dé un paso más, a quien intente poner la mano sobre ese niño, lo mato; tengo ocho tiros en la pistola; todavía me sobran unos cuantos.

La arrogante y resuelta actitud de Marcial hizo ver claro al inspector que para apoderarse de Pinín tenía que matar antes a aquél: cosa que a renegados parias, como él y sus guardias, acostumbrados a arrastrarse a toda hora ante los superpensantes, les parecía, y con razón, aventura demasiado peligrosa; aun sin contar con el riesgo de que si sonara en la covacha un tiro pudiera éste ser señal de un general ataque por la espalda. Por ello, en vez de avanzar, retrocedieron dos o tres pasos jefe y guardias. Los celadores po tuvieron que retroceder porque ya antes habían huido precipitadamente al callejón, empujando a los guardias que estaban en la puerta.

Al ver la impresión producida por su actitud quiso Marcial aprovecharla, y agregó:

—Además de mi cargo oficial soy súbdito extranjero. Usted verá si le conviene atropellar a un iberiolo amparado por el poder de la Federación Mediterránea; pues le prevengo que hasta el niño no llegan sin matarme antes... Suponiendo que puedan.

—Señor Director, desisto; pero en usted declino la responsabilidad por el incumplimiento de una orden del Supremo Manager. Daré parte a mis superiores y mis subordinados atestiguarán...

—Acepto todas las responsabilidades;

atestigüen cuanto les parezca, pero no sigan molestándome y retírense pronto.

Sin hacerse repetir la indicación, ni aun detenerse a recoger los otros dos niños que aun les faltaban, por temor a un motín de la plebe, que ya los estrechaba por delante y por detrás, se encaminaron directamente celadores, inspectores y guardias a los ascensores para salir cuanto antes de los subterráneos.

Al verlos marchar palmoteó Pinín, gritando:

—Masial echó fera hombe malo; Masial echó fera hombe malo.

El agradecimiento de Cartoya se desbordó en efusivas frases y repetidos abrazos.

—¡Bendito seas, bendito seas! ¡Dios te lo pague...! Ven, Pinín, ven; dale muchos besos y no te olvides nunca de que debes a Marcial más que la vida: Y quiérele mucho, mucho.

—Sí; yo quero mucho Masial valente. Tene pitola. Hombe feo tinió miero Masial... Yo quero tu pitola matar hombes feos si velven.

El chiquillo decía todo esto entre abrazos y besos de que su padre y Rucandio no se cansaban de cubrirlo, y los cuales interrumpieron tan pronto las últimas palabras de la criatura les recordaron la realidad, haciéndoles pensar que si había pasado la inminencia del peligro, aun subsistía éste; pues, verosímilmente, las autoridades adoptarían disposiciones eficaces para el cumplimiento de la orden recién desacatada por Marcial.

—Sí vuelven..., sí, es verdad—dijo consternado Cartoya.

—Volverán; de seguro: con lo hecho sólo he conseguido ganar tiempo, tomar un respiro; pero si no sé aprovecharlo, nada habremos logrado.

—Y tú, Marcial, te has comprometido, te has puesto en una situación grave por nosotros...

—No te preocupe eso; ya procuraré salir de ella: lo urgente es el niño... Cuando vuelvan vendrán en condiciones que, aun estando yo aquí, harán imposible salvarlo.

—Y puede que se presenten esta misma noche, cuando todo el mundo duerma, para cogernos por sorpresa. ¿Qué hacer, Marcial? ¿Qué hago?

—Creo, como tú, que volverán muy pronto, y no veo más salida de momento que llevarme a Pinín a mi casa para que no lo encuentren cuando vuelvan. Tú les dirás que vayan a reclamármelo al Omnimuseo. Veremos si se atreven. Y de atreverse, estoy seguro de que allí no me lo quitan.

—Pero Marcial, ¿es que vas a ponerte en franca rebeldía por mí?

—No te cuides de eso. Allá estará conmigo hasta que yo consiga arreglar definitivamente el asunto; en mis ausencias lo atenderá y cuidará Inés.

—Sí, sí; tienes razón.

—Pinín, ¿quieres venirte arriba conmigo?

—Sí..., contigo, sí... Pero ¿y papá...? Papá venirá tamén.

—Te enseñaré el sol, que tan bonito es y tanta gana tienes de ver.

—Sí, sí; el sol, sí... Pero papá venira a velo.

—Hijo mío, yo no puedo ir ahora; ya iré luego. Marcial te quiere mucho.

—Yo tamén lo quero...; pero te vena toras las tares tomo ahora.

—Ramón, no podemos perder tiempo; tengo que hacer gestiones urgentes para parar definitivamente el golpe; y como Pinín está duro de pelar, venios loc dos arriba; y allí, con calma, procurarás convencerlo de que se contente con papá Marcial, mientras pasa el nublado.

—¿Pasará?

—En procurarlo voy a esforzarme sin demora, y espero que sea fácil hacer sustituir a Pinín con otro niño cualquiera.

—¡Cómo! ¿Arrojar mi desgracia sobre otro? No; eso, no... ¿Quitarle a otro padre su hijo? De ningún modo.

—Pero ¿estás loco? ¿Es ese el cariño que tienes a tu hijo?

—Hasta dar por él la vida; pero no hasta hacer mal por culpa suya.

—¿Pero qué gente sois los parias...? No sé si llamaros héroes o dementes.

—Ni lo uno ni lo otro: cristianos nada más; verdaderos cristianos, no en el nombre, en el alma.

—¿Cristianos?... ¿Cristianos?... Ese nombre... ¡Ah, sí! Roma, el circo, las fieras, los mártires... ¿Y sois?...

—Los mismos: sólo que ahora el martirio dura la vida entera, y los tigres son los superpensantes, que roban nuestros hijos...

—Bueno: dejemos esto ahora; el tiempo apremia. Vamos arriba.

* * *

El plan de Marcial era contar a Mob la fábula de los mentales experimentos con Pinín para ponerlo de su parte en la defensa de los fueros de la labor científica del Omnimuseo; pues pensaba decirle que, en concepto de subdirector de él, escribía la memoria, que sería publicada como trabajo del establecimiento. Pero, aun confiando en que la soberbia del maestro sería un buen aliado en la defensa de los tales fueros, no se le ocultaba que a ser Ramón y su hijo propiedad del Omnimuseo, o siquiera de quien se había opuesto a que se lo llevaran al educatorio, resultaría tal defensa más fácil y más justificada su actitud de aquella tarde.

Por ello inquirió de Cartoya, en el ascensor, el nombre de su *amo*, averiguando que era siervo de la Imprenta Oficial del Consistorio, donde ejercía el cargo de corrector de pruebas, por nombramiento del secretario de aquel alto Cuerpo, desempeñando además el ministerio de párroco del numeroso personal paría de ella, por designación de Hobsson; pues no reconociendo los superpensantes la religión de sus esclavos, les eran desconocidos como tales los sacerdotes de ella, que habían de trabajar como obreros en algún oficio o faena.

Llegados arriba, se fué Marcial derecho a las habitaciones de sus amigos del siglo xx, donde, mientras salía él a las gestiones de que antes había hablado, quedaron Cartoya y su hijo, en compañía de Juan, y no de Inés, por estar ésta desde la mañana en cama a consecuencia de la impresión recibida en la Central Psicoeléctrica.

Al salir, dijo Rucandio a Juan y a Cartoya sucesivamente:

—Ni creo que los del educatorio vuelvan abajo antes de mi regreso ni que, aun volviendo, se atrevan a subir por el niño a mi casa, y menos que al no hallarlo en ella se les ocurra buscarlo aquí; mas, por si acaso, de llamar alguien a esta puerta, esconda usted a Cartoya y a su hijo en los zaquizamíes de los *autóms*, o, mejor, en el baño, empotrándolo en seguida en su hueco del muro; mas, de no ser así, aguárdame aquí, tarde lo que tarde.

Hecho este último encargo a Cartoya, salió Marcial a la carrera, entró en su casa, donde no estuvo sino el tiempo indispensable para echarse al bolsillo un libro de cheques del Banco Congolés y pedir por teléfono su auto al garage del museo.

Cinco minutos después de subir en él se apeaba en uno de los monumentales patios del Palacio Mundial, otros cinco más tarde era recibido por el Secretario del Consistorio, con quien le unían buenas relaciones, y después de informar a éste de los socorridos estudios sobre las inteligencias infantiles, le relató su altercado con los celadores y el inspector, desfigurándolo bastante para que en él resaltara, no su desobediencia, sino "el escándalo de que unos viles parias domésticos, como aquellos empleados subalternos, osaran discutir con un superpensante y faltar al respeto a un alto funcionario": atrevimiento que, de prevalecer, constituiría funestísimo ejemplo.

Agregó Rucandio que su venida no tenía inicialmente más objeto que dar la queja a su buen amigo, poniéndole en condiciones de enterar al Supremo Manager de la verdad de lo ocurrido para que no fuera sorprendida su buena fe si el Educatorio, oyendo solamente a aquella canalla, incurriera en versión pasionada.

Dijo en seguida, como cosa segurísima, que el Omnimuseo reclamaría oficialmente, por considerar intolerable que se pusieran entorpecimientos a sus científicas tareas; y terminó indicando que cualquier dificultad o roce con el Educatorio se orillaría mejor si el niño y su padre fueran propiedad del museo, o aun del mismo Marcial, que ya hacía tiempo tenía pensado comprarlos, habiéndose descuidado en hacerlo; por lo cual, y además del favor de poner en guardia al Manager contra informaciones tendenciosas, esperaba de la buena amistad del secretario que accediera a venderle inmediatamente los citados siervos.

Como entre personas de la privilegiada casta de los interlocutores no cabían discrepancias por viles parias, ya fueran éstos Ramón y su hijo, ya fueran los agentes, le bastó al funcionario saber que existía un conflicto entre éstos y un superpensante para dar a éste la razón, sin querer saber más, y para hacer cuanto le fuera grato: el Manager corría de su cuenta, y los siervos tendría sumo gusto en vendérselos en aquel mismo momento.

Tal amabilidad dió alas a Rucandio para tocar discretamente el punto delicado de la *fecha de la compra* de Ramón y Pinín, lamentándose de que, por distraído en no haberla solicitado del amable secretario ocho días antes, según tenía pensado, no le fuera posible robustecer su oposición de aquella tarde al embargo del chico invocando anteriores derechos de propiedad sobre él, lamentación contestada por el amable amigo (como buen supergozante, poco escrupuloso), diciendo que no habiendo él de desmentirlo, podía alegarlos si le hacía falta para sentar mejor las costuras a aquellos insolentes parias; pues lo esencial era que quedara en su punto la casta privilegiada. En consecuencia, al llenar con los nombres de Cartoya y su hijo, y con el precio de compra, los blancos del contrato impreso usado en tales transacciones, estamparon en él fecha ocho días atrasada.

... a quien intente poner la mano sobre ese niño, lo mato: tengo ocho tiros en la pistola.

El precio no podía dar lugar a regateo entre personas de tal fuste.

De vuelta en el Omnimuseo, se fué Marcial derecho a ver a don Roberto, y haciéndose el indignado, le pidió formulara dura queja oficial contra la tentativa de quitarle un chiquillo que estaba empleando en los trabajos ya repetidamente aludidos; cuando, precisamente para evitarse complicaciones si se le moría en algún experimento, lo había comprado unos cuantos días antes. La fidelidad puesta en esta parte del relato da la medida de la veracidad de la versión que hizo de su rifirrafe con los del educatorio; pero el fin justifica los medios, y como el fin era evitar que a Cartoya le quitaran su hijo, y como el resultado fué que Mob se indignara, como se había indignado el secretario del Manager, con el inaudito atrevimiento de la canalla paria, bien pueden perdonarse los embustes de Rucandio, que recibió encargo de Mob de redactar y ponerle a la firma al día siguiente un enérgico oficio al Gerente del Educatorio reclamando que el chico fuera borrado de las listas de educandos, por estar destinado a *ánima-vili* en interesantes labores del Omnimuseo, y pidiendo castigo para los celadores y el inspector.

Pero si no tenían culpa ninguna—dirá el lector—, pues cumplían órdenes de sus jefes, y además podían contar las cosas de muy distinto modo que Marcial.

Esta objeción se contesta en dos partes: primera, ante el testimonio de un superpensante nada pesan, en los tribunales del siglo cien, los de mil parias, aún cuando sean renegados; y no hay que sorprenderse, pues algo o mucho de esto pasaba ya en el veinte, en que si no había superpensantes, ya había supergozantes de influencia incontrastable, a quienes les era permitido todo atropello, sin que nada pesara en contra de ellos ni dichos ni razón de los humildes; segunda, que también es frecuente en el tiempo del lector que si una autoridad tropieza con un poderoso, paguen el pato quienes en el disgusto de éste no tuvieron culpa, por no haber hecho sino ejecutar órdenes de aquélla.

Por conocer su mundo, se quedó Rucandio perfectamente tranquilo respecto a Pinín después de las dos conferencias reseñadas, la última de las cuales terminó diciendo aquél a Mob que también tenía que enterarlo de un pequeño incidente sin importancia ocurrido aquella mañana en uno de los interruptores.

—¿Dice usted que no tiene importancia?

—Ninguna; pero como ha revestido particularidades curiosísimas sobre las cuales convendrá experimentar, pues creo han de prestarse a interesantes deducciones, de las que quiero hablar a usted.

—Entonces, como eso parece cosa larga, y ya es casi media noche, lo dejaremos para mañana. Véngase temprano, porque además hemos de hablar del *acumulador psicoeléctrico*, que necesito tenga usted listo para el mes que viene.

<h2 style="text-align:center">XXIV</h2>

<h3 style="text-align:center">LA FUERZA DE LA INOCENCIA</h3>

Acabada la conversación con Mob, entró Marcial en casa de sus amigos del siglo xx, hallando a Pinín dormido en las rodillas de su padre. Al entrar dijo:

—Albricias, Ramón: en unos días estará todo arreglado; pero en tanto dan fruto mis gestiones de hoy para que sea anulada la orden de embargo del niño, no conviene que ni él ni tú volváis abajo.

—Gracias, Marcial, gracias. ¿Cómo podré pagarte?

—Tal vez soy yo, no tú, quien todavía queda en deuda contigo y con tu hijo.

—¿Tú? ¿Tú con nosotros?

—Sí; soy otro hombre, otro hombre mejor que hace dos meses.

—Marcial, Marcial, ¡qué alegría me da oírte! Si crees deberme algo, harto pagado estoy con ella.

—Bien, bien; ahora vamos a mis habitaciones: tenemos que acostar a Pinín.

Después de decir adiós a García, que se regocijó con las buenas impresiones que Rucandio traía de sus diligencias, fuéronse éste y Cartoya con el niño a casa del primero, en cuya cama acostaron a la criatura, sin que se despertara sino a medias, mientras lo desnudaban, para dormirse de nuevo inmediatamente.

—Mañana, con calma — dijo Marcial —, arreglaremos una habitación para que tú y Pinín paséis estos días... Qué estos días... Si me olvidaba de decirte lo mejor: que ni ahora ni nunca tenéis ya que volver a esos tétricos subterráneos.

—¿Cómo es eso?

—Porque ya no sois siervos del Consistorio; porque soy yo vuestro amo. Perdona, quiero decir que sois vosotros únicos dueños de vosotros mismos; que os quedáis definitivamente aquí.

—¡Qué bueno eres, Marcial! ¿Nos has comprado? ¿Es a eso a lo que has salido?

—Sí... Ya no tendré que explicarle a Pinín cómo es el sol, porque gozará de él todos los días.

—¡Qué bueno eres!

—¡Qué tontería! Todo se reduce a que quiero mucho a este muñeco, un poco a ti; y que no me avengo a que volváis a enterraros.

Al ver Cartoya la alegría de Marcial a la idea de que Pinín no volviera a las cuevas, aplazó el decirle que siendo paria el niño, jamás su padre haría de él un renegado que abandonara a sus hermanos; y así, callando esto, únicamente contestó que no pudiendo él, por su ministerio, separarse de sus otros hijos en religión, dejaba el niño a su cuidado y se volvía abajo; pues aquéllos podían necesitar de sus auxilios aquella misma noche.

—Pero luego... No siendo ya siervo de nadie...

—Luego, bendiciendo tu nombre, deseando ocasión de dar por ti la vida, seguiré al lado de mis hermanos, ayudándoles a soportar sus dolores, a llevar su cruz.

—Pero estando aquí podrás bajar a verlos.

—Entonces ellos no me verían llevar la cruz como ellos; no les podría predicar resignación a unos dolores a que vieran me había yo substraído.

—Pero...

—Querido Marcial, olvidas que por propia voluntad me hice paria, que por propio deseo comparto la esclavitud de esos desgraciados, e ignoras que *mi ley* me ordena no querer para mí lo que no quiera para mis hermanos... Otro abrazo, Marcial; a tu cuidado dejo mi hijo. Como mis otros hijos de allá abajo no tengo a quién confiarlos, me voy con ellos.

—Pero...

—Hasta mañana, que subiré temprano a veros a los dos.

Sintiendo hondísimo respeto a la abnegada caridad que, aun no entendiéndola, se le imponía por su grandeza, contestó Marcial:

—Haz lo que quieras.

Y acordándose, al ver a Cartoya abrir la puerta, de que al día siguiente no le dejarían subir los empleados de los ascensores, a no llevar autorización, lo detuvo mientras escribía y le entregaba un pase para subir al Omnimuseo siempre que le conviniera.

* * *

Cuando Marcial se quedó a solas con el niño dormido sintió en primer lugar la satisfacción de la buena obra realizada al conservárselo a su padre y salvar *su alma* de la perversión a que en el educatorio estaba sentenciado—ya en sus soliloquios pronunciaba Marcial sin sorprenderse, y con frecuencia, la palabra alma, nunca usada por los superpensantes—; después, el placer de no privarse de la vista ni la comunicación con el pequeñín, que tan adentro se le había metido en el alma; y, por último, el verlo, en ausencia del padre, confiado a su guarda y cuidado, le producía la cándida, pero noble ilusión de mirarlo, como si fuera su propio hijo, con la ternura y el orgullo de padre.

Cediendo a la atracción poderosa que sentía, se acercó a la cama y le dió un beso, suave para no despertarlo, pero largo, muy largo; y al enderezarse y apartarse de la cama murmuró a media voz:

—¡Qué fuerza tan colosal en la debilidad de este niño dormido...! ¿De dónde, de dónde le viene ese poder, que ha cambiado los pensamientos de mi vida entera, trastornado mi conciencia de superpensante, remplazado mi orgullo de raza por desapego y repulsión a los míos, que me hace sentir y me hace pensar casi casi como los pobres parias?...

¿De dónde, de dónde le viene a este angelito inocente esa fuerza que ha arrollado mis egoísmos de supergozante, mis convicciones de sabio, mi concepto material y rastrero de la vida?...

¿Es que Pinín es más fuerte, más inteligente, más culto que yo?... ¡Qué desatino! Este niño ha triunfado de mí sin enterarse, sin proponérselo, empleando inconscientemente su poder, sin darse cuenta de la existencia de él.

Luego es necesario que su fuerza sea prestada, externa, superior a él y por otro movida: sobrenatural, en suma...

¿Otro?...

¿Será ese que Cartoya llama Dios, y que, como él me dijo, me encuentro a cada paso desde que bajé allá abajo...?

¿Y esa ley de que hablaba Ramón: durísima, terrible de cumplir, inhumana...? No, inhumana, no; al contrario, pues hace de los hombres hermanos y les impone heroicos sacrificios en beneficio de otros: inhumana, no; tremenda, sí, pero noble, hermosa, grande... y justa; porque a despecho de mi orgullo, y aunque me duela confesarlo, ya es para mí indudable que moralmente soy igual a cualquier paria.

Más de dos dijo continuó Marcial monologando a media voz y mentalmente, excitado por los acontecimientos y emociones que, unas en pos de otros y en aquel mismo día, se habían sucedido, impresionando su sensibilidad y sacudiendo su conciencia: primero, en la central; luego en la cueva de Cartoya, y por último, en aquellas horas en que junto a Pinín, dormido, íbale rememorando la memoria todo el proceso de la evolución espiritual que hacía dos meses se realizaba en él.

Pasadas ya las tres de la madrugada, y rendido al cansancio físico y moral consiguiente a la excepcional actividad que cuerpo, corazón y pensamiento habían desplegado en aquel día, sintió imperiosa necesidad de descansar, disponiéndose a hacerlo en un sillón; mas cuando ya se recostaba en él le asaltó repentino deseo, no por pueril menos vivo y sugestionante, de dormirse abrazado a Pinín: deleitándole la idea del placer de sentir junto a sí a la criatura, pensando que el ambiente de inocente pureza emanada del niño daría apacible sosiego a su mente turbada; y tal se impuso aquel afán a toda reflexión que, aun reprochándose el ceder a él como debilidad indisculpable en hombre de su fuerte espíritu, se tendió al lado del chiquillo, con gran cuidado para no despertarlo; rodeó con los brazos su tierno corpezuelo, colocando sobre una la rubia cabecita; posó en su frente los labios, y al hacerlo sintió que el deseo no le había engañado con falaces promesas; pues invadió su ser ternura tan dulcísima y bienestar tan plácido, que le hizo exclamar:

—¡Qué suavidad, qué gozo tan hermoso y tan puro! ¡Qué dicha tan desconocida de los supergozantes!

Sin saberlo, Marcial continuaba acercándose a aquel que dijo "Dejad que los niños se acerquen a mí..."

En esto le asaltó el penoso recuerdo de otro niño, que en el educatorio estaría durmiendo solo, sin brazos que ciñeran su cuerpo ni cariño que lo protegiera como el suyo protegía a Pinín; mas fuera por ficción de la mente, ya medio adormecida por el sueño que el cansancio imponía, o fuera recompensa al amor de padre que, aun no siendo su hijo, sentía por aquél, no le dolió el recuerdo del abandono del suyo, según solía otras veces dolerle; pues las punzadas del remordimiento se embotaban en robusta esperanza de que, como abrazaba entonces a Pinín, también un día estrecharía contra su corazón al perdido hijo.

Esta dulce esperanza acabó de adormecerlo; y al quedarse por completo dormido, de la esperanza nació ensueño que cual si fuera realidad se la hacía gozar; pues soñaba que su hijo era quien dormía a su lado, protegido por él: cuando era él, Marcial, el hombre fuerte, quien feliz descansaba bajo la protección de un angelito de cuatro años.

Y ¡cosa extraña!, al despertarse a la mañana y ver que aquella dicha sólo había sido sueño no sintió el amargor del desengaño, de no hallar junto a sí a su perdido hijo; porque se despertó con el convencimiento inverosímil, pero tan pleno y absoluto como misterioso, de que el ensueño equivalía a solemne promesa de que alguien—él no sabía quién, pero alguien con poder para convertirla en realidad, alguien cuyas promesas no podían fallar—le hacía de que aquella ilusión era el anuncio de venidera realidad.

Tan hondo era este convencimiento, con tal serenidad aquietaba su espíritu, y tal había aplacado sus remordimientos por el abandono de su hijo, que él mismo se maravillaba de que un mero presentimiento irreflexivo tuviera tanta fuerza; y de nuevo pensó, como cuando la noche antes quería explicarse la fuerza de Pinín, en una fuerza y en un poder superiores; y se acordó del ESCULTOR que, según frase de Cartoya, creaba criaturas de las que el padre no era sino bronce o barro, la madre molde tan inconsciente e impotente como el barro, y en las que vida y alma eran obra de AQUÉL.

—¿Será verdad?... ¿Será?—decía.

* * *

La ilación lógica en la exposición del encadenamiento de las ideas y sentimientos de Marcial nos ha hecho infringir el orden cronológico de los hechos; pues ni los pensamientos de él posteriores a su despertar fueron inmediatos a éste ni se le ocurrieron hasta más tarde; pues habiendo despertado Pinín antes que él, la charla y las preguntas del niño no le permitieron pensar sino en buscar respuesta a ellas, lo cual no era muy fácil.

Al abrir los ojos no extrañó el pequeñín no hallar a su padre a su lado, pues todas las mañanas salía éste temprano de casa, para atender a los deberes de su ministerio, mucho antes de que su hijo se levantara. Y aun cuando debiera sorprenderle ver a Marcial acostado con él, no le asombró, por maravillarle mucho más otras cosas: la luz del sol que por primera vez veía, el dorado de molduras y tallas, y los vivos colores de las tapicerías.

Paseó la atónita mirada por la habitación: se sentó en el lecho y se frotó con los puños los párpados, pues no creía en la luz que en lugar de la tenebrosa penumbra de su covacha veía entrar por las amplias ventanas que por descuido dejó abiertas Marcial al acostarse; y cuando se hubo convencido de que la luz era verdad, exclamó admirado:

—¡Te bonito! ¡Te bonito!... Papá, papá... ¡Anda!, es Masial... Está mumiro... Masial, Masial... despiétate... ¿Te es eto tan bonito?

Al mismo tiempo que Pinín decía esto zarandeaba a su amigo, que no le respondía tan pronto como aquél deseaba.

—¿Te es eto, Masial? ¿Te es eta lus tan bonita?

—El Sol, Pinín — contestó Rucandio levantándose, al mismo tiempo que la impaciencia hacía al chiquillo saltar, en camisa y descalzo, por el otro lado de la cama.

—¿Es eto el Sol?—preguntó, señalando un hermoso espejo con marco dorado.

—No, Pinín. Ven.

Cogiéndolo en brazos lo llevó a la ventana, y, abriéndola, dijo:

—Mira, el Sol es ése.

Pinín se confundió y tomando la bóveda celeste por el Sol, exclamó maravillado y reflexivo:

—¡Te bonito! ¡Te asul!

—No, Pinín, no: eso no es el Sol, sino el cielo.

—El sielo, el sielo... Ahí está Papá Yos, y la Vingen, y mi mamá María, te era mi bena... ¡Te bonito es, Masial! ¡Te bonito!... Pero entonses, ¿tuál es el Sol?

—Aquel redondo y dorado.

—¡Te rande!... No lo pero mirar... ¡Te alto etá! ¿Lo has poniro tú ahí ariba?

—No, hijo mío.

—No alcansarás, ¿verá?... Tomo etá mi alto tú no peres subite tan ariba.

—No: no puedo.

—Pues ¿tién lo ha pesto ariba?... ¿Tién ha hasido el Sol? ¿Has siro tú, Masial?

—No, Pinín: tampoco he sido yo.

—Caro: es mi rande; no peres... Entonses, ¿tién lo ha hasido?

—No sé, hijo mío: tienes razón, no puedo...

En este momento entraba Cartoya, a quien dijo su amigo:

—Ramón, tu hijo me está haciendo unas preguntas dificilísimas.

—¿Tién lo ha hasido?... Papá, papá... Masial no sabe tién ha hasido el Sol, y lo ha pesto ariba. ¿Tién ha siro?

—¡Cómo, Pinín!   ¿No sabes tú quién ha hecho el Sol?

—No lo sabo.

—¿No sabes *quién ha criado*?

—Sí, eso sí lo sabo: lo ha quiaro Yos... Yos lo ha quiaro toro—contestó el niño en tono de certeza que impresionó a Marcial, por sorprenderle hallarla tan profunda en la mente de una criaturita de cuatro años, como revelaba el acento de absoluta y firme convicción de aquel "lo ha quiaro toro". En seguida prosiguió Pinín:

—Papá, papá, Masial me ha tairo al sielo; míralo te bonito.

—No—pensó el padre: tú eres quien ya has puesto a Marcial en camino del cielo. Y en alta voz dijo:

—Pinín... ¿tú no habrás rezado todavía?

—No: toravía no.

—Pues ven... Con tu permiso, Marcial.

Con gran viveza se descolgó el niño de los brazos de su amigo, en los cuales estaba todavía; se arrodilló en el suelo, y al ir a persignarse, al mismo tiempo que lo hacía su padre, y al advertir que Marcial no los imitaba, le preguntó vivamente:

—¿Te se ha olviraro pesinate como te enseñé?

—No, hijo mío. Es que Marcial se ha persignado antes—contestó Cartoya.

Marcial sintió algo parecido a vergüenza de que Pinín supiera que, efectivamente, había olvidado su lección.

El chiquillo, que no sabía sino a retazos el Padrenuestro, comenzó diciendo: "Pade nesto", y después fueron padre e hijo recitando las primeras frases de la oración: cortadas, despacio, yendo delante el hijo en las que recordaba, y otras veces el padre cuando a aquél le faltaba la memoria. Pero de pronto se detuvo el chiquillo para volverse hacia Rucandio y preguntarle:

—¿Po te no resas, Masial?... Aroríllate.

—Deja a Marcial, hijo mío; ya ha rezado.

—No, no ha resado: no pere ser: se ha
nispertaro despés te yo.—Y con tono des-
pótico ordenó:

—Arorillate, Masial.

Marcial no dudó ni un momento y se
arrodilló. Pinín continuó entonces:

—El pan nesto... ¿Tomo sigue, papá?

Ramón no pudo contestar, porque el ver
a Marcial arrodillado junto a sí y a Pinín lo
conmovía tan hondamente, que el nudo que
tenía en la garganta lo imposibilitaba por
completo de hablar, en vista de lo cual la
viveza de Pinín hizo a éste decir:

—No me atuerdo tomo es. Masial, ¿tomo
se dise despés del pan nesto?

—No sé, hijo mío...—contestó éste haciendo un esfuerzo.

—Este Masial no sabe nara—exclamó el
arrapiezo, avergonzando al sabio—. Enséñia-
le, papá. Mira, Masial: tú dises ton mí lo
mimo te papá.

—El pan nuestro de cada día—dijo Cartoya sobreponiéndose a su emoción.

—... de craria, Masial—dijo Pinín.

—.. de cada día—repitió Rucandio.

Y así llegaron al final de la oración.

* * *

Como Rucandio había de poner el oficio
para el Educatorio y llevárselo a firmar a
Mob, y como había quedado en ver temprano a su maestro, se fué a estos menesteres
tan pronto se hubo desayunado con Ramón
y el niño, y llevado a éste a casa de los amigos del siglo veinte, donde al cuidado de
Inés, ya repuesta de su indisposición, lo
dejaron.

Cartoya se fué también a sus diarios quehaceres.

Lo primero que al entrar en el laboratorio
a redactar los oficios vió Marcial a través de
los cristales de una ventana fué el Sol, diciendo al verlo:

—Tiene razón Pinín: es muy grande, muy
grande, no puedo hacerlo: *los sabios no podemos hacerlo:* como no podemos hacer ni
una mosca, que, pareciendo tan pequeña, no
es menos grande que el Sol; como nada sabemos *hacer* de la nada; como ni el mismo
Mob, ese coloso de la ciencia, sabe hacer el
amor, teniendo que robar el amor que Otro
más grande, más sabio, más poderoso que él
hace nacer en los corazones de los hombres..

"Venga a nos el tu reino." ¿Qué reino será
ese que piden esas gentes que no aspiran a
riquezas ni a honores?

Esta noche, cuando suba Ramón a hacer
rezar al niño, he de preguntárselo.

XXV

CABOS SUELTOS

El acumulador psico-eléctrico estaba a
punto de ser terminado. En él trabajaban
con ahinco los españoles del siglo xx, no
porque los entusiasmaran los proyectados
experimentos de Don Roberto, sino porque
después de una larga conferencia de Cartoya y Rucandio les dijeron éstos que estaban cooperando a una buena obra, pero sin
darles más explicaciones.

Por cierto que si Marcial se decidió a
dirigir tal trabajo fué a causa de la citada
conferencia y gracias a la autoridad de su
amigo sobre él; pues como la carga del
acumulador debía, naturalmente, efectuar-
se con amor robado por el interruptor, al
cual le tenía ya el semiconvertido superpensante aversión no menor que los vizcaínos, experimentaba grandísima repugnancia a intervenir en dicha carga y a continuar colaborando en la obra infame de su
maestro: repugnancia que combatió Cartoya, diciendo:

—Para lograr que esas infamias dañen
menos a sus actuales víctimas es preciso
que tú sigas al frente de ellas: lo ocurrido
ayer mañana en la central a los maquinistas me ha sugerido el cómo tú y nuestros
dos compatriotas podréis tal vez atenuar
esos males. Pero para ello habéis de ven-
ceros, e intentar, y probar.

Seguidamente arguyó Ramón, con argumentos demasiado técnicos, sobre posibilidades de obtener importantísimos resultados,
mas todavía tan problemáticos que sería

prematuro e inoportuno hablar de ellos ahora, en tanto no se vea si el proyecto a que se refería acaba en éxito o fracaso.

Pero lo que más influyó para que Marcial y el matrimonio bajaran a diario, y sin reparo, al interruptor fué el cambio introducido en el régimen de la explotación del amor por orden de Mob, pero a propuesta de Rucandio, y como consecuencia de idea por Ramón sugerida a su amigo para que la madurara.

Después de reflexionar sobre ella, contó Marcial a su maestro el accidente ocurrido en la central, atribuyéndolo habilidosamente al decaído estado en que el continuado trabajo en el interruptor ponía a las parejas, siendo causa de que todos y cada uno de sus impulsos amorosos, sin suficiente energía para vencer la inercia del campo eléctrico, ni producir, por tanto, corriente de esta clase, se fueran acumulando en el campo amatorio, que por no transformarse en electricidad, crecía y crecía en potencia hasta alcanzar las peligrosas proporciones que lo acaecido había evidenciado.

Después de decir esto, insistió Marcial en que el rendimiento eléctrico de cada pareja, máximo para todas el primer día de trabajo, bajaba ya muy perceptiblemente al segundo y en los siguientes continuaba descendiendo cada vez más de prisa, con resultados ya, por lo pronto, antieconómicos que constituirían mañana un serio obstáculo para dar al invento la extensión de mundial aplicación industrial que deseaba Mob; pues con todas sus excelencias científicas lo impediría el carácter verdaderamente ruinoso de una explotación basada sobre el actual régimen de continuado trabajo de los amantes.

Tan bién presentó Rucandio la cuestión y tan sesudas le parecieron a Mob, en su doble aspecto fabril y financiero, las observaciones de aquél, que lo autorizó a hacer ensayos suprimiendo el encierro e incomunicación previa de hombre y mujer, y no haciéndolos trabajar sino una sola sesión de tiempo en tiempo, para dárselo de reponer sus fuerzas de una a otra: sistema que era de suponer diera además el resultado de hacer cesar la excesiva mortandad y los casos de demencia, evitando el quebranto metálico representado por la pérdida del gran número de esclavos consumidos en el oneroso régimen.

Por lo pronto turnarían los siervos del Omnimuseo, los de Mob y los de Rucandio. Después, para cuando la explotación se extendiera a todo el mundo, podría votar el Consistorio una ley (por el estilo de la que en pasadas edades se llamó de Servicio Militar General Obligatorio) imponiendo a todos los novios y esposos parias la prestación personal en los interruptores: tal vez bastaran turnos de un día por semestre y pareja, tal vez no fuera necesario ni aun llegar a tanto.

—Pues a ello, amigo Marcial—dijo el sabio una vez decidido—: a ensayar; y en cuanto llevemos una semana del nuevo régimen, súbame los partes de trabajo para compararlos con los antiguos y juzgar del resultado. Y no me olvide usted el acumulador.

—No, señor: quedará listo hacia el cinco de enero: con lo cual dispondremos para pruebas y retoques de una semana, hasta el doce, en que se reúne el Consistorio.

He ahí cómo entre Cartoya, padre de la idea inicial, y Marcial, que le dió forma económica y científica, lograron que el continuado y mortífero tormento de unos cuantos pasara a ser mal más extendido, pero soportable para todos. Siendo muy de notar que, enteradas por el primero las presuntas víctimas de que sometiéndose a aquel duro, mas breve, padecer de un día salvaban la vida o la razón a sus hermanos, lo aceptaron de buen grado.

Y era que la abnegada hermandad de que los cristianos de las catacumbas de Roma dieron ejemplo altísimo en los remotos y gloriosos tiempos de las persecuciones y los martirios, había revivido entre los de las catacumbas del siglo cien; y así, mientras civilización y progreso materiales, bienestar y disfrutes corpóreos llegaban al último extremo de refinamiento en la superficie de la Tierra, donde dos millones escasos de supergozantes sin moral y sin fe, sino en las fuerzas de sus egoísmos, se ahitaban de placeres, los tres mil millones de parias de las catacumbas padecían en sus cuerpos, mas gozaban de paz espiritual, se hacían mejores, progresaban en sus almas, hallando en el Amor supremos goces.

Los supergozantes, no indiscutibles, pero sí indiscutidos reyes del reino terrenal, habían derribado religión y templos, con demoledoras piquetas que se llamaban avaricia, lujuria, vanidosa soberbia, afán de oro, ansia de sensuales placeres; en el mundo visible no quedaba vestigio de espíritu cristiano, y en él reinaba el oro e imperaba el vicio; pero abajo se improvisaban templos en las cuevas, en cada corazón se alzaba un ara, la caridad era sedante de todos los dolores de las innumerables muchedumbres parias, crecientes de día en día, que marchaban con pie firme hacia otro Reino que "no era de este mundo": el Cristianismo avanzaba hacia el triunfo final; no visto ni siquiera sospechado por los supergozantes, que creían muerto desde siglos atrás el Cristianismo, pero que era visto por el que mira desde arriba y sabe que ese triunfo no es terrestre conquista, sino celestial victoria. ¡Los cristianos lo habían al fin entendido, mas les había costado muchos siglos!

Gracias a esto sobraron parejas voluntarias que para auxiliar a sus hermanos se prestaron a padecer los tormentos de un día en el interruptor. Era el triunfo de la caridad movida por la fe, por la esperanza sostenida.

Gracias a esto evitó Cartoya una ruptura de Marcial con Mob que imposibilitando el alivio, ya logrado, de los padecimientos de los parias habría impedido alcanzar otros bienes en lo venidero; gracias a esto se consiguió que sin reparo, aunque imponiéndose violencia, continuaran Inés y Juan prestando su colaboración científica: es decir, Juan principalmente; pues Inés tenía muy descuidadas las tareas de tal índole por las de madre de Pinín, con entusiasmo desempeñadas durante todo el tiempo que Marcial, ayudado por Juan, atendía a la fabricación, primero, y a la carga, después, del acumulador psicoeléctrico: o más bien de los acumuladores; pues además del encargado por Don Roberto se fabricaban, a callandas, otros cuatro, según acuerdo tomado por Marcial y Ramón en la conferencia reservada a que anteriormente se ha aludido.

Finalizada la semana de ensayo del nuevo régimen, los partes de trabajo convencieron a Mob de que en el relevo cotidiano de las parejas estribaba el acertado planteo económico del negocio y el eficaz rendimiento del amor industrial; y una vez de ello persuadido celebró interesante conferencia con el Supremo Manager para conseguir de él que en el Mensaje que había de leerse en la próxima Asamblea del Consistorio Internacional fuera incluido el proyecto de ley sometiendo a los parias del mundo entero a la general prestación amorosa. El éxito coronó los deseos de Don Roberto, que empleó para convencer al magnate procedimiento muy usado ya con no pocos respetadísimos prohombres políticos del siglo XX: una generosa disimulada oferta de acciones liberadas de la futura empresa.

El proyecto habría de presentarse a continuación de la conferencia que Mob daría a reyes y presidentes de repúblicas representantes de todos los pueblos de la Tierra para explicarles experimentalmente su invento y las grandísimas ventajas que las industrias de los supergozantes podrían obtener del Amor Paria: nombre no caprichoso; pues desde la época de sus primeras investigaciones sabía el director del Omnimuseo que lo que los supergozantes llaman amor, experimentándolo pero no sintiéndolo, no pasa de mero cosquilleo nervioso, incapaz de mover el corazón, ni por lo tanto los aparatos psicoeléctricos.

Y esto era una verdad experimental; pues ninguna de varias parejas de amigados, al parecer apasionadísimos, que, por deporte, se sentaron sucesivamente en el interruptor, lograron encender, por muchas vueltas que las pantallas dieron, ni una bombilla microscópica de una mísera bujía, cuando cualquier pareja paria hacía lucir un arco voltaico de 16.000.

Aun cuando ya se ha dicho que durante el día cuidaba Inés de Pinín, de noche no se avenía Marcial a quedarse sin *su chico*, para quien no había preparado cuarto ni cama aparte, según pensara en un principio, sino que, como la primera noche que lo tuvo de huésped, siguieron durmiendo juntos las siguientes, y *jubando* desaforadamente al despertarse de mañana: gateando el chiquillo por encima del sabio; haciendo volatines sobre sus piernas levantadas en alto; dando horrendas caídas... sobre los colchones: divirtiéndose, en suma, sabio y chico estrepitosamente.

Como, para evitarse regaños de Pinín, Marcial no había tenido más remedio que aprenderse el Padrenuestro y decirlo todos los días con su profesor, a fuerza de repetirlo empezaba a entenderlo; y su gran inteligencia, impulsada por un hermoso corazón, iba ya viendo brillar la luz donde el sabio había andado siempre entre tinieblas; y el corazón gozaba en cosas en las cuales jamás pensó el supergozante pudiera hallarse goce alguno.

XXVI

LA CONSPIRACION DEL AMOR

En los últimos días de diciembre del año 10000 quedaron terminados los cinco acumuladores. Fundados en los mismos principios esenciales que el interruptor, no hay por qué dar sobre ellos técnicos detalles, engorrosos tal vez a estas alturas; pues a nuestro interés, no científico, humano, le basta con saber que los cargaba el aparato Mob, en forma análoga a como ūna dínamo carga un acumulador eléctrico ordinario, condensando el amor en enormes cantidades en unas placas de platino esponjoso, con estructura en lo esencial análoga a un panal de cera, impregnadas de plasma amoroso.

Este era el rasgo común a los cinco fabricados; mas con la diferencia, entre el destinado a los experimentos de Don Roberto y los cuatro cuya existencia desconocía, de que el primero se descargaba a través de un tubo psicoeléctrico y un pequeño carrete electromagnético, semejantes ambos, aun cuando mucho más pequeños, a los del interruptor; mientras los otros estaban provistos de antenas similares, salvo sus diminutas dimensiones, a las de la telegrafía sin hilos. Por estas antenas lanzaban dichos acumuladores al espacio el amor; pero no transformado en onda eléctrica, sino en su forma propia de amorosa vibración.

Seguidamente se realizaron en los subterráneos repetidas pruebas con ellos a completa satisfacción de Rucandio, Cartoya y los resucitados bárbaros, como siempre llamaba Mob a los esposos bilbaínos.

Pocos días después Marcial presentó a Mob el modelo único, sin hablarle palabra de los otros cuatro. Sometido éste a ensayos (completamente diferentes de los efectuados con aquéllos), quedó satisfechísimo, felicitando a Marcial y hasta a Inés y Juan, a quienes dijo que continuando en tal camino ganarían el ascenso a la privilegiada casta de los superpensantes.

Por aquellos días quedó definitiva y favorablemente resuelto el asunto de Pinín

con la anulación de la orden de ingreso en el educatorio.

Al saberlo su padre se le ocurrió bajárselo a su casa, pero no dijo nada por lástima a Marcial, aplazando el hacerlo hasta que pasara la ya cercana conferencia de Mob, de la cual se esperaban grandes novedades, en las cuales confiaba el sacerdote para que a su amigo le fuera menos penosa la separación del niño.

Que la lástima estaba bien justificada lo demostró el cambio en la fisonomía de Marcial desde que comunicó a Cartoya la noticia del feliz desenlace del asunto hasta que lo vió marcharse solo, como todas las noches; pues su cara larga, larga, al dar la buena nueva, como si se tratara de una desgracia, por estar pensando que se quedaba sin su monigotillo, se fué aclarando, poco a poco, al no oír al padre decir nada de llevarse a su hijo; y cuando ya se convenció de que por entonces no había peligro de que le quitaran el muñeco, le rebosó en el rostro la alegría, cuya causa era tan transparente para su buen amigo, que para sí pensaba:

—Este sabio que juega con mi hijo a las muñecas parece cosa extraordinaria; pero lo es todavía más de lo que parece, pues mirando en lo hondo verá quien mirar sepa que, aunque Pinín no es sabio, el muñeco es Marcial: por dicha de Marcial, que tan sólo aniñándose ha logrado limpiarse de su inmunda lepra moral de supergozante. Sólo así...

—¡Qué callado te has quedado!—dijo Marcial, sorprendido del mutismo de su amigo y cortando así sus reflexiones.

Y yo ¡qué cabeza tengo! Con la noticia de Pinín se me pasó decirte que Mob me ha ordenado que vaya mañana a reconocer la sala de sesiones del Palacio Mundial y a proyectar lá inslación del aparato para su conferencia. Como para disimular la de los alambres conductores de los acumuladores-antenas de modo que no descubran la existencia de éstos, me convendría saber particularidades de la construcción del palacio, que tú conocerás perfectamente, es preciso que me acompañes en mi visita para ultimar sobre el terreno los detalles de ejecución de nuestros planes.

Al otro día fueron efectivamente los dos amigos al Palacio Mundial, acompañados de García y Cartoya, representando este último el papel de obrero a las órdenes de Marcial.

Ha de advertirse que García, influído aún por las ideas propias de su remoto siglo, ni había alcanzado la egoísta ecuanimidad de los superpensantes, a los que aborrecía, ni la abnegada caridad de los parias cristianos, en quienes miraba sus verdaderos congéneres y con los cuales se iban todas sus simpatías: de aquí que su impulsivo carácter y su decidida mala voluntad contra Mob tuvieran exacerbada su indignación contra éste y la sociedad de los supergozantes: en tales términos que en tanto no consiguiera Cartoya sosegarlo, casi sería entorpecimiento, grave a veces, más que auxiliar de los planes de éste; pues sus furores de rebelde habían amenazado contagiar a Marcial.

Así, departiendo los tres una tarde, decía García, refiriéndose a los proyectos, todavía obscuros para él, perseguidos con los acumuladores:

—Yo creo, Padre, con el mayor respeto a usted, que esos caminos son largos y equivocados. Para mí es claro que dos millones de parias contra veinte mil superpensantes, en Mundiópolis, y tres mil millones contra dos millones, en el mundo, no necesitan sino querer para barrerlos, para aniquilarlos, para entronizar la justicia en el mundo.

—Tiene usted mil razones.

—Lo ve usted.

—Aguarde, he dicho mal: tendría usted mil razones si los parias fuéramos un pueblo, una nación o una clase que aspirara al dominio, o si yo fuera un rey o un guerrero sediento de conquistas; pero soy sacerdote y los parias somos ante todo cristianos, habiendo felizmente progresado mucho en sinceridad de sentimientos y en moral conducta, desde los tiempos de donde usted viene.

Ha dicho usted bien; de sobrevenir esa sublevación y esos asaltos inopinados con que sueña, creo que de nada les valdría a los superpensantes el poder y las armas que monopolizan, pues serían aplastados por la abrumadora masa que sobre cada uno de ellos haría caer más de millar y medio de parias. ¿Pero a qué? El cristianismo no aspira a conquistar por la violencia el mundo, sino a que en él triunfe el amor...

Y lo va consiguiendo, y muy deprisa; pues el amor cristiano ha conquistado ya esos 3.000 millones de criaturas parias en un mundo cuya total población es de 3.002.

Ese es nuestro triunfo; pues aun siendo en apariencia esclavo, el cristianismo reina en las almas de la inmensa mayoría de la Humanidad. Usted ha olvidado, hijo mío, que en los combates del cristianismo los cristianos no vencemos matando, sino padeciendo y muriendo: como los mártires de los circos paganos, como los misioneros atormentados por salvajes.

Porque en los otros heroísmos, honrados en el mundo, y engendradores de hombres capaces de morir por una idea, mueren sus héroes por matar, y los héroes cristianos mueren para alcanzar la salvación de sus verdugos, mostrándoles que la muerte es albor de vida mejor que ésta.

Jesús nos enseñó que así se triunfa; pues él no amotinó el pueblo de Jerusalén el Domingo de Ramos, cual lo hubiera hecho de querer empujarlo a conquistar un reino de aquí abajo; sino que con su muerte en cruz conquistó para sus hijos reino eterno. ¡En cruz que era patíbulo infamante!

¿Creeríase hoy posible que los hombres llegaran a adorar cosa tan odiosa como la horca, la guillotina, el tajo y el hacha del verdugo? Pues eso era la cruz, de la que Jesús hizo adorado lábaro, emblema de amor.

Por el amor hay que triunfar, amigo Juan.

Marcial oía y callaba, pensando en aquella prodigiosa transformación—que era un hecho rigurosamente histórico—de un signo de infamia en emblema de amor, en aquellos inverosímiles, mas positivos, triunfos de la resignación y de la muerte.

—Entonces, don Ramón ¿usted espera que con lo que traemos entre manos llegaremos al triunfo final y definitivo que permita a nuestros hermanos subir sobre la superficie de la Tierra a compartir con los supergozantes los dones de la Naturaleza que éstos detentan hoy?

—Eso les será dado a nuestros hermanos por "añadidura"; pero ya sabes, hijo mío, que el mayor bien no es ése. En cuanto a tu pregunta de si ahora alcanzaremos ese triunfo final, no puedo contestarte... Y aun temo que no ha llegado todavía el tiem-

8

po de alcanzarlo: sólo sé que por él trabajamos, que a él nos acercamos, que si nosotros no lo vemos, lo verán nuestros hijos.

....

Aquietados con la anterior o semejantes plácticas los bélicos ímpetus de García, aun tropezaba la proyectada empresa en algún escrúpulo de conciencia de Marcial, nacido al ocurrírsele la idea de que tal obra era un complot o acaso una traición a Mob.

Combatíalo diciéndose que ser víctima de ellas es fatal sino de todos los déspotas que abusan de su fuerza contra quienes, faltos de la necesaria para defenderse, forzosamente han de suplirla con la astucia; decíase que sin inferir personal daño a don Roberto, ni en su persona ni en sus intereses, se perseguía alcanzar bienes generales, poniendo fin a sus infamias contra los infelices de las catacumbas; que para hacer cesar los males de éstos no había otros caminos que la violencia, al principio preconizada por García, o el suave pero hábil plan ideado por Cartoya, buscando, no el castigo, sino la redención de los verdugos de los parias.

¿Pero es que Marcial era cristiano ya?: externa y oficialmente nó; pero, según se ve, sentía ya casi como tal.

Y tal vez por lo mismo no conseguía acallar sus escrúpulos, que como supergozante no habría sentido, de engañar al "excelso"; pero éstos cesaron por completo cuando al llamarle Mob para comunicarle la recepción de un oficio del Educatorio Internacional participando que "el chico de los experimentos" había sido borrado de las listas de pupilos de aquél, agregó que cuando salieran del negocio, por lo pronto absorbente, de su cercana conferencia en el Consistorio, le había Marcial de traer el muchacho; pues también él necesitaba experimentar en aquél ideas que hacía tiempo tenía sobre el modo de excitar o anular en los cerebros la memoria.

—¡Pinín en manos de esta hiena, para que me le mate o me la vuelva idiota con sus experimentos!—decía Rucandio al salir del despacho de su maestro—Todo antes que eso.

Y se acabaron sus vacilaciones, que de igual modo se le habrían quitado, aunque para salvar al niño de las garras de Mob le hubiera sido necesario matar a éste.

El acumulador destinado a las demostrativas explicaciones sobre el amor Mob quedó la víspera de la apertura de las sesiones del consistorio instalado un poco más alto que el pasamanos de la barandilla del es-

trado de la mesa presidencial, y detrás de aquélla.

De él salían alambres cuya finalidad era ponerlo en comunicación con diversos aparatos eléctricos distribuidos por el salón, con el objeto que el mismo Mob nos hará en breve conocer; y por orden de éste se los había disimulado cuidadosamente entre fustes, capiteles, adornos y molduras; pues importaba a la elegancia de sus experimentos recatar del público toda externa comunicación entre dichos aparatos y el acumulador amoroso que había de hacerlos funcionar.

Pero a estos alambres se agregaron otros, tan discretamente disimulados como ellos, tendidos entre el citado acumulador y los cuatro de "antenas radiantes", instalados sobre la monumental cornisa alta del salón, y retrasados con respecto a ella en los vanos del muro correspondientes a los ventanales por donde entra la luz que desde lo alto ilumina el grandioso hemiciclo.

Entremos en él.

Las lujosas mesas y ostentosos tronos, situados detrás de ellas, de los monarcas y presidentes representantes de todas las naciones, ocupan semicírculos concéntricos dispuestos en gradería.

Tronos y mesas son de roble, ostentando esculpidas en él las armas, policromas, de la nación o naciones correspondientes.

Dichos monarcas están sometidos al Comité de Instituciones Bancarias que preside el Manager: lógica y natural dependencia, pues en la sociedad desmoralizada del siglo cien, el dinero tiene que ser, en definitiva el AMO: verdad inconcusa de la cual ya se van viendo ha tiempo pruebas en nuestro siglo veinte.

Detrás de la enorme mesa presidencial, de oro macizo, están nueve sillones, de oro también: ocho para los vocales del comité bancario y otro central, más suntuoso y elevado, para el Supremo Manager.

Por último, en torno de las partes descriptas se hallan las tribunas, distribuídas en seis pisos, y lujosísimas, cual es de cne, por estar destinadas tan sólo a superpensantes y supergozantes: siendo tan amplias que en ellas pueden acomodarse hasta 15.000 personas; pues las sesiones del Consistorio Mundial despiertan siempre extraordinario interés en la culta población de Mundiópolis; y la que como inaugural de la legislatura se iba a celebrar el 12 de enero del año 10.001, excitaba aún mayor curiosidad: por saberse que la presentación de un proyecto de ley interesantísimo que había de leer el Manager, sería precedida por la noticia y la explicación de un prodigioso invento del sapientísimo Director del Omnimúseo: que al abaratar el coste de los goces de los supergozantes aumentaría los disfrutados.

La víspera del citado día comunicó Mob a Marcial los términos de dicho proyecto de ley que entre el Manager y él habían redactado.

Sencillo, breve y razonado, helo aquí:

"Considerando: que el amor paria es, según habéis visto, la mayor fuerza, hasta hoy inexplotada, de la naturaleza; que mientras los supergozantes pechamos con oneroso impuesto de procreación que no pagan los parias, injusto e irritante privilegio que no debe subsistir; que no teniendo éstos medios de pagar un tributo metálico, por no poseer nada, preciso es que de algún modo paguen.

El Consistorio ha decretado: Todos los parias quedan sujetos a obligatoria prestación de su amor, a la sociedad, exigible en los plazos y épocas que los reglamentos y las necesidades de las industrias determinen. Dicha prestación se hará efectiva por turno: primeramente entre los novios como requisito previo para autorizar su unión; segundo, entre los ya amigados. (Ya se sabe que los supergozantes no dicen nunca matrimonio.)

Cuando Marcial comunicó a sus amigos el texto del proyecto, dijo Cartoya:

Aun cuando solamente consiguiéramos eso, ya es mucho, comparado con el régimen de tormento continuo primitivamente aplicado por Mob, y que, a no ser por ti, sería el que ese decreto extendería a todo el mundo. Pero confío en que obtendremos mucho más.

XXVII

EL AMOR SE SUBLEVA

Son las dos y media de la tarde del 12 de enero, cuando comienzan a llegar a la monumental Mundiópolis los primeros monarcas, magnates, plutócratas y príncipes de la ciencia, que en *aeromóviles* y *aeroexpresos* de múltiples trazados y variados aspectos acuden de todas las naciones de la Tierra a la primera sesión del Consistorio, convocada para las tres en punto del citado día.

El ardiente sol de la zona tórrida luce con fulgor deslumbrante y abrasadores rayos; el calor en los alrededores de la capital del mundo es verdaderamente asfixiante; pero una extensa nube, artificialmente formada por los "vaporizadores automáticos" del Municipio, y que la acción de "aspiradores" de tremenda potencia suspende a modo de inmenso toldo, sobre la hermosa urbe, protege a ésta del rutilante resplandor de la tropical luz meridiana que, cernida a través de la nube, se cambia en blanda, aun cuando intensa claridad de suavísimos tonos. Corrientes de aire frío, inyectadas por "insufladores eléctricos" en las entrañas de la protectora nube, provocan en ella ligera condensación de vapores que, descendiendo a modo de sutil rocío, y volviendo a vaporizarse antes de llegar al suelo, templan los ardores

del aire con humedad que suaviza el ambiente: al punto de no marcar las columnas termométricas de avenidas y envolventes sino veintiún grados de temperatura.

A las dos y cuarenta y cinco, llenas ya las tribunas del salón de sesiones del Palacio Mundial, son cerradas las puertas de éste; a las dos y cincuenta penetran, con solemnísimo ceremonial, en el hemiciclo los representantes de las naciones, tomando puesto en sus sitiales; a las tres, el Comité Bancario, precediendo al Manager, se presenta en el estrado presidencial.

Desde diez minutos antes, Mob, acompañado de Marcial, ocupa su puesto junto al acumulador, a la derecha y delante de la mesa presidencial; a mayor distancia de ésta, pero cercanos a los anteriores, y detrás de una gran columna, para pasar inadvertidos de la concurrencia, se colocan Cartoya y García, allí admitidos en calidad de obreros electricistas, a prevención de que puedan ser necesarios sus servicios.

Abierta por el Manager la legislatura, toman asiento todos los miembros del Consistorio, y el secretario da inmediata lectura del programa de aquélla. A esto, y al reparto para estudio de los representantes, de las proposiciones presentadas a la Asamblea para ser discutidas y votadas en sesiones sucesivas, solía otros años reducirse la inaugural; pero para la que se estaba celebrando consignaba el orden del día que, terminado el reparto, daría el excelso Mob su conferencia.

La frase inicial de dirigirse al auditorio bastará a quien se fije en ella para juzgar de cómo se escalonan los respetos en las sociedades del siglo cien. He aquí la frase, cual expresivo botón de muestra:

"Egregios millonarios, ilustres monarcas, pudientes caballeros, insignes sabios, bellas damas."

En pos de ella expuso antecedentes de su genial invención; describió el trazado y el funcionamiento del psicointerruptor, y pasó revista a la potencia y utilidad de todos los manantiales de energía ofrecidos por la Naturaleza, cuyas fuerzas aprovecha el hombre: míseras en comparación de las colosales e inagotables energías del Amor Mob.

El estilo y conceptos con que desenvolvió estos temas fueron, salvo mayores atildamientos y ampulosidad, los mismos que el lector ya conoce, por ser los empleados por Mob en sus explicaciones a los redivivos esposos del siglo xx. Por ello pasaremos por alto cuanto ya es conocido, transcribiendo tan sólo la última parte de la conferencia, cuando, llegando ya a los experimentos recreativos, decía el orador:

—Aun cuando nuevo todo esto, hay algo más importante, maravilloso y útil; pues el agente que va a revolucionar el mundo, que todavía no es sino amor al estallar entre las puntas de los alambres nervosizados, ya es otra cosa cuando mueve la aguja indicadora de un galvanómetro intercalado en cualquier circuito de alambre ordinario sometido a la inducción electro-amorosa; amor se ha transformado, pues, en electricidad; si en vez de a un galvanómetro llevo el amor a un fino alambre, se caldea éste al rojo, y ahora el amor es fuego; si en la corriente interpongo un voltámetro, se producen en él combinaciones y descomposiciones químicas por haberse trocado aquel agente en fuerza química; si se monta un motor, gira su rueda a impulso de la fuerza mecánica que arrastra el automóvil, el barco o el avión; y si, por último, intercalo en el circuito un arco voltaico, la luz que en éste brilla es amor transformado, amor que nos deslumbra...

Y todas estas metamorfosis de la energía afectiva se logran fácil, suavemente, merced a un prodigioso instinto que, como cualidad esencial de su misteriosa omnipotencia, tiene el amor de plegarse, como diría un poeta, a todo sacrificio que se le demande.

Para dar fin a esta conferencia, voy a poner a vuestra vista, a modo de expresiva y curiosa demostración, los portentos de esas transformaciones industriales, haciéndoos presenciar variados experimentos caloríficos, mecánicos, luminosos, en los cuales gastaré los millones de cupidios almacenados en el acumulador psíquico que aquí veis. Advierto que el *cupidio* es una medida del amor, como el metro de las distancias, el litro de las capacidades y el grado de las temperaturas, y que mi acumulador es susceptible de condensar amor en grandes cantidades a tensiones enormes, que, gracias a la extraordinaria resistencia y perfección del aparato, no resultan alarmantemente peligrosas.

De él pasará el amor sucesivamente a los aparatos que veis en diversos lugares del salón y al arco eléctrico pendiente de la bóveda, y en éste y en aquéllos le veréis realizar diferentes clases de trabajos.

Comenzaré por el experimento térmico, elevador de la temperatura en este recinto, enviando amor del que aquí tengo condensado a aquella gran esfera metálica, de la cual irradiará el calor que en breve va a incendiar sus moléculas. La veréis primero de color rojo obscuro, rojo claro después, rojo blanco en seguida; y sucesivamente, cerúlea, dorada a medida que aumente su temperatura; llegando al cabo, con superiores crecimientos de ésta, a hacerse completamente diáfana. Pronto sentiréis subir notablemente la temperatura, y de no interrumpir a tiempo la corriente, la irradiación llegaría a abrasarnos.

No os asustéis, señoras; no hay riesgo ninguno; tengo el amor sujeto con cadenas muy firmes; en mis manos se convierte en juguete su terrible poder.

Ya, Rucandio—ordenó, volviéndose a Marcial; pues el sublime Mob no descendía a tocar llaves ni conmutadores.

Ofrecido camino al flúido almacenado en el acumulador, súbitamente se incendió la esfera con fulgores cambiantes, desde el obscuro rojo al dorado brillante, recorriendo la primera parte de la gama de matices previamente anunciada; pero llegada a tal estado su brillo se mantuvo estacionario durante varios segundos: con sorpresa de Mob, que aseguraba a sus oyentes que en breve se tornaría diáfana la esfera.

Pero pasaba tiempo, y el experimento no llegaba a la fase anunciada.

Lo que ocurría—inexplicable para el conferenciante, que viendo encenderse con regularidad las descargas psíquicas en el tubo de vacío de su acumulador, no podía comprender cómo no reforzaban en la forma ordinaria la corriente eléctrica que caldeaba la bola—, era muy sencillo, siendo su explicación que al abrir Marcial la llave para que el acumulador por todos visto comenzara a descargarse a través de la esfera, abrió a la par la comunicación excitante de la actividad de los otros acumuladores ocultos, que por sus antenas comenzaron a descargarse en el recinto del Consistorio; pero sin que el amor en ellos contenido se transformara en electricidad como en el de la plataforma presidencial, sino desprendiéndose de dichas antenas en forma de ondulación o impulsiones afectivas.

Con esto resultaba que las diferencias de intensidad de los bruscos cambios del *campo amatorio* producidos por las descargas de sentidos opuestos del tubo psíquico de vacío quedaban atenuadas por la irradiación de las antenas, impidiendo que las corrientes eléctricas alcanzaran en la esfera la energía prevista y comprobada en las pruebas días antes hechas por Mob, cuando su acumulador funcionaba solo, sin estar perturbado por la acción de los otros con los que ahora comunicaba.

Pero, además de este fenómeno eléctrico, se iniciaba otro, de muy diversa índole, que era el perseguido por Cartoya y Rucandio, y en la posibilidad del cual les había hecho fijarse el escape ocurrido en el interruptor, cuando los maquinistas libertaron a la pareja paria; pues en el vasto salón del Consistorio comenzaba a flotar algo extraordinario: una etérea influencia que, al ondular en el ambiente con suavidad de hálito de dulcísimas brisas, oreaba las frentes de los sesudos superpensantes y acorchados supergozantes, y aun parecía ir infiltrándoseles en los duros corazones.

—Rucandio, debe de haber una irregularidad en la línea, alguna falta de aislamiento, una derivación a tierra. A ver, a ver— dijo Mob, acercándose al acumulador y revisando por sí mismo, pero ya un tanto turbado por la influencia misteriosa que a todos alcanzaba, reóforos y conexiones; y volviéndose hacia la presidencia, prosiguió: —No puede ser sino un insignificante entorpecimiento en la parte eléctrica del circuito. Va a cesar en seguida: el aparato ha funcionado perfectamente en las pruebas.

Pero, mientras hablaba, los cuatro acumuladores de las bóvedas continuaban lanzando impulso sobre impulso, inundando el salón de amor a tensiones crecientes a cada centésima de segundo. De aquí nacieron dos simultáneos resultados, eléctrico uno, anímico otro.

El primero fué que, descargándose más de prisa los acumuladores de las antenas que el comunicante con las esfera, llegó un momento en que la presión (o el voltaje) en él del amor venció la presión de éste en aquéllos; y en lugar de seguir descargándose por la corriente eléctrica que caldeaba la esfera, lo verificó a través de dichos acumuladores, reforzando el escape de amor por las antenas, donde luchaba con menores resistencias; y en cuanto esto ocurrió, la esfera, cuya ignición venía ya decreciendo cual brasa a punto de extinguirse, se apagó totalmente.

—Un escape, un escape—gritó el sabio, acudiendo a atajarlo—. En seguida quedará remediado, respondo de ello—. Y con inusitada excitación, encendidos ojos y voz vibrante, pues ni él se substraía a la influencia poderosa del Amor, triunfante de quien, en su soberbia había osado encadenarlo y prostituirlo, prosiguió: —No lo dudéis; os juro *por la amada memoria de mi madre* que vais a presenciar los prodigios del amor omnipotente.

. . . .
. . . .
. . . .

Ya no ondulaba el aire blandamente con caricias de suaves aleteos, sino que, al romper su cárcel y esparcirse por doquier sin obstáculo, invadía el amor todos los corazones, sacudiéndolos con vibración potente.

Y la influencia de él iluminaba con animadas sonrisas los fríos rostros de los espetados académicos, desarrugaba el ceño de los monarcas de solemne aspecto, daba viveza y suavidad a los duros semblantes de los multimillonarios, y lucía en los ojos de las damas, levantando en todos los supergozantes, no el *amor-sensación*, único que hasta entonces conocían, sino *amor-sentimiento;* no el *amor-carne*, sino el *amor-alma*. El amor paria, al hacerlos esclavos, los sacudía con vehementes ansias de nobilísimos afectos: el fuego destinado a incendiar la esfera ardía en los corazones.

—Sí, sí—vociferaba el inventor fuera de sí—; es el Amor omnipotente, el Amor eterno, el tirano del mundo, el Rey del Universo; la fuerza incontrastable que arrolla toda valla y arrasa todo obstáculo: amor, germen del hombre, cuna donde lo mecen caricias de la madre, escudo que le prestan los desvelos del padre, calor de vida que inflama a los amantes, altar donde comulgan los esposos, báculo de vejeces que en los hijos se apoyan.

En aquel instante se adelantó Marcial hasta colocarse delante del presidente; y hallando palabras que al unísono hicieron latir todos los corazones, gritó:

—Supremo Manager, en nombre del más santo de los amores, del amor paternal, pido la palabra.

No tuvo tiempo el Manager de otorgar su venia, pues cuando iba a darla, de todos los ámbitos del salón se alzaron clamores de quienes, al oírle invocar el amor paternal, gritaban:

—Que hable, que hable.

—Hermanos—dijo Rucandio—, nuestros hijos viven privados de nuestros cuidados en los educatorios; en nuestros hogares falta el calor de sus caricias.

—Sí, sí, tiene razón; es verdad, es verdad —contestó la multitud.

—Dejadme continuar: el amor es sagrado; encenagarlo en usos industriales, odioso sacrilegio.

—Sí, sí...

—En nombre del amor que en este instante hinche de nobles sentimientos vuestras almas, os denuncio el crimen de que nuestra sociedad es reo, manteniendo en subterráneos a millones de criaturas en cuyas almas ha nacido ese hermoso amor que vuestros corazones gozan hoy por la primera vez.

—¡Desgraciados, desgraciados!—coreó la muchedumbre.

—Propongo, en consecuencia, la inmediata votación de la siguiente ley:

"1.º Quedan suprimidos los educatorios; padres y madres podrán sacar de ellos a sus hijos.

2.º Se prohibe destinar el amor a otros usos que a sus nobilísimos fines naturales, y se declara sacrílega toda experimentación con él.

3.º Como hermanos de los superpensantes, se concede a los parias todos los derechos y disfrutes por aquéllos gozados, y queda desde hoy abolida la esclavitud en el mundo."

No hubo lugar a votación, pues no solamente los representantes de las naciones, sino las tribunas en masa, aprobaron, por aclamación unánime, cada una de las tres propuestas, a medida que fueron leídas por Marcial.

Apenas aprobadas, se oyó una voz que gritaba: "Al educatorio a rescatar a vuestros hijos."

Era la de Cartoya que, pensando que de la parte de la ley relativa a los hijos era de la que podían esperarse más hondos y duraderos efectos, quería aprovechar la excitada sensibilidad de los superpensantes, para que cuando pasara su artificial excitación, estuvieran los corazones sujetos ya por los afectos despertados en ellos por la vista de los recuperados hijos.

—A los subterráneos: a libertar a los parias—gritó Juan.

* * *

Padres y madres, con Marcial a la cabeza, corrieron al educatorio, y al llegar a él se apoderaron de los libros registros (secretos según se ha dicho ya), averiguando en ellos los nombres y los números con que en el establecimiento eran designados los niños que cada uno buscaba.

Cuatro horas después no quedaba allí ni una criatura.

Quienes no tenían hijos que buscar en el educatorio siguieron a Juan, derribaron las puertas de las catacumbas, cortaron las corrientes normalmente preparadas para electrocutar a quienes intentaran fugarse de su cárcel subterránea, y, antes de ponerse, vió el sol de aquel día las envolventes y avenidas de Mundiópolis rebosantes de parias circulando por ellas en hermosa fraternidad con los supergozantes.

* * *

Cuando, loco de júbilo, salía Marcial del educatorio con su hijo en brazos, se halló de improviso frente a frente con Clara Snow, que llevaba una niña de la mano, y al verlo exclamó con gran alegría:

—Marcial, Marcial.

—Clara.

—¿Ese niño?

—Es el nuestro.

—Déjame besarle.

—Bésalo.

—Marcial, lo adoro a él, y a ti te adoro más que nunca. Venid, venid, seremos felicísimos.

Sin apresurarse a aceptar la invitación, preguntó Marcial.

—¿Y esa niña?

—Es la única que puedo llevarme, porque su padre ha muerto; los de mis otros hijos se me han adelantado, como tú, llevándose los suyos.

—Entonces, nadie podrá disputártela... y ella bastará a llenar tu corazón... El mío está tan lleno con el amor a este niño, que en él no hay hueco para otro amor ninguno. Llevémonos cada uno nuestro hijo.

—Pero ese es también mío.

—Por eso podrás verlo siempre que te

plazca; pero a mí, no: temería encontrarme con los padres de tus otros hijos.

Dicho esto, subió a su auto con el niño y se alejó, dejando a Clara afligidísima, porque en su corazón, mayor que el de Marcial, aún le quedaba hueco para muchísimos amores.

* * *

Cuando Marcial llegó al Omnimuseo, con su hijo en los brazos, lo estaban aguardando en sus habitaciones Inés, Juan, Cartoya y Pinín. Lo primero que a su llegada hizo fué poner al niño en el suelo, atraer a sí a Pinín (sorprendidísimo de ver a su amigo con otro chico), y decirle:

—Pinín, te traigo este niño, que estaba solito y no tenía papá.

—¡Pobesito!

—¿Quieres ser su hermanito?

—Sí; beno.

—¿Y lo querrás mucho?

—Sí, como a Mariso.

En seguida, volviéndose a su hijo, dijo Marcial:

—Y tú, hijo mío, quiere mucho a Pinín; mucho, mucho. Abrázalo, abrázalo: él es quien te ha traído a los brazos de tu padre.

El niño estaba un poco asombrado, en vista de lo cual fué Pinín quien tomó la iniciativa del abrazo, que fué triple; pues al ver a uno en brazos de otro, a los dos niños los estrechó Marcial entre los suyos; y en cuanto los abrió, dijo Pinín, tirando de la mano del recién venido:

—Ven, hemanito, ven; vamos a jubar. Teno un payaso mi bonito, te meve los basos y abe y siera los ojos... Ven, hombe, ven.

Llegó entonces el turno de ser abrazados a los otros amigos de Marcial. Los chicuelos ya lo eran, y jugaban y charlaban en un rincón, mientras los otros los miraban con los párpados húmedos de alegría.

Cuando llegada, o pasada más bien, la hora de acostarse, dijo Cartoya que, pues Marcial tenía ya su hijo, se llevaba a Pinín, le contestó su amigo:

—No, Ramón, necesito que me dediques esta noche... En lugar de dormir, como estos días, Pinín conmigo, juntos dormirán en mi cama nuestros hijos, y mientras ellos duermen, nosotros hablaremos.

—Como quieras.

* * *

Media hora después, los niños dormían juntos en la cama de Marcial. Sus padres, conmovidos, al punto de no poder uno ni otro pronunciar palabra, se recreaban en su tranquilo sueño.

Cuando Marcial logró sobreponerse a su emoción dijo:

—Ramón, la primera noche que aquí durmió tu hijo, alguien, yo no sé quién, pero creí que alguien me prometía devolverme el hijo que yo mismo había abandonado. Esa promesa se ha cumplido. ¿Sabes tú quién es ese alguien que yo presiento y busco, y no acierto a encontrar?

—Te equivocas, Marcial: aunque tu inteligencia no lo vea todavía, tu corazón ya lo ha encontrado.

Es el mismo que el día en que, viendo dormir a mi hijo, llorabas por el tuyo abandonado, te dije que velaba por él como velaba por el mío. Míralos juntos ya a los dos, protegidos, más que por ti y por mí, por el Omnipotente Padre de todo lo creado.

—Ramón, quiero saber, quiero saber lo que tú le pediste a Hobbson te enseñara cuando te hiciste paria; quiero conocer esa Fuerza que os hace a los cristianos más fuertes que el dolor, quiero llegar a ser como vosotros.

—Ven, ven. Ahora ya puedes comprenderme porque amas; ahora ya me comprenderás. Ven.

FIN

BIBLIOTECA RIVADENEYRA

Clásicos Rivadeneyra.

Selección de obras desde los orígenes hasta fines del siglo XVIII. Tomos lujosamente encuadernados en tela y estampaciones en oro, 5 pesetas.

Ediciones selectas.

Obras notables de la literatura universal, antiguas y modernas. Tomos primorosamente encuadernados en tela, con estampaciones en plata, 6 pesetas.

Escritores modernos.

Obras de los más célebres escritores nacionales y extranjeros del siglo XIX. En rústica, bajo artísticas cubiertas, 5 pesetas.

Escritores contemporáneos.

Obras de los más ilustres escritores contemporáneos nacionales y extranjeros. En rústica, con elegantes cubiertas, 5 pesetas.

Lecturas para mi hija.

Colección de novelas escogidas que pueden leerse *por todas*. En rústica, con primorosas cubiertas, 4 pesetas.

Viajes y aventuras.

Viajes célebres y novelas de aventuras, con ilustraciones, 5 pesetas.

Biblioteca novelesco-científica.

Colección de todas las obras del ilustre escritor D. José de Elola, *Coronel Ignotus*, ilustradas, a 4 pesetas.

Tomos publicados.

VIAJES PLANETARIOS EN EL SIGLO XXII

I.—*De los Andes al Cielo.*
II.—*Del Océano a Venus.*
III.—*El Mundo Venusiano.*

LA DESTERRADA DE LA TIERRA

IV.—*El Mundo-Luz.*
V.—*El Mundo-Sombra.*
VI.—*El Amor en el Siglo Cien.*

En prensa.

LA MAYOR CONQUISTA

En preparación.

OTRAS VARIAS.

• • •

ALVAREZ PUENTE (M.)—*El naviero Mas; I, Los signos*, novela; 4 pesetas.
ALVAREZ Y SOTOMAYOR (J.)—*Rudezas*, poesías regionales; 4 pesetas.

BRANDAO (R.).—*Los pobres*, novela; traducción del portugués; 4 pesetas.
GABRIEL Y GALÁN (J.-M.ª).—*Obras completas*; dos tomos; rústica, 10 pesetas; tela, 14 pesetas.
LÓPEZ MARTÍN (F.).— *Blasco Jimeno*, drama premiado por la Real Academia Española; 4 pesetas.
—*El rebaño*; drama; 4 pesetas.
MATA (P.).— *Irresponsables*; 5 pesetas.
TORAL (J.).—*Flor de pecado*; 5 pesetas.

En prensa.

MAS (JOSÉ).—*El rastrero*; novela castellana.
VILLAESPESA (F.). –– *Vasos de arcilla*; poesías inéditas.

BIBLIOTECAS PARA NIÑOS
(Encerradas en artísticos estuches.)

Serie Liliput.

40 cuentos; 200 dibujos en colores, por los más populares dibujantes humoristas; 400 páginas; 2,50 pesetas.

Serie Velázquez.

Método simplificado de dibujo y colorido, por el popular dibujante «Karikato»; 100 dibujos; 1,50 pesetas.

Serie Mignon.

Celebradas aventuras de la popular Mariquita; una peseta.

Serie Rosa.

Cuentos escogidos: El gaitero de Hameling; Viaje a Marte; El Rey del Río de Oro; Ratoncita Blanca; 1,50 pesetas.

Serie Blanca.

Cuentos para niñas: Corazoncito del Bosque; Flor de Almendro; El vestido de baile; Las dos amigas; 1,25 pesetas.

Serie Maravilla.

En colores, ocho cuadernos de interesantísimos cuentos de aventuras, caza y viajes; una peseta.

Serie Fantasía.

Alicia en el País de las Maravillas; original presentación con artísticas ilustraciones, encuadernada en cartoné; 2 pesetas.

Serie Oro (en prensa).

Buby encuentra un tesoro; Buby se convierte en pájaro; Buby escribe a los Reyes.

Libros del Coronel Ignotus
reeditados por la Editorial Libros Mablaz

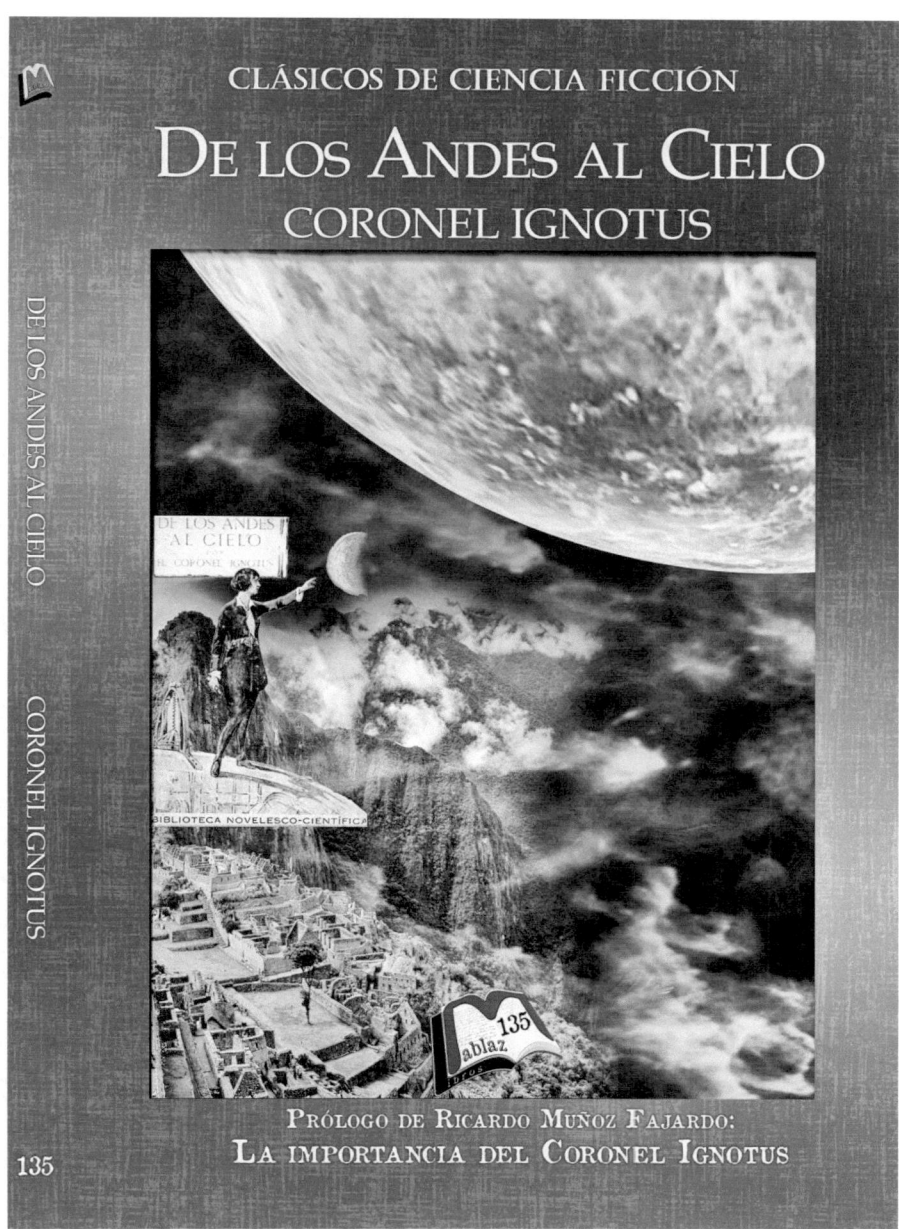

CLÁSICOS DE CIENCIA FICCIÓN

DE LOS ANDES AL CIELO
CORONEL IGNOTUS

PRÓLOGO DE RICARDO MUÑOZ FAJARDO:
LA IMPORTANCIA DEL CORONEL IGNOTUS

135

CLÁSICOS DE CIENCIA FICCIÓN

DEL OCÉANO A VENUS
CORONEL IGNOTUS

Edición de Ricardo Muñoz Fajardo

97

CLÁSICOS DE CIENCIA FICCIÓN

El Mundo Venusiano
CORONEL IGNOTUS

Prólogo de Ricardo Muñoz Fajardo:
LA OBRA DEL CORONEL IGNOTUS

EL MUNDO-LUZ
La desterrada de La Tierra I
CORONEL IGNOTUS

PRÓLOGO DE RICARDO MUÑOZ FAJARDO:
Los primeros libros de la biblioteca NOVELESCA-CIENTÍFICA

164

EL MUNDO-SOMBRA

La desterrada de La Tierra II

CORONEL IGNOTUS

PRÓLOGO DE RICARDO MUÑOZ FAJARDO:
Los primeros libros de la biblioteca NOVELESCA-CIENTÍFICA

174

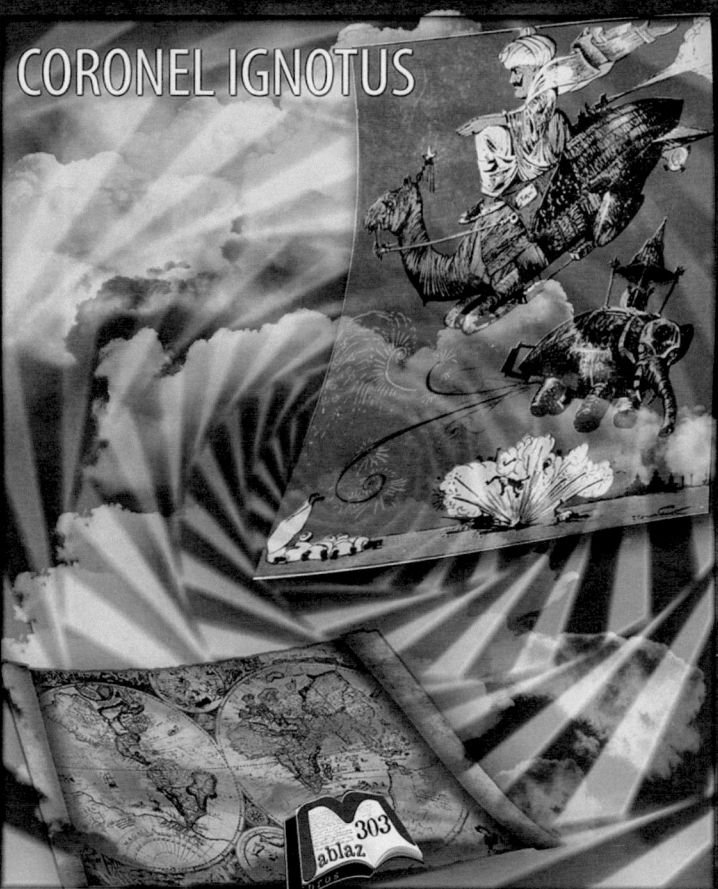

Libros Mablaz

Narrativa — Relatos

/www.librosmablaz.com/